死神首曲 I
IN MEMORIAM OF HOLINESS
A VIZIO DI LUSSURIA FU SÌ ROTTA

CONTENTS

CHAPTER - 01

MASTER OF DEATH

~The Style~

曾经，有这样一个死神。

他伤心得全身满是裂缝，而眼泪就由心碎的裂缝中渗滴出来。

数千年来，他紧守岗位，严正尽忠地执行死神的职务，从没过失。

然而，就在最近的数十年，死神的行为变得不合理喻，他脆弱、悲伤、力不从心，他已无法担当死神的任务。

其余神祇都知道了，死神虚弱悲痛的原因。一百年前死神体内的另一半跑了出来，那美丽的另一半，恋上了另一个神祇。

死神亲眼看着，那瑰丽的另一半以泛着红光的背影奔向一个长着黄金翅膀的他。

立刻，死神的心房就被掏空了一半。寂寞，就像凌迟一样折磨着他。

失去了爱的死神渐渐变得愤恨怆痛，他无法容许这样的事情发生。于是，就在某天，他走到已变心的另一半跟前，以怒目冰封了她。死神的愤怒没化成火焰，从目光流泻出来的全是寒冰。他不会让她得到别恋的自由。

神祇都是二合为一的。当死神的另一半不再活于他的躯体内之后，他惟有以半个生命存活。只剩一半能量的死神，拘谨、郁苦、悲怨地完成每天被指派的任务。无尽的幽昧。

有时候，死神会走到冰封之地凝视他的另一半。美丽的她长发飘扬地被埋于冰块之内，双眼合上，状如恬睡。曾经，活泼轻盈的她为死神带来了欢笑和安慰；如今，死神不再容许她有微笑的能力。既然她的笑容已投向别人，她的笑容再无价值。

就这样度过了五十年。在某个凝视她的瞬间，死神忽然醒悟过来，看着另一半那双无法张开的双眼以及被禁制了的微笑，他惆怅痛苦。他实在思念与她四目交投的美好感觉，以及她如鲜花盛放的笑容。

恼恨了五十年，死神才知道自己自私。

"这不是爱。"死神对自己说。

死神也这样想，就算另一半被释放了之后爱上别的神祇，他亦甘心。他爱她爱得愿意送赠她自由。

一念之间，死神的心神就脱胎换骨。

他的眼睛如日月星辰般明亮起来。一念，使他的血脉充溢了生气。

于是，死神高举他的右手，如利刀那样破向冰块，晶莹的冰块碎裂，死神赶紧抱住软弱无力地掉下来的她。

破解了冰封，她便有了知觉，在眼皮微颤之后，她就张开了眼睛，以淡绿色的眼珠看着她的另一半。

死神的心情很激动，他抱得她好紧好紧。

他有很多话想对她说，却又什么也说不出来。她也当然明白了，身为他的另一半，曾活于他体内数千年，他的心意她怎会不知晓？

淡绿色的眼睛继续凝视他，她挂起了一个如碎落花瓣般的虚幻微笑。

这微笑很美很美，也唤醒了他内心无尽的歉疚。

死神正要叹息，而她的眼睛却缓缓合上。

死神的叹息未完，她的笑容已如风消逝。

死神刹那失神……

另一半的躯体渐渐冷若冰霜，原本透红的肌肤渗出一层紫蓝。

死神破解了冰封，另一半却永远离他而去。

"呀——为什么——为什么——"

死神抱紧失去生命的另一半，凄厉嚎哭。

当死神的眼泪淌落在另一半那紫蓝色的脸孔上，眼泪就凝结成霜。

那眼泪有爱，也有毒，瞬间就蚕蚀了另一半的姿容，美丽的她就在死神眼前龟裂然后粉碎，如沙被风卷，死神怀内的爱人已去如无踪。

——当他发现什么是爱，爱就离他而去。

最凄凉，也莫过于此。

从此，死神以一半的心神苟且存活。

力量只余一半，但悲伤却十万倍地重压下来。所有神祇都知道，失去了另一半的死神快将崩溃。

在人神之间，游走着一个失职的死神。

——所以，他们就把他换掉。

在一间华丽的房间之内，一个仪表不凡的男人自顾自对镜子说："发生了那样的事，当然就要取替他！"

红色的墙、蓝色的垂幔、金色框的全身镜子，贵气又富戏剧气氛。

男人拨弄了头发，又轻轻扫走肩膊上的微尘。"然后，自十年前起，就换上了我。"

男人把脸孔凑近镜前，一如过往每一天，他极之满意自己俊俏的外表，每逢站在镜前，皆不忘自赞一番："简直卓尔不凡！人神共仰！"说过后，就自己赞同自己般哈哈哈大笑。

也的而且确，这个男人笑起来的时候，有种打动天地的魅力。

"简直迷倒天下苍生，只要见我一眼就会神魂颠倒！"

也几乎是每一天，他也要为自己击掌喝采。

他整理深紫色的恤衫以及黑色西装，然后又说："我拥有业界内最迷人优雅的举止，兼且……"

他对着镜子晦淫地笑："史上最性感。"

说罢，就自我陶醉起来，无比满足。

"所以，"他自豪地交叉双手。"你一定不会跑出来爱上另一个。"

镜中的他笑意盈盈，气度不凡一如镜前的那个他。

"我俩二合为一数千年，虽然素未谋面，但心照不宣，才不会发生像前任死神那样自欺欺人的惨剧。"

他这番话是对自己的另一半说的。一如以往，他的另一半并不会回话。

他转身检视镜中的背影，口中念念有词："了不起，就连背影也如此性感……"

继而，就伸出手来查看指头。"再没有神祇的手比我所拥有的更优美……"

他姿势闲雅地从西装的内袋中掏出一只古董银制雕花陀表，特别的是表面上只有罗马数字但没有指针。

他却看得出时间。"又是开工之时。"

于是，他朝镜中人单一单眼，再以极有型的姿势转身，当他跨出第一步，周遭的环境立刻变异，原本身处的房间，顷刻变成一条黑色的隧道。

这个俊美不凡的男人以一种富个人特色的步伐向前行走。正如他刚才所言，他就是那个接替失掉了另一半的死神的神祇，死神LXXXIII。

在死亡的领域上他的资历尚浅，出道只有十年。但凭着尊贵雍容的外表、自信的手法，在监察者的眼中，他称得上是称职的死神——最低限度，从无死者投诉过他。

现今，他又再有型有款兼且信心十足地在黑色隧道中前行。这个死神，永远干净利落、干劲十足。

就在黑色隧道的拐弯中，走出了一个泛着粉红迷光的美丽女人，她施施然地走近死神并与他并肩前行。这个粉红色的女人轻柔如一团梦，棕红色的鬈曲长发妩媚轻盈地垂于肩膊上，神情笑盈盈的，浅棕色的眼睛迷人地眯成一线。她的双脚从不着地，以一种飘浮的姿态向前游走，而当风吹过，粉红色的长袍就往她的身上贴，突显了她丰满、女性化但又修长的身形。

如此娇美的一个女体，取名为"怜悯"，她是死神LXXXIII

的拍档。

死神说："待会于一分钟之内，我们会接走两名死者，然后便可以稍作休息。"

怜悯甜美地笑，很高兴的样子。

死神很喜爱她这一种甜腻，看着她，他的心情就更好。"神祇来说，你也算是完美，只可惜……"

怜悯把眼光流向他，接着又自顾自吃吃笑。

死神表情无奈。"只可惜你根本看不见我今日有多俊俏。"

怜悯的笑意依然，快快乐乐，也迷迷离离。

"也看不到我明天后天有多俊俏……"死神愈说愈遗憾。

怜悯的确看不到死神的容貌，从她的眼睛看去，死神的脸上五官全无。她看得见神界人界的每一张脸，唯独身边拍档的脸她视而不见。

"真是浪费！"对于不能在拍档跟前展露自己的俊朗魅力，死神实在无可奈何，也心有不甘。"完全不明白这是什么一回事……"

怜悯晃荡着一身旖旎的粉红，雪白柔软的胸脯随她飘浮的步伐起伏有致，实在看得死神牙痒痒。

"你会爱上世上任何一名俊男，除了我……"

一听见＂俊男＂二字，怜悯的眼睛立刻亮起来，接着发出薄而软的低吟：＂啊……＂

死神暗地叹息，更感无奈。

边说边走之后，黑色隧道的尽头就透出白色的光芒，死神与他的拍档已走到人间。

死神掏出陀表看时间。＂时间对。＂

没指针的陀表指示着一个神秘的时限。

死神抬眼，现场一片混乱，公路上发生交通意外，一辆货车切线致令三车翻侧，而其中一架满载乘客的小巴撞倒在围栏之下，小巴内一名二十六岁女乘客头破血流，身上有多处折骨，她就是死神这分钟内要迎接的两名死者之一。

死神摸了摸手袖上的古董袖口钮，挂上微笑走到女伤者的跟前，而怜悯飘飘荡荡地由粉红色淡化至透明，隐没于他身后。

死神以极具魅力的眼神俯视被压在座椅下的女伤者，继而，女伤者脸上的血水随即褪色隐没，并且缓缓地朝死神张开眼睛。

她看到面前这名西装笔挺的俊男，刹那间有点迷惘。

死神伸出他那只极美的右手，女伤者就自自然然地也伸出她的手，让死神扶她站直起来。

他俩四目交投，女伤者但觉死神目光内的电力惊人，这个男人那双明亮的黑眼睛内，尽是星光闪闪的动人故事……

禁不住，她就从心中感叹。好美好美……

死神勾起一边嘴角，魅力无限地朝她微笑。

女伤者立刻心神一震。真是不得了……

死神以迷人的声线说话："请你爱上我。"

本来处于游魂状态的女伤者就在一秒间清醒过来，她集中了思绪，说出一句："你是谁？干吗要我爱上你！"

"你别无选择，"死神耸耸肩。"我是来接你离去的死神。"

死神的话犹如磁力强大的气场，密封地笼罩住她。

女伤者语塞，呆立当场。

死神态度闲雅，不愠不火地望着她。

下意识地，女伤者朝背后一望，她看见那被压在小巴座位下奄奄一息的自己。

"呀——"她掩住嘴，为身躯可怖的状况惊愕。

"是时候了。"死神告诉她。

"不……"女伤者缓缓地把眼睛溜向他。"我昨天才与我的上司第一次约会……我追求了他半年……他昨天终于肯接受我……"

死神带笑地望着她，不打扰她说下去。

"我等了二十六年，才等到我的幸福，你不可以现在带我走……"女伤者的眼神与声音一样的空洞。"我的幸福……"

死神这样告诉她："幸福，是来自一颗祥和的心，并不来自爱情。"

女伤者的神情显得绝望苦楚。"不！不！我活了二十六年，才第一次有机会拍拖，兼且是我辛辛苦苦地追求回来！"

死神依然微笑，极具耐性地让她说下去。

女伤者恼恨地说："你知道吗？我正赶着去减肥中心修身，而且更是一次过付清半年的费用……"

死神只好告诉她："我们以一切代价所维护的身体，总有一天会离弃我们。"

女伤者泪盈于睫。"为什么……"

死神轻轻说："没有所谓什么原因，总之，每个人都会死。"

女伤者双手掩面，仍然重复同一句："但是，为什么……"

死神也解释不了她的提问，只能告知她真相："每个人都会死，但没有人真的死。"

女伤者回头凝望自己的躯壳，看着消防员落力地企图把压在她身上的重物拆开移离。她看见自己那血肉模糊的胸膛。

死神在这时候说："别浪费时间了，就爱上我吧！"

女伤者愕然地瞪着他，大声质问："你傻的吗？干吗要人爱上你？"

死神笑得满有含意。"爱上我，就保证你能愉快地上路。你知道吗？碰上我是你的好运气，有些死神凶巴巴的。"

女伤者一时不懂得反应，她实在什么也搞不清。

死神仍不罢休。"要爱上我有什么难度？你坦白说，我长得不英俊吗？"

女伤者也就期期艾艾地告诉他："你当然算得上英俊……只是，为什么我要爱上你……"

死神立刻挤出极具魅力的笑容："因为，我喜欢给我的死者带来一个愉快的死亡，我愿意让人类的灵魂带着了不起的心情上路。而对于女死者而言，最美丽崇高的感受，当然就是恋爱了。若然你爱上我的话，你就会离开得顺利、快慰、至情至圣。"

女伤者不晓得自己是否完全的明白死神的话，她只是本能地于内心挣扎。"但我明明爱着我的上司……"

死神告诉她："请把尘世的感觉全然抛开。"

女伤者合上眼，无奈又依依不舍。而当她重新张开眼之时，她就这样问："为什么我的生命如此短暂？我的恋爱甚至未曾开花结果……我的修身疗程只消费了三分之一……"

还以为死神会圆满解答她的疑虑，可是，死神却如是说："对不起，我的美人，我只负责把你带离尘世。至于命运，我并不知情。"

女伤者望进死神的眼眸内，敏感的她明白了他的坦然。他不是隐瞒，他是真的一无所知。

"那么……"她的魂魄也渐渐明澄起来。"我是真的别无选择……"

死神为她此刻的开明而高兴。他说："死得好，有助下一次的投生。"

女伤者微笑。"我下一生会是什么？"

死神还她一个微笑。"我不知道。"

女伤者轻轻点头，接纳了一个不知结果的答案。

死神再问："你准备好爱上我没有？"

女伤者吃吃笑。"好吧……好吧……"

死神说："那么请你告诉我你已爱上我。"

女伤者啼笑皆非。"我已爱上了你！"

死神立刻眉开眼笑，得意洋洋。

女伤者长长叹了口气，她想道，像这样嬉皮笑脸地上路，也未尝不是福气，虽然，尘缘未了……

死神看得懂她的思想，他知道她已准备好。于是，他把自己极美的左手伸出来；这神祇的左手就在即将步向死亡的女人跟前泛起怡人的蓝光。带着蓝光的手轻柔地按在她的脸庞，这手掌好温暖，教她悠悠然合上了眼睛。

这究竟是一种怎样的感受？温柔的、升华的、旖旎的、飘飘然的……被爱的。

这是一种爱情的感受。

死神把他所能给予的爱送给上路的人。

而怜悯也由死神身后飘荡出来，身上的粉红柔光点滴汇聚。她贯彻数千年来的甜美轻盈和母性，飘前去拥抱面临死亡的灵魂，当丰满的母体包围着娇弱的魂魄之后，灵魂就得着重临母亲体内那种新生、安全感和爱的感觉。

怜悯不会言语，她只懂得把世上最美好的感受注入每个灵魂的深处，而渐渐，灵魂这生所经历过的痛楚、心酸、不甘、悔恨、惘然、愤怒，迅即四散瓦解，怜悯以她的悲慈净化每一个灵魂，使之重回出生前的纯净洁白。

悲慈带动着爱，在死亡的这刻，灵魂得着一生中最丰盛的爱……

　　小巴座位下的二十六岁女孩子刚刚断了气，救护人员摇了摇头，失望地从车厢内退出来。这个女孩子一生平稳，长相平凡经历也平凡，爱看电视剧爱吃街头小食；常常看上别人的男朋友而又从来未被人追求过；因为买不起名牌所以鄙视名牌；心思思想与洋人交朋友，却又不肯学好外语；尝试了三个月的教会生活但又受不了教友的热情；不明白为何大家都说碧咸英俊；仰慕自己的上司至茶饭不思，终于鼓起生平最大的勇气写电邮给他……

　　考试作弊、被朋友出卖、搭地铁被非礼、被同事冤枉、看鬼片之后失眠一星期、自卑、被店员欺骗、被精神病汉当街辱骂……

　　而然后，什么都过去了……活过了……试过了……学习过了……感受过了……

　　经历……爱……经历……爱……

　　让灵魂净化……让灵魂净化……

　　最终，当她重新睁开双眼之时，她发现，是死神牵着她的手。

　　如一个得着爱情的女人那样，她显得那么心满意足。

　　她望了望身边这个俊美的男人，平安的感受令她笑容安然。

继而，死神伸出他的右手，她就随那方向望去，就在这瞬间，她被眼前意象迷住了——

跃动着的圣光流泻在圆轮之上，瞬间，圣光化作火焰飞溅旋转，如最美的杂耍，一圈尚未结束，另一圈又接着补上，亡灵立于不断旋动的圆轮之内，如小孩那样闪亮着一脸惊喜与纯真。歌声响彻，来来回回送入她的耳内，那歌声由美妙悦耳的神笛奏出，远胜缪斯和美人鱼的巧艺，一如圆轮上的光源，美得无可比拟。然后，无始无终的玫瑰飘动于空间之内，徐徐编成了双环，围绕着新逝的人儿旋转……

——《神曲——天堂篇》XII

她看见了一段诗篇的画面。

死神见她着迷于其中，然后就悄悄放开了她的手，让她自行感受。

她要感受多深便多深，而时间，已不会再构成阻碍。

然而，为什么是十三世纪意大利诗人但丁《神曲》内的情景？皆因每个灵魂都盼望一睹天堂的芳华；而死神，从来不知晓〝天堂〟是何模样。

天堂，只是一个由人类而来的名词，正如地狱。

别的死神多借用圣经的描述来制造天堂和地狱，我们这一个死神，则借用十三世纪意大利诗人但丁所创造的不朽诗篇《神曲》来呈现死亡后的意境。

　　效果一向不错。

　　看吧，刚成为亡灵的她被这凡俗得不到的美好慑震心神，她甚至忘记了死神的存在。

　　而当灵魂意欲离开这美境时，就会由其他部门的神祇处理。

　　有时候死神会创制一些适合各种教徒、无神论者、地中海另类教派、非洲部族教派……使用的情景。一个人生前信奉什么，死后便会得到什么。

　　死神LXXXIII已完成手上任务，他扬了扬眉，继续以他独一无二的步行方式向第二项任务进发。程序规律而重复，他首先会进入一条黑色隧道，再在拐弯之处遇上怜悯，继而二人并肩前进，完成该做的事。

　　死神掏出陀表，对怜悯说："稍后我们会看见这分钟内的第二个灵魂。"

　　怜悯眯起眼睛浅笑，意态撩人。

　　死神说："是个男的哩！"

　　怜悯就更加高兴了。"啊……"她低吟出欢欣。

死神瞄了红粉绯绯的她一眼，他也显得高兴。

这是一双很优秀的拍档，女的单纯妩媚，男的永远笑逐颜开。

这个梦幻组合最著名的是，为死者带来愉快的死亡。而"快乐地死去"，就是死神ＬＸＸＸＩＩＩ最擅长的风格。

在他名单中的死者，都是有福的。

未几，他们便朝黑色隧道的出口迈进。死神掏出陀表，然后说："是时候了。"

黑色隧道的出口，白光乍现。

怜悯淡化身上的粉红迷光，隐身于死神的背后。死神继续向前行，他走出了隧道，来临到医院的临终病房中。

病房的中央放置了一张病床，床上躺着一名垂死的男人，现年五十八岁。床边站着十多名亲人，他们望着男人悲痛垂泪。

垂死的男人皮肤发黑，他患的是肝癌。死神走近他，朝他伸出自己优雅的右手，男人看见死神的手，便把自己的手伸出来，当两手一握，死神就把男人的灵魂由病床中扶起，那驯服的灵魂就站立在自己的躯体旁边。

面对着衣冠楚楚的死神，男人的表情倒是释然。他说："你终于来了。我由癌病初期开始便一直等待你的来临，足足等了五年。"

死神有礼地欠了欠身，说："能接先生上路是我的荣幸。"

男人朝死神点了点头，然后又向左右张望，他说："我的儿子呢？他不是该来接我走的吗？"

二十年前，男人的儿子患病死了，死时不过八岁。

死神告诉他："你有机会看见他。"

男人的神情带着紧张。"不知他今天还会否认得我……"然后又自顾自说："但我一生无做坏事，我该可以与他在天堂中重逢吧！"

死神安然地微笑："先生想往哪里就能到哪里。"

男人原应感到安慰。然而，当回头一看，内心就涌出万般不舍。"从此，我的妻子就成为寡妇，而我的小女儿，才不过十三岁。"当男人转头面向死神后，就壮起胆来向死神请求："我的神祇，可否让我留下来，一直待至我的女儿长大成人？"

死神便说："先生你早已准备好面对死亡，你此刻的念头，只不过是一时不舍。"

男人呢喃。"也是的，这数年来，我也做好了所有该办的事……"继而，他向死神发问："我一生都在做好人，我的妻女该有善报吧！"

死神微笑："她们的命运是另外一回事。"

男人不太满意死神的答案。"那么……我所做的一切，都不能为她们积福？"

死神坦言："你所做的一切，已为你的死亡带来福分。你活得好，自然死得好。"

"死得好……"男人默言。

死神告诉他："死得好是很重要的。我会送你一个尊贵而愉悦的死亡，让你的灵魂得到更多的正能量，从而往一个更好的投生方向。"

男人把死神的话听进耳中，然而心中的疑问仍然不绝。"我和儿子都是生病死亡，我的女儿会否遗传我的不幸？"

死神简单地说："我们每一步每一刻也在面对死亡。何种方法致死，都只是死亡的一种。"

男人忧虑了。"但我希望她不用受病魔折磨。"

死神告诉他："预早觉知死亡并不是一件坏事，有这种觉知，我们便能多做对生命有价值的事。"

男人的预感就溢满了，他望向女儿，忽然明白，她也会有早丧的命运。

男人的双眼，载满了伤感与无奈。

死神说："你不要带着这种心情上路。"

男人望向死神，默然不语。

死神只好说："你的女儿是名有慧根的女孩子，当她觉知生命的短暂后，反而更懂利用时间。相反，一些长命百岁的人，因为没意会生命正迅速地消逝，于是错过了更多。"

男人长长叹了口气。

死神续说："先生为人一生光明磊落，灵魂善美。你一生都让别人快乐，又尽使自己平安。如此德行，实在令人敬佩。"

死神的言语渐渐驯服了男人那放不下的凡俗心，他在死神的话语中沉淀，的而且确，他的一生都让别人快乐，而自己的心灵又平平安安。

缓缓地，微笑就在他的脸上泛起。

死神说："做人也不过应如此，你也别无他求。"

男人合上眼睛，心中涌上了自豪与安慰。

然后，死神如是说："那么，你就尊崇我吧！"

男人刹那愕然："我干吗要尊崇一个死神？从来我只崇敬我的造物主！"

死神仰面哈哈大笑。"你的缺点就是欠缺幽默感！"

男人皱眉，料不到死亡的气氛蓦地转变。

死神说："我企图带给你一个愉快的死亡。"

男人感到茫然，他一生人也活得严肃规矩，就连与妻子行鱼水之欢亦不忘神恩……

死神笑得饶有深意。"我会给你一份礼物。"

说罢，怜悯就由死神身后飘荡出来，浑身散发着粉红色的迷人光芒。

而当男人与怜悯四目交投时，化学作用立刻爆发……

曾经，年轻的他迷恋过一个长发而性感的女子，她身份复杂但个性单纯。她也知道他喜欢自己呀，看他傻傻呆呆的表情就清楚了，只是，他自觉没资格去爱她；而她，又没理由去深究这男生的心意。也已三十多年了，他间中会想起她，她在他心目中永远凄迷如梦，永远是一个永不完结的夏日，永远是他青春时代的最重要印记……

而怜悯，则惊异地张开性感的小嘴，继而粉额绯红，并以痴痴迷迷的目光朝面前的男人看去。

但觉，面前这人的样子英俊不凡，就如占士甸、马龙白兰度、里安纳度迪卡比奥、奥兰度庞奴……等等世界级俊男那样令人一见倾心！

情不自禁，怜悯发出心动的低吟："啊……啊……"

死神望了望她，早已见怪不怪。怜悯患有"俊男痴迷症"。而更棘手的是，从她的眼眸中看去，每一个她有份接走的男死者，都会变作潘安之貌，于是，不由自主地，她会爱上他们每一个。

被怜悯爱上的每一个男死者，保证能快活地上路。遇上这样的一种死亡，真是任谁也高兴。

怜悯已激动得快要溅出眼泪来，她身上的粉红光晕流动得更熠熠迷人。

她甚至需要伸手按住胸膛来叹息。啊呀，她已百分百陷入恋爱中。

死神对着了迷的男人说："这个美丽的女体，会给你补偿一生中所有溜走了、得不到的美好感觉！"

男人转过头去望着死神，表情夹杂着感激、难以置信、想要但不敢要。

死神当然明白不过。他说："放心，这不算是出轨，你依然对妻子忠诚。怜悯的出现只是为着怜悯你在此生中所有得不到的渴望。"

男人也就放心与美丽迷离如一团梦的女人对望了。在四目交投中，他的灵魂得着前所未有的抚慰。

一生中溜走去的渴望何止年少时的一个？男人渴望成为飞机工程师，可是最后只当上中学教师；渴望酩酊大醉，却从未付诸行动；盼望到非洲探险，但最远的旅程只是北京；

想告诉别人他真的觉得藤原纪香迷人，但每次看见报纸上她的艳照，他都有罪恶感；他很想蒲一次酒吧，很想变成有型俊男风流才子，而不是尽责任的丈夫、父亲、老师、教徒……

就在怜悯的温柔爱意中，男人落下了泪。

死神安慰他。"你的一生，也算过得惬意满足。"

男人不得不承认他实在要知足。遗憾当然有，但得到的也很多。

死神说："我可以让你带着渴望全然被满足的心情上路。"

男人就以满怀希冀的目光望向死神。

"只要你尊崇我。"死神奸笑。

男人的表情尽是问话符号。

"没什么，"死神摊摊手。"我只不过是个虚荣的神祇。"

是的，死神要所有女性灵魂爱上他，又要所有男性灵魂尊崇他。死神有死神的渴望，他要成为万人迷。

男人思量了一会，然后就答应了。"我尊崇你，也感谢你让我愉快地上路。"

死神陶醉地仰起脸，沾沾自喜洋洋得意。立刻，他做了个"成功了"的姿势。

变成万人迷，心情当然好。

自顾自兴奋了一会后，他就掏出陀表阅读时间。"刚刚好。"他说。

他与男人交换了一个眼神，他知道男人已有足够心理准备。

男人向妻女投向一个依依的目光，接下来就合上了眼睛。

死神伸出他那优雅无比、史上最美的左手，轻轻按在男人的脸庞上，那美善的蓝光燃亮了男人的脸容，教他感到前所未有的安然……

病床上的他就在同一瞬间断了气。

病床两旁的亲友实时哭得呼天抢地。

——蓦地，在死神手中蓝光下的男人惊醒，睁大了眼睛。

在灵魂上路的一刻，旁人的哭泣呼叫就如雷电冰雹般纷扰与震撼，妨碍了灵魂的离去。

死神以慈目凝视男人灵魂的眼眸，而怜悯飘前来给她眼中的这个俊男一个悲慈的拥抱。

终于，灵魂就定下心神，得以脱离凡尘的牵绊，床边的嚎哭渐渐失去干扰的力量，灵魂进入了一个浑然忘我的状态，随着死神与怜悯给予的美与善，徐徐上路。

他得到了蓝光下的所有崇敬、尊严、正义、良善……

也得到从怜悯的拥抱中带来的爱、宽恕、恩典和补偿……

庄严的蓝光、温软的女体……

生命已圆满地结束了，纵然无可能完美，但遗憾已隐没至最低。

这里，有那么深的慈怜，怜惜他一生的惆怅与泪痕；也有无边际的爱，赦免他的过错与力不从心。

终于都走了，一步一步的，他步向他相信了半生的福荫之地，他的宗教告诉他，死后的世界该是如此模样。

他重新觉醒了，他的灵魂净化得近乎透明晶莹，而眼前，升起了两道长形泛红的火光，如世上最壮丽的幻术，它们就在男人跟前形成了如山峦般宏伟的十字架，耶稣基督的形貌也活现于上。男人来不及下跪膜拜，已被十字架四周那些来来往往的光体所迷倒，他们相遇又分开，碰碰擦擦地激发强烈的光芒。看真一些，光体就是长着翅膀的天使，欢愉地上下游走在十字架旁，真心真意地拥抱着圣灵的标记。华美的光体一起发出悦耳的歌声，如提琴、竖琴，声调和谐。男人没听出调子的真意，他在这美善与感动中沉醉得几乎快要融化……

——《神曲——天堂篇》XVI

死神与怜悯站在远处，观看男人和他身边的情景。在这样的时刻，死神都会非常有满足感，他所带走的亡灵都欣然陶醉在他一手创制的天国中。

男人的天国不止如此。从十字架的光芒里头，缓缓步出一名小男孩，男人一见他，就热泪盈眶。小男孩走近他，男人就以哽咽的声线问："我儿，你还记得我吗？"小男孩扁了扁嘴，接着就扑进父亲的怀中。

父子二人喜极而泣。在这个美善的境地中，他俩喜欢相拥多久便多久。灵魂散失之后又重聚，如果他们愿意甚至可以选择永不分离，从此生生世世合二为一，活于同一个躯体中。

在那肉体散失的空间之内，再自由的事情也可以发生。

意志与念力，推动着无边际的可能性。

* * *

~The Conversation~

死神任务已完，他转身离去。在陀表的一分钟之内，他经历了两次了不起。

　　怜悯飘荡回她所属的空间，红粉绯绯春心荡漾，她也很高兴。

　　死神脱下黑色西装外套，用手掠了掠头发，接着，他会与朋友会面。

　　他在一个空白一片的空间内走动，而脑袋，也同样空白一片。余下来的，是他的空余时间。

　　在这个空间走不到一会儿，死神便走到捷克的布拉格，他走过桥旁的街灯，再走了半段石路之后，就在一座豪华大宅跟前停步。他伸出极美的右手，大宅的雕花金色铁闸就随着死神手中的蓝光为他开启。

　　这夜，月亮皎洁如银盘，大宅前的老树看来有点萧杀，晚风透着阴凉，死神也不禁拉了拉衣领。大宅看来有种阴深的美，蔓藤植物由泥土缠到三楼的露台上。这是吸血僵尸Eros伯爵的其中一所住宅，但这里没有蝙蝠也没有坟墓，温柔秀美的吸血僵尸喜欢睡在阔大的黑色大床上，他听爵士音乐也听摇滚，并且钟爱蝴蝶。

　　他在后园等待死神的光临。死神上一回来临的时候，院中的木棚上挂满一串串的葡萄。

　　世上最温柔的男性Eros伯爵正优雅地坐于院子内，他跟前的小圆桌上放有一枝红酒，用来款待死神。而他自己则手握一杯浓浓的红色饮料，那是牲口的血。Eros 伯爵算是吸血僵尸界别中的茹素者。

相比之下，死神比 Eros 伯爵显得潇洒有劲，当他坐到 Eros 伯爵面前之时，刚强与阴柔立刻就成了对比。

Eros 伯爵为好朋友倒酒，他的姿态缓慢而优雅。

死神喝了口酒，然后便笑着说：〝有一回我要求我的演员模仿吸血僵尸的神态，于是他就张开十只指头并且张大口。也几乎，每一个演员也是如此演绎吸血僵尸。〞

Eros 伯爵掀起苍白而美丽的笑容，说：〝你还在干你的秘密电影事业？〞

死神的表情夸张起来。〝那是我的生命抱负！〞死神有死神的秘密，而这秘密赋予他伟大的特质。

Eros 伯爵说：〝倘若有天你在片场上碰上 Helen，请告诉我，我希望与她演上这场重要的戏。〞

死神扬了扬眉，说：〝Lady Helen 未必对我的片场有兴趣。她根本无视生死。〞

Eros 伯爵垂下长长的睫毛，幽幽地说：〝我还未找到她。她已离开了我半年。〞

死神安慰他。〝你们曾经那样相爱，终归一天她也会回来你身边。"

Eros 伯爵苦笑。"数百年前她只爱我。但自从她真正醒来之后，她发现她爱这个世界比爱我更多。你不知道，她是以一种恋爱的眼神盯着电视画面，无论当中播放着些什么，她都显得兴致勃勃。我让她在这个世代中苏醒过来，她从此就爱上这个世界，放弃了我。"Eros 伯爵托着苦恼的前额。"这个世界缤纷，而我苦闷。"

死神不言语，让 Eros 伯爵说下去："在临走的一天，她对我说，她不再想浪费时间，她已沉睡了太久，生命有限，她要活得似个活人，着我不必牵挂她，会如一般女子那样老去病殁，而她会珍爱与生命拥抱的每一天。"

忍不住，死神这么说："Lady Helen 是名非常有智慧的女人。"

Eros 伯爵涨红了脸，然后傻笑。"也是的，离开我当然就是充满智慧的做法。"

死神说："我会留意我的名单中有否她的出现。"

Eros 伯爵叹了口气。"世事就是这样奇妙，甘心为我变为吸血僵尸的，我又没法深爱……"他顿了顿，续说："我碰上过 Amulet，在伦敦的拍卖会中。她成熟了，也更美。"

死神问："你与她分开了多久？"

Eros 伯爵皱眉。"也有十二三年吧!"

死神想了想: "此妹是人间绝色,女主角的绝佳人选。我可以让她演一出荷里活五十年代的电影。"

Eros 伯爵微笑。"但我猜,以 Amulet 的个性,她是不会当上你执导的片子的主角。"

死神同意。"对,才不稀罕一个 second chance。"

Eros 伯爵的两个女人都脱俗,没有寻常女子的心愿。

Eros 伯爵说: "我与她闲聊了片刻,她告诉我她在恋爱中。那多好。"

死神说: "你应当为她高兴。"

Eros 伯爵笑得很无奈。"就是嘛! 全世界都恋爱了,唯独我一个在失恋。"

死神潇洒地以指头扫着下巴,这样说: "谈什么恋爱? 我就没这种烦恼。"

他的表情甚至有点幸灾乐祸。

Eros 伯爵好奇地望着死神。"你见过你的另一半没有?"

死神摇头。

Eros 伯爵问: "数千年来她一直活于你的身体内?"

死神伸出双手,在月光下翻了翻。"神祇的二合一构造就是如此完美,我们永远不需要寻找另一半。"

Eros 伯爵的表情茫然。"我才不要当神祇，会为恋爱动心的生命体才算高层次。"

死神耸耸肩。"也有神祇谈恋爱，但始终是少数。神祇的精神层面蕴含狂喜的特质，就算我们独身一万年，也可以每天活于恋爱的状态中。"死神笑起来。"神祇都是自恋的。"

Eros 伯爵托着头苦笑。"自己与自己二合为一……自己与自己谈恋爱……要是我可以这样，大概就永远不会失恋。你知道那失恋的感受吗？当我一开始失恋，我所饲养的蝴蝶就忽然不再美了，它们失色、折翼、孵化不出来。我的哀愁如病菌，让爱着我的与我一并受苦。"

死神未能全然领略吸血僵尸的苦，他只在定定地瞪着这个失恋的男人。

"你教我想起那名前任死神，他为着爱情致令另一半瓦解，又因此失掉了工作……"死神的神色带着鄙夷。"你别说，我认为他满无聊的，太不长进。"

Eros 伯爵瞄了死神一眼，然后索性伏到桌上尽情叹息。

死神笑着说："学我吧！做万人迷，威迫利诱其他人爱上我，享受那种要风得风的感觉！"

Eros 伯爵苦不堪言。"我需要的是恋爱，而不是全世界的仰慕……而我的心从来只系于 Helen 之上……"

死神拍了拍他的肩膊。"你节哀顺变。"

Eros伯爵抬起眼来看他。"我羡慕你可以毫无烦恼，在永恒中你每一天也活得精神抖擞。"

死神交叉双手，挤出一个无奈的表情。"我也有烦恼的呀！你知道，我一直想转工，由第一天当上死神之时，我已递表申请转工，但等了十年，他们才批准我参加第一回合的转工考试。"

Eros伯爵问："你从前当什么职位？"

死神抓了抓头。"我做过很多部门……我做过神祇的档案管理，也参与过奥林匹克山的重建……对上一份是神祇的机能更新工作，我一做便二百年……"

Eros伯爵再问："那么你最希望在什么部门工作？"

死神的眼睛亮起来。"当然是改革人类那一team啦！精英才能加入。"

Eros伯爵想了想。"但你之前的工作经验都只对神不对人，现在你当死神，才与人类有深一层的接触。"

死神不得不承认。"其实我也不是太了解人类体系的整个构造与运作，我有极多的疑问……就连死亡，我也仍在摸索的阶段。"死神呷了口酒，说出心底话。"说真的，我不喜欢死亡这个idea，我并不想当死神。"

这回是Eros伯爵伸出手来拍向死神的膊头。

死神说："当死神有什么好？来来去去都是同一些步骤。虽然我不得不称赞自己，我实在是个称职的死神，我让他们以一个了不起的心情上路。"

死神有他的理想。当达成不到，便难免心有不甘。

Eros伯爵好言相向："我们不必爱上自己的工作。"

死神自斟自饮。"始终发挥性不大。"

Eros伯爵笑起来。"你可能是宇宙间最反叛的神祇。"

"对，"死神故意挤弄出额上皱纹。"我是占士甸。"

忽然，Eros伯爵这样说："究竟宇宙间有没有毫无烦恼的生命体？"

死神回答："有，那些留在我创制的空间中的亡灵。"

Eros伯爵与他碰杯。"你看你，功德无量！"

死神自豪地说："纵然我没爱上我的工作，但我是一名高分数的死神……没办法，我才华洋溢！"

接着，两个男人把杯中物一饮而尽。

死神留意到Eros伯爵那两只吸血僵尸尖齿，继而他就打趣说："老兄，你其实是只怪物。"

Eros伯爵以舌尖舔走牙齿上的血渍，笑起来。"所以我从来没出现在你们的名单之上。"

死神用手抓了抓脸庞，说："你是我认识的第一只怪物。而第二只怪物，则在这数年间久不久出现。"

Eros 伯爵问："你是说那个能逃避死亡的女人？"

死神扬了扬眉。"她的名字偶然会在名单上出现，然后又忽然消失。"

Eros 伯爵问："你见过她没有？"

死神说："我见过她的背影一次。"

Eros 伯爵说："我猜她是美女。"

死神微笑。"是的。"

Eros 伯爵望了望他，但笑不语。

死神看见 Eros 伯爵的表情，他亦没言语。

Eros 伯爵忽然说："不如我要了她，横竖世界上没有太多的女人可以陪伴我一起长生不老。"

死神干笑两声，这样告诉他："我就是要她没法继续长生不老。"

Eros 伯爵皱眉。"多残忍！"

死神耸耸肩。"没办法。有时候，我希望百分百尽忠职守。"

一卷黑云走进月亮的光芒中，死神隐约听见乌鸦在叫。而那个不死不灭的女人的身影，如阴霾降落他心头。

那感受，说不出的怪异。

* * *

~First Examination~

夜间，死神在一个豪华的坟场中等候。

他穿上一套簇新的黑西装，内里的白恤衫是那种宴会式样的礼服领口，而方头黑皮鞋则有种含蓄的雅致。

挺拔俊美的侧脸带着等候的紧张，他遥望坟场的入口，不一会，就会走来他盼待着的人。夜间的坟场静寂无声，绿草的味道混合了墓碑那种大理石的冰香，而淡淡的尸体气味透过泥土渗透。气氛并不骇人，虽然坟场始终是坟场，但有钱人的长眠之地一定有种安然与格调，那些墓碑上的雕塑，根本就是价值连城的艺术品。

未几，由坟场的入口处走进一个身影，细小娇美的、精巧的。街灯照在这小人儿的头上，但照不出影子。死神知道，这个就是他要面对的重要人物。

那是一个年约八岁的小女孩，身穿淡黄色丝绢芭蕾舞衣，脚踏一双红色芭蕾舞鞋。她的头发是银白色的，如丝线般薄，又长又鬈曲。她以一条红丝带蒙着眼睛，并以缓慢高雅的步伐前行。两旁的墓碑在她走过之时都起了变化,墓碑上的雕塑顷刻活起来,天使的翅膀张得更开;垂泪的小孩淌下了真正的泪水;抱着竖琴的女神拨动琴弦,奏出颂赞的美乐。

她走得愈近,死神便对她愈恭敬。他的心情也跟着复杂起来,对着这名以红丝带蒙眼的小女孩,死神感到敬畏、尊崇、探求,以及恩赐。

明显地,红丝带小女孩的身份比死神高级得多。

她已走到死神跟前了,墓碑上的云石圣者朝她跪地膜拜。

她的小嘴涂上了一种艳丽的红色。她抬起脸来,张口说话:"死神LXXXIII,请你替我除下我的红丝带。"

死神顺从地伸手松开红丝带小女孩发后的蝴蝶结。继而,她就以一种重新观看世界的神态张开眼睛。她那双蓝眼睛美丽绝伦,眼珠子大而清亮,双眼皮深深的,黄金色的睫毛又浓又鬈。

她以一种洋娃娃的表情观看高大英俊的眼前人,然后就从小娃儿般的脸容上流露出一种成年女人的默许神色。

死神意会得到,他的心蓦地一震。

红丝带小女孩以吩咐的口吻说:"请你把丝带连系着我

的右手与你的左手。"

死神便把她的丝带缚到他俩的手腕上，红丝带小女孩伸出她的左手体贴地帮忙。

然后，红丝带小女孩伸开指头握着死神的手指，当肌肤相接，死神立刻激动得满脸通红，而迅即，卑微与惭愧的感受汹涌而至。他知道，要达成她的期望是一件极困难的事。

红丝带小女孩当然有读心的本事，但她没多言，只是微微抬起蓝眼睛对他说："来，我们一起走进大宅中。"

死神就满有默契地与她手牵手往坟场的更深处走，在那凡人达不到的尽头，置有一道大闸，闸后伸延出一段小路，小路的目的地就是神祇才能步进的大宅。

夜色之下，一切都荒废。大闸满是铁锈迹；小路上一堆又一堆落叶的尸骸；大宅外墙剥落，窗框半吊。乌鸦叫嚣，停在秃树上以怪异眼神盯着大闸外的两名神祇。

红丝带小女孩举起与死神相连的手，轻轻触碰大闸，立刻，世界上的这角落就在一秒间变更，大闸光亮簇新，小路通畅，两旁的草地种满繁花，蝴蝶飞舞，小鸟在树荫中歌唱；而眼前那所大宅雪白宏伟，完全是一级富豪的行宫模样。

死神微笑，红丝带小女孩的品味很配衬她的外形，充满童话的感觉。

红丝带小女孩牵着死神的手，双双步进她所幻变的范围中，一路上红丝带小女孩欣喜地欣赏周遭的景色，又轻轻摆动与死神相牵的手，她的心情实在好。当一只彩鸟飞过她的头顶，她就抬头轻叫，为掠过天际的美丽而惊叹。

　　死神以愉悦的目光看着红丝带小女孩的举动，然后，他就在讶异中带着赞赏，这片天地明明是出于她的手笔，她亦清楚这只是一种虚幻，但她仍能抱着乐在其中的心情，这名外形小巧的神祇，一定很懂得享受生命。

　　于是，死神就有了与她交朋友的心意。

　　红丝带小女孩笑眯眯地与死神前行，未几，他们就走进大宅中。内里的布置柔和而温暖，采用了多种深浅不一的红色色调，而无论是垂幔、沙发、地毯还是墙壁，都缀有缤纷的花卉图案。女性化、青春、满载生命力。

　　他们拾级走上二楼，死神感受到一股向下流泻的光与热。红丝带小女孩使室内的空间由夜移向清晨。

　　一室和煦的晨光，希望溢满。

　　死神满心的愉悦，俊秀的他不期然温柔起来。

　　红丝带小女孩领他走进一间沙龙中，她与他走向一张桃红色的长沙发，然后两人同时坐下来，红丝带小女孩以娇嗲的娃娃姿态靠着死神，她伸出她的左手，把连系二人的丝带松解开。

死神由高角度向下俯视，他发现她的长睫毛真是美极了，于是禁不住就由心中泛起了怜爱的叹息。

洋娃娃般的娇弱人儿……

死神虽无恋爱的狂热心，但对于美丽的人与物，他还是轻易就屈服。

红丝带小女孩把丝带塞进芭蕾舞衣的暗袋中，然后她就抬起圆大的蓝眼睛望向死神，继而，开始一番重要的对谈。

她问："你就是那名誓死要做万人迷的死神？"

死神像一个大哥哥那样把红丝带小女孩抱起，让她坐于他大腿上。他笑着回答她："是的，我一直有那样的意图。"

红丝带小女孩说："我知道你的工作表现不错。"

死神谦厚地点了点头。"我只是做好死神的责任。"

红丝带小女孩眨了眨眼，然后问："那么，请你告诉我，为什么你仍想转换职位？"

死神回答："我的理想一直是加入改造人类基因的部门。"

红丝带小女孩续问："那么，你认为人类应该被改造成哪种模样？"

死神说："我心目中理想的人类该拥有二百岁或以上的

寿命，而生理构造渐趋向神化，少病少痛、百毒不侵，也少纷扰、苦恼。我认为人类该享有与神祇接近的构造与命运。"

红丝带小女孩的眼神狐疑，她对死神的见解不表认同。

死神明白她的意思，是故他就不自在地清了清喉咙。

红丝带小女孩再问："请告诉我你对死亡的看法。"

死神满有信心地回答："我并不认为人类频密地死亡又重生是有效的资源分配。大部分人类最老都只能活到七十岁，生命短暂得令我身为死神也不禁叹息。倘若，人类能有二百岁的生命，那样子，不独人类会高兴，地球亦能拥有更多高生产效率的生命体，而神祇的善后工作便不须像现在般频繁紧密。"

红丝带小女孩带笑望进死神的眼眸中，那笑容满载着智慧的批判。死神解构不到那笑容的信息，霎时间就又紧张起来。

洋娃娃般的智者正想着些什么？她会希望在此刻加添死神的智慧吗？

死神吞下卡在咙喉的咽沫浑身僵硬。

红丝带小女孩这样子含笑地望了死神半晌，然后才又说话："这次会面主要是希望了解LXXXIII神祇对目前的工作有何不满，以及考虑批准转职。而我想你明白，你所希望参与的新职位对求职者的要求极高。也当神祇有转职的需要时，我们便要为此名神祇进行一系列的考试，以图证明此神祇已圆满地实践现职的任务。只有在现职表现卓越的神祇，才有机会担当更高层次的职务。因此，死神LXXXIII，我们会在稍后为你进行第一回合的考试，而我就是你的主考官。"

红丝带小女孩条理清晰地讲解完毕之后，便由死神的大腿跳到地上来。她端正地站在他面前，双手紧握于身后，继而又续说："死神LXXXIII，第一回合的考试会要求你送一名穷凶极恶的囚犯上路，我会依据你的表现来判断你在步骤，以及风格上所获得的等级。"

死神恭敬地站起来，并且朝红丝带小女孩鞠躬："我定当竭尽所能。"

红丝带小女孩满意地点了点头，抬起小脸来对他说："现在我们便起行。"

说罢便转身，并且活泼地奔跑到沙龙之外，死神连忙追随她。当他跑出沙龙后，便发现自己正置身于一间监狱内的行刑室中。

行刑室中央放置了一座电椅，电椅上坐着一名四十二岁的男人，他身旁站着两名狱卒，而在玻璃幕墙之外，坐了七名观看行刑的人。

死神站在死囚跟前，红丝带小女孩则站在角落处，她的手上捧着一本大簿，又手握墨水笔。

行刑室外有两名狱卒负责按动执行的开关，而行刑室内的两名狱卒则照料行刑前的事项，他们替刚剃掉头发的死囚戴上通电的帽子，剃掉头发的目的，是避免毛发被烧焦引致冒烟和气味；又给死囚牢牢锁住四肢；最后，替死囚盖上眼罩。

死神目睹一切，而他亦明白他将要采取哪一种风格。虽然死囚罪行滔天，但死神一样会尽量让他得着一个愉快的死亡。他不会放弃他的原则。

怜悯也来了，施施然地穿越玻璃幕墙。当她看见红丝带小女孩，就笑眯眯地屈膝鞠躬。

在怜悯隐身于死神的背影中后，行刑官就向死囚，以及在座者宣读死囚的罪行，穷凶极恶的男人以五年时间慢性谋杀自己的妻子，目的并不为财，而是为了仇恨。结婚十五年，妻子不停地不忠，他不住地受到伤害。妻子本性恶劣，丈夫则行径阴险，表面懦弱的丈夫每天在妻子的饮料中落毒，三年之后妻子便陷入昏迷中，在余下的两年时间，丈夫做尽一切残害妻子的事，包括故意不清洁她的大小二便，使其肌肉溃烂；又收取金钱让陌生男人强暴不清醒的妻子；以硬物狂击妻子的头部，刺破妻子的耳膜，以强光残害妻子的视力。最终，妻子在昏迷期间被怨恨的丈夫虐待至死，最终的死因是经过三日狂殴之后内脏爆裂出血。

死神皱眉。通常这种残酷的灵魂都很少出现在他的名单之上，是故他转头望向红丝带小女孩，问道："这一个不是应该属于Lucifier的吗？"

红丝带小女孩说："这个男人与他的妻子有十世宿怨，他俩每一生也在互相伤害中度过，今世他的魂魄也仍然属于我们。Lucifier并没指染。"

死神明白起来。"是轮回部门的责任。"

像这种凶恶、执着、怨戾冲天的灵魂，要经过长时期的洗涤，才可以被净化，最后才能转介到轮回部门。至于他的下一世是否有力量与敌对的人淡化宿怨，死神被赋予部分影响力。这个男人生前突破不到与妻子的永世恶业，惟有依靠从死亡以及死亡之后的领悟，然后才有机会得到一个相较之下清净和慈爱的另一生。

死神看了看他的陀表，然后说："差不多是时候。"

狱卒按下行刑机关，电流就贯通死囚全身。

死神伸出他极美的右手，按在死囚的左手之上，死囚的灵魂就在肉体的痛苦中苏醒过来，让死神一手把他由电椅中牵引站起。

死囚望向死神，他的神情平静坚定，完全明了眼前这个西装笔挺的男人出现的原因。

死囚笑容凄冷："你是魔鬼，来带我落地狱。"

死神温和地说："我不是魔鬼。而至于地狱……你认为它存在就存在。"

死囚在刹那间陷入了惘然之中。

死神说："我只是来接你上路，正如你在每一生所完结时那样。"

死囚缓缓地把眼珠溜向死神，同一时候，眼前的景况散乱地化成一块块碎片。像镜子被敲碎后四散那样，每一小片都映照出一段不完整的过去。

穿着古罗马服装的两个男人为了抢夺一头羊而大开杀戒；心肠好的游牧老人接待骑骆驼的青年留宿，反遭青年谋财害命；父虐子，然后儿子反过来残害年老的父亲；妹妹为了姊姊的男人而把姊姊的脸容尽毁；母亲把女儿卖进火坑；兄弟各怀鬼胎，互相陷害；徒弟强暴师傅的妻女，师傅又残害徒弟的家人；父亲把女儿的手脚砍掉，推往街上行乞；贼人互相勾结，后又互相出卖……

每一生的关系都亲密，每一生都同样相煎和加害。恩怨生生世世地沉淀，愈陷愈深。

死囚落下泪来。"我原以为我娶了她，我们便会互相让对方幸福……"

每一生的宿怨重叠在他眼前，每一生的爱意都如坏死了的花蕾，从无吐露芬芳的机会。

死神目睹着那一段又一段的前尘，也禁不住于心中感叹。

死囚掩脸痛哭。"如果她不是那样对待我，我便不会如此对待她……"

死神伸手握过某一生的往事放到眼前，那个被母亲卖到妓寨的女儿，回头望向母亲的眼神，是那么复杂、悲伤，她怨恨、迷茫、伤痛……她希望母亲能叫停她，重新把她拥入怀，在那危急的关头挽救她。而那个为母的，刹那间亦于心不忍；只是，一想起卖掉女儿能换来新衣裳新床铺……亲情的火花就瞬间熄灭。

母亲心中想道：女儿去了还可以再生一个……儿女这回事完全不用愁，卖完卖尽，就找个男人生足一打……

死囚的情绪仍然非常激动。"我最后毒打她时，她的眼帘翻开来，好像看得见我……"

死神放开手中那段前尘，温和地凝视这个伤痕累累的灵魂。

而红丝带小女孩就往手中的评核标准加上"√"号。（＊附注）

· 让死者自由地说出他想说的话

· 不要打断、否认、缩短死者的说话

死神问死囚："如果让你重新来过，你会希望与你的妻子有怎样的一生？"

死囚抬起含泪的眼睛，如此说："我希望可以好好地爱她，好好地爱她……"

死神问："但若然她依样可恶地响应你的爱情，你又会如何处理？"

一想起妻子可恨的行径，死囚就咬着牙关答不上话。

死神细心地引导他："在每一世的苦痛中，你与她都爱恨交缠；但又在每一世，当你的心偶尔地温柔起来之时，都泛起过同一种感受……"

死囚垂下头来，思量了一会，然后才说："其实我想过原谅她……"

说罢，死囚的神色明亮起来，居然，就在临死的一刻，他领悟了一生的关键。

"原谅她……"他呢喃。"要是我愿意原谅她，我和她的一生便不会如此……三番四次我都有原谅她的念头；只是，我对她的恨，如火山爆发，制止不了……"

"对，为何我还是不愿意原谅她……"死囚掩面悲哭。"其实我一生最想做的事情，不是毒害她、虐打她，而是原谅她……"

红丝带小女孩又挥动墨水笔。

·要有技巧、敏感、温柔和慈悲，让死者把内心深处最想说的话透露出来

死神温柔地告诉他："你此刻知道也不迟，你和她还会有在另一生碰面的机会。"

死囚忽然想起了一件事。"曾经有人向我传过教，但我却拒绝了！你说，如果我现在信了教，下一生会不会有救？我家中摆放了一些食人族巫师采用的巫术雕像，你说，我好不好报梦请人把这些东西抛掉？"

死神微笑。"你根本就不信任何宗教，若然现在把正统宗教放诸你身，也不会起上任何作用。你的心态不改变，信什么也一样。"

死囚着急了。"那么，我该怎么办？"

死神告诉他。"你的这生既然是这样过，我就只能带你到一个符合你这生的地方。但请你放心，就算景象再可怖可

畏，都是基于业的缘故，你也不会永远久留于那地方。"

红丝带小女孩又找到做得正确的项目。

·不要临终才赶紧传教或改变死者的信仰

·怎么活就怎么死，无须特意拯救

"可怖可畏……"死囚摇头。"是的，我罪有应得……"

死神不得不认同："你这一生的心念的确坏。而下一生，请你记着学会原谅。"

死囚以颤抖的声音说："我愿意原谅她，但她会肯原谅我吗？"

死神说："我相信，你的妻子也会经过一连串的净化。至于她下一生的修为如何，则要看她。然而，你可以竭尽所能地去感化她。"

死囚掩脸，表情痛苦。"像我们这种人……干吗你仍然要帮助……"

死神微笑："坏行为有一个好处：就是可以被净化。况且，再凶恶的人也有某部分善良的天性。我们的责任，就是要把你那善良的天性叫醒。"

死囚长长叹了口气，他望着死神说："忽然我不得不相信，宇宙间真有无尽慈爱的神存在。"

死神轻描淡写地说："你觉得有什么便存在什么。"

死囚问："神真的会宽恕我？"

死神告诉他："如果你真的相信有神的话，我可以告诉你，宽恕本来就存在于神性之中，神已原谅了你，因为神是宽恕。"

顷刻，死囚热泪盈眶。

红丝带小女孩点了点头，又记下死神做对了的地方。

· 让死者被爱、接受及原谅

· 让死亡变成一个和解的时刻

死囚以泪眼望向坐于电椅上受刑的肉身，然后说："我的父母会活得好吗？"

死神耸耸肩。"他们自有他们的人生，你无须担忧。"

死囚悲凄地说："他们会接受我这样的儿子吗？"

死神说："如果你肯接受你这一生，他们亦会肯接受你。"

死囚猛地摇头。"但我是这么坏这么错……"

死神说："那么，你现在留下求他们原谅的心意吧！相信我，他们全接收得到。"

死囚得着保证，于是便说："父亲母亲，求你们原谅我所做的一切。"

说罢，死囚叹息，心情轻松了许多。

红丝带小女孩点下了头。

·让死者留下要求别人原谅的信息，这能令死者自觉已尽了力

死神问他："你已准备好没有？"

"要上路了吗……"死囚犹豫。

死神扬手，怜悯现身。当丰盈的她透着粉红柔光出现在死囚眼前时，死囚就在瞬间抛下了一切罪咎、苦痛、悔恨、怨气、悲叹……深深地落入一种温柔的爱意中。

他惊叹得张大嘴来。

而怜悯，竟又不由自主地认为面前的亡灵长得英俊无双，是故她飘荡得如水波荡漾，春意盎然。

气氛旖旎到不得了。

死神对死囚说："我就让她伴你上路。"

死囚急急忙忙地点下头，眼也不眨地与怜悯对望。

死神说出他的要求："那么，请你崇敬我吧！"

死囚心神一定，愕然地问："为什么我要崇敬你？"

死神坦白说："或许你会认为我未去到万人敬仰的层次……但是，请你接受这是我的风格。"

死囚皱了皱眉，又望了望怜悯，继而选择屈服："好吧，死神，我崇敬你！"

死神就满意了，他伸出他极美的左手，让蓝光透现死囚

眼前，当左手触碰死囚的脸孔后，死囚就合上了眼睛，沉沉地，迈向一个专为他而预备的地方。

怜悯上前拥抱他，给他爱、慈悲、怜惜，给他带来这一生无法拥有的美好。爱，由粉红色的磁场弥漫升华，慷慨地，他需要多少就送他多少，无条件的、宏大的、无边无际的……

电椅上的死囚就在此刻断了气。

死神轻轻对死囚的灵魂说："让我承担世上每一个亡灵的痛苦、恐惧和孤独。"

死囚的灵魂被触动了，他无声无息地落下泪来。怎能不激动？卑劣至此，仍能被宽恕，仍能得到爱……

惭愧、懊悔、愚昧……他承认了他的每一项过失，在被爱之中，他立下决心，要在下一生活得阳光明媚；下一生，他什么也可以舍弃，唯独不会再舍弃爱……

死神告诉这个于此刻超然地敏感和脆弱的灵魂："待会请你不要惧怕，你不会久留于此。"

死囚还未来得及反应，便觉得浑身沸腾，极高的温度加上极腥臭的气味，使他陷入说不出的惨烈之中。他已置身沸腾着的血河里，水波内浮沉着生前以暴力掠夺他人性命的亡灵。千万头人马怪在血河中穿插，见亡灵不守本分冒出血沟，便举弓射杀。死囚在血浆中被煮得极痛，而沸腾的血河又已浸至他的眉心，他在这煎熬中惨呼。血河的温度极热，死囚的皮肉融化裂开，一片一片地剥落和腐蚀，浮沉于浓稠的河水中。死囚看见自己的身体已血肉离骨，而河中每一个亡灵同样经历这模样的惨痛。

最后，血河中煮出来的不止有血肉，还有亡灵的眼泪。这里的景物，会使所有神和人的眼睛避而不望⋯⋯

——《神曲——地狱篇》XII

死神把死囚留在一个痛苦的幻觉中，直至死囚本人认为事情该完结为止。是的，死神不过在满足死囚的冀盼，他内心深处认定自己活该受罚。死神当然不介意满足他，死神给亡灵一个让他痛苦地忏悔的画面，用以净化罪孽和悔恨。当一天死囚自我惩罚完毕，便会被接到一个准备重生的地方。

死神尚未遇上过无忏悔心的恶灵，无论生前行径多败坏，灵魂也会在明澄了的一刻衍生忏悔的心。只要灵魂有忏悔的意图，死神所创制的画面便会出现。

坏事做尽又丝毫没改正之心的恶灵，多数属于那名字为Lucifier的派系。

红丝带小女孩目睹了一切。她的蓝眼睛闪亮着智慧的光芒，而艳红色的小嘴勾起一抹微笑。她似乎颇为满意。没什么话要说，她从裙的暗袋取出红丝带，接着蒙在眼睛之上，小小的指头熟练地在脑后缚上蝴蝶结。

红色的芭蕾舞鞋发挥了作用，她蹬起脚尖原地转了一圈，继而才蒙着双眼随便找一个方向迈步前行。

她不用理会前路的阻碍，事关万物会自动自觉为她移动，让出一个空间给她步过。

死神目送红丝带小女孩离开，接下来便吁了一口气。第一回合的考试看来顺利通过。

他从西装内袋掏出他的名单，当中必定有些更凶残的亡者，他们都被赋予下生改过自新的机会。于是，就由死神来净化然后上路。

好人与坏人都同样会死。好人的灵魂会比较安然；坏人灵魂会懊悔甚深。在死亡之时，灵魂会明澄起来，做对了什么做错了什么，灵魂会自己一目了然。好人与坏人，都需要以爱、慈悲、宽恕相伴上路。好人与坏人的灵魂，也同样需要被净化。

什么谓之好，什么谓之坏？最终还是看亡者的自觉。但当善与美的感受渗透之后，再封闭固执的灵魂，还是会明白他需要一种怎样的净化。在这灵魂醒觉的一刻，就有像死神这一类 master 配合做出互动，相偕上路。

死神名单上的名字每刻都在增多减少，但这十年来，只有一个名字不停地在死神的名单上若隐若现，有时候那名字归神所有，有时候归黑暗势力所有，每次死神准备好接她走，她又神秘地避过开来。慢慢的，这名字如同代表一种游戏，每逢死神一看见，都禁不住有三分兴奋。

那名字又在死神的名单上透出隐若的光芒。死神魅力无限地笑起来，这样说："你给我接走，总好过给另一边接走。"

那名字是 Aisling Gargan Ceramic。中文名字，陶瓷。

而那名字的主人，有一个令死神一见倾心的美丽背影。这一种婀娜又高贵的线条，只看一眼，已销魂蚀骨。

CHAPTER - 02

THE MOVIE MAKER

~Come Back to Life~

这里是一个片场，就如其他忙碌的片场那样，灯光师在调校灯光，摄影师等待拍摄，道具师傅搬搬抬抬，场务打点细节，化妆师、发型师、服装师各自埋头准备。

这场戏的主角正坐在一旁背诵剧本，化妆师与发型师在同一时候替他上妆和打理假发。他看上去已五十多岁，但实际的年龄只有三十五岁。他长得矮小，身高五英尺二英寸；他的脸容凹陷，眼圈墨黑；而在丝质袖子下的一双手臂，都是密密麻麻的针孔。

非常明显，这个男人是名瘾君子。

副导演走过来，礼貌地对瘾君子说："待会请你尽量表现得情深与不舍。"

瘾君子非常认真地响应："我希望可以捕捉到李慕白对俞秀莲那迟来的表白的激情！请放心，我一定会表现得比刚才排练时更入戏！"

副导演拍了拍他的肩膊，以示鼓励。瘾君子将会扮演《卧虎藏龙》中周润发的角色。

然后，场记走到副导演身旁告诉他："导演来了。"

瘾君子听见，便与副导演一起回头望过去，那个英俊的、穿着smart casual的死神LXXXIII，正潇洒自信地步入片场，他边走边向在场人士挥手打招呼，笑容满面，气派亲切但又依样不同凡响，魅力过人。

当他走到瘾君子跟前时，瘾君子就恭敬地称呼他："死……神……不不不……是导演才对！"

死神双手按在瘾君子的肩膊上，关切地问候："对白会否太冗长？习惯戴头套吗？"

瘾君子激动地回答死神："得到导演的赏识，我已夫复何求！戴头套有何问题？就算你要我戴火环都可以！"

说罢，更热泪盈眶。

死神幽默地说："你当然要感激我。李慕白这个角色英明神武，兼且能与女演员热吻。"

瘾君子长长叹了口气，说："导演，我会实行我答应你的事。我翻生之后一定会帮助其他受毒瘾祸害的人！"他紧握双拳，认真得额上青筋暴现。"我会一视同仁，见一个救一个！包括从前陷害我但今日又同样身陷毒瘾的人！"最后，他甚至戏剧性地跪在地上，以叩谢恩人的姿势对死神说："导演，都是多得你，我才可以有此珍贵的重生机会！"

死神连忙扶起瘾君子。被强烈激赏后，死神倒有点不好意思。他笑着说："你往后好好做人，我对你有信心。"

瘾君子的心情澎湃极了，他的表情亦显露出内心的无尽感激。此时此刻，他已无法再用言语表达片言只字。

副导演前来对死神说："导演，可以埋位了。"

死神便向瘾君子做了个"请埋位准备"的姿势。

瘾君子被带到搭有山洞水潭的场景中，而死神则安坐他的导演椅之内。秀雅的女演员也埋位准备，副导演上前对二人说了些话，接着便退出去。

摄影师对准镜头，片场内全场静默。副导演拿起拍板对着镜头，说："Case 204，《卧虎藏龙》take 1！"

死神斯文淡定地说出："Action！"继而，这场戏就开始拍摄。

水潭畔，垂死的李慕白正躺卧在知己俞秀莲的怀中——

瘾君子如是说："我要用这口气对你说，我一直都深爱你……"

女演员挤出感动的神色，继而激情地吻向瘾君子。

热吻之后，瘾君子就更哀伤情深。"我宁愿游荡在你身边做野鬼跟随你……就算掉落在最黑暗的地方，我的爱也不会让我成为永远的孤魂……"

二人四目交投，女演员眼泪涟涟，而瘾君子则心痛地、悲壮地、痛哀地、凄怨地、悔恨地，但同时候又安然地呼出最后一口气。

李慕白过身了。俞秀莲紧紧地抱拥他入怀。

这个镜头维持了大约五秒，死神就大喊一句："Cut！"

摄影师关机，灯光师调整灯光，片场内的工作人员亦放心随便步行和说话。

而女演员站起身来，轻松地转身离开布景。那山洞和水潭便空无一人。

那个瘾君子呢？他在死神那声"Cut"之中消失。

如果把刚才拍摄的那一段戏播放出来，观众可以看到，瘾君子在一瞬间消失隐没于女演员的怀抱中。

——他无需再存在于这个空间里。他已在电影中死了一次。

那么，他正身处哪一个空间？

瘾君子现正躺卧在一条昏臭幽暗的冷巷中，那块遮挡他的硬纸皮，刚被风吹走。

他的身体蜷缩着，而指头，微微抖动。本来，指头是无可能再郁动的，一分钟前他才断了气。

是因为他拍摄了死神做导演的那场戏，他在这接着的一分钟才又得回他的生命。

他已成为另一个回阳人。死过翻生。

并不是每一个死者也有当上回阳人的资格，只有死神甄选过的，才有机会重获生命。

就像以下这一个——Case 109。

她是一名过气电影明星，现年四十岁。躺在手术台上的她正进行心脏手术，手术在两分钟前出现偏差，她失血过多，情况极之危险。

死神与怜悯走过黑色隧道，来到手术室中。死神看了看陀表，说："差不多是时候。"

怜悯隐没他的身后，继而，他就伸出极美的右手，把手术台上的女人的灵魂拉出来，让她站到他跟前。

这名过气女明星意识朦胧，还未得悉为何事，只觉面前男子仪表不凡，令她有置身片场拍戏的错觉。那个璀璨的行业，尽是俊男美女。

"阁下是……"她茫茫然。

"死神。"死神简洁地说。

瞬间，过气女明星如梦初醒，她下意识垂头望了望自己，又转过头去观看手术台上的肉身。看到医生护士进行抢救，然后她就喃喃自语："不成了吗……哈哈……要去了吗……"

死神微笑。"你很想跟我走？"

过气女明星苦笑。"横竖我这生都无甚意义。"

死神对她说："但你有一名乖巧孝顺聪慧的十二岁女儿。"

过气女明星转为冷笑。"就是因为怀了她，我的演艺事业一沉不起。"

死神问她："你怪罪你的女儿？"

过气女明星说："她根本不应该出世。"

死神说："你的男朋友抛弃你，不是你女儿的错。况且，那时候你只不过计划以女儿缚住男朋友的心。"

过气女明星默然。往事涌上心头，百感交集。

那是她一生的转捩点，她梦想着事业爱情两得意，既要稳步上扬的事业，亦期盼得到与富商结婚的机会。谁不知如意算盘打不响，两大皆空。

死神说："你知道吗？你的女儿很爱你，她是你一生中唯一可以得到的爱情。"

过气女明星心头抽动，眼泪不由自主地盈满眼眶。她也不是不知道，女儿一直很疼爱她。

这是一对品性倒转的母女。母亲任性刁蛮，要全世界去迁就，满脑子的白日梦，从不愿面对现实；女儿懂事生性，踏实刻苦，善良又仁爱，包容力很强。这些年来，女儿都很照顾母亲的情绪，母亲不开心，她立刻会想法子去逗她开心；母亲喝醉打骂她，她忍耐过后又立刻原谅母亲。女儿读书勤力懂事成熟，她的心里头只得一个愿望，就是将来赚很多很多钱，来让母亲享福。

死神问："为什么你不珍惜她？"

过气女明星哭着呜咽。"其实我也爱她……"

死神暗地叹了口气。她会这样想便好了。

"只是……"她边哭边摇头，实在无法说出对命运的不甘心。"唉……"惟有感触嗟叹。

然后，死神告诉她："你过世之后，不幸的事情会接踵降临在你的女儿身上。她会思念你致精神崩溃，负责照顾她的家庭会放弃她；从此，她会踏上自毁的路，卖淫、吸毒、自残身体……她失去你之后，就生不如死。"

过气女明星哭着低呼。"不要……不要……"

死神温和地望着这个女人，然后问："请你告诉我，如果你重得生命，你会如何与你的女儿生活？"

过气女明星认真地想了想，这样告诉死神："我会学一门技能，好好工作供书教学……待她长大一点，想办法送她出国留学……我会教晓她面对男人的方法，我会尽一切人事为她觅一户好人家，我会……"

说着说着，为母的就一脸憧憬。

"我与我的女儿都会很幸福。"她拭去泪水，欣然结论。

死神也就安慰了。他所希望听见的，也不过如此。他对跟前人说："如果，我让你死过翻生，你会不会答应我依照以上你所说的话去做？"

"死过翻生……"过气女明星以为自己听错。"你说你让我死过翻生？"

死神笑着点下头，一诺千金。

过气女明星依然不相信。"为什么是我？"

死神告诉她："因为我相信你有那转变心性的力量……"他顿了顿，才又说："以及，我不忍心。"

过气女明星敏感起来。"你是不忍心我的女儿？你……你在盘算些什么？"

死神笑了两声，说："我很高兴你为你的女儿着想。我可以向你保证，我并没有任何邪恶的计谋。"

这名疏忽的母亲，还是有得救的。死神知道自己的眼光没出错。

过气女明星皱起眉来。"我还是不明白。"

死神摊摊手。"我只是不忍心。"他说："我不忍心你的去世连累她的一生。她是那么优秀的女孩子，若然能够好好活下去，一定有能力造福人群。"

过气女明星溜动眼珠，边想边说："也是的……培养她参加选美，待她飞上枝头，然后嫁给富豪；继而当上名媛，做大慈善家……"

死神嫌弃女人的思想肤浅。但若果她的女儿可以有这样的人生，也总比原本被安排得到的那一段美好。

过气女明星愈想愈有兴致，甚至反过来向死神要求："我可以复出拍戏吗？你会让我红起来吗？我红了的话，我的女儿就能有更好的生活哩！"

死神笑了笑，如是说："我不是命运之神，不能送给你命运的甜头。但作为死神，我可以把生命送回给你，而至于以后日子如何，还得靠你自己。"

过气女明星思量了片刻，仍然有点不放心。"你真的不需要我牺牲些什么来与你交换？"

死神语调坚定。"我只要你活下去。"

过气女明星凝视死神的双眼，渐渐地，她就全然相信了他。"我答应你我会好好活下去，我不会让我们两母女沉沦。"她说："我感激你对小女的恻隐。"

死神欣慰地微笑，告诉她："别辜负我对你的挑选。"

"呵呵！"忽然，过气女明星就风骚起来，她上前搂住死神的脖子说："你长得这样英俊，我自动献身来报答你如何？"

死神轻抱她的腰姿，继而才又极具风度地放开她。"我倒是有意让你演一出电影的节录。"

过气女明星双眼发亮。"演什么？要不要脱？我这几年胖了起码二十磅……"

死神告诉她："嘉宝的《茶花女》。"

过气女明星疑惑。"黑白片？"

死神说："1937年的黑白片，那年头的葛丽泰嘉宝美若天仙。我要你像电影中的茶花女那样，在电影中死一次。"

过气女明星灵光一闪，顷刻完全明白起来。"我在你的电影中死一次，现实生活中的我就不用死去？"

死神欣赏她的聪慧。"你会走过死亡，重新做人。"

过气女明星连忙透了一口大气，惊讶地说："真是千古奇闻！"

"但我是有条件的。"死神告诉她："你要守住这个秘密；而且，你要做到答应我的事。"

过气女明星勾起一边嘴角又点下头，她愿意遵守诺言。

死神弯起手臂，让过气女明星挽着他结伴前行。即将变成回阳人的女人这样问死神："要是我没生下女儿，你还会不会给我这个机会？"

死神坦白告诉她："要是你没有这名女儿，你的生死根本没相干。我只会将重生降临在能够发挥作用的人身上。"

过气女明星夸张地瞪大眼睛，说："哗！我真的不知道我的女儿如此价值连城，我定必好好栽培她！"

这个女人明白，她最要报答的人，就是她的女儿。

死神与她一同迈步向前。而手术台上的女人刚刚心脏停止跳动，医生宣告抢救无效。

过气女明星才没空理会自己的肉身，她对于即将会发生的事兴奋到不得了。蓦地，无边无际的白光包围住她和死神，还未来得及表露惊讶，白光却又奇幻地消散，她在光与暗的偏差中掩住双眼，当她把手从脸上挪下之后，她发现自己已走到一个拍摄场地中。

她惊喜地笑出声音来，这种环境，她熟悉到不得了。在不同的片场里头，她曾经光芒万丈。

死神没陪伴她走进片场，他留在白光中与怜悯会合，他这样告诉温柔地晃动一身粉红迷光的她："刚才那个女人的灵魂不是我们的。"

怜悯眯起眼睛，笑容满脸，她立刻接受死神的解释，也没半分怀疑与介怀。既然没工作在身，她就带着快意的粉红色离开，开开心心乐得清闲。

死神望着怜悯那美妙又女性化的身影，继而他就忍不住低声说了句："无论内与外，都是男性恩物！"

性感、迷人、温柔、不多言、无疑心，怜悯实在是男性心目中的No.1女神。

怜悯意会得到死神的话，是故从远处转身回眸朝他甜甜一笑。死神浑身一震，这个女人的妩媚，直通他的身与心。

死神的心情实在好。轩昂的他朝要走的方向步出白光团，他正返回他的片场。

过气女明星开怀到不得了，她前后换了三套戏服、试了四个妆容，才立下造型的决定。她并且要求化妆师为她在唇上点痣，她喜欢自己销魂蚀骨。

试戏也很认真，她试了三次才肯正式上阵。最后在茶花女那间法国情调的闺房中，过气女明星以她独到的精湛演技，泪流披脸地演活茶花女的最后一段人生。她死在爱人阿蒙的臂弯中，在金钱与爱情之间，她选择了令她死而无憾的爱情。

在场人士无不暗暗叫好。最后死神大喊一声"cut"，摄影机便停了下来，过气女明星亦从此变身另一名回阳人。

布景内的古董床上，女主角不见了。她已置身一段奇异地美善的旅途中，能量强大而宏伟的光团包围着她，源源不绝的智慧、宽恕、安宁、接纳和爱意渗进她的所有感官中，教她变得无比的聪敏、仁爱、慈悲、善良、通透；教她明白什么是爱，什么是宇宙间的真理。

她在这光团中飘飘荡荡，沐浴在这阵曼妙里，她张眼望去，那光团如一百万个太阳加起来般光亮，却又丝毫不刺痛眼睛。她甚至能听到薄而甜的歌声。她在光团中转了一圈，得到前所未有的狂喜。

喜乐喜乐……无尽的喜乐……

不如意的爱情算得了什么？忽然滑落的事业亦再没遗憾。就连快将老去的年华也没半分困扰。她就在这重生的光芒中，得着生命的智慧。

一定有些东西，比欲望还要大，一定……

而渐渐，她感觉疲累了，一种使命感渗透进她的生命中，那使命感重甸甸的，但一点也不抗拒，她在这沉重下泛起善美的微笑……

手术台上的过气女明星重新呈现生命迹象。分半钟前，医生才宣告抢救无效……

死神清楚记得这个case，这是一个成功的回阳人个案。他记得她演出那段戏时的精湛演技，他也知道她重拾生命后的成功改变。这个把握了重生的女人，得到了心性上的重大

75

启发，她变得慈爱、利己利人；更特别的是，她甚至从起死回生的领悟中得到通灵的能力，她有看到别人将来的本事。在经过一段日子的心灵力量开发之后，她就借着这个技能帮助他人，而她与女儿亦从此生活安稳。

死神听她对别人说："爱、知识、慈悲、智能，才是我们最需要的品质。我们的灵魂什么也带不走，能够陪伴我们走向永生的，只有以上的几样。"

死神微笑，他欣赏地看着从她脸上散发出来的慈光。谁会相信，她就是从前那个自私幼稚的女人。

这十年来，死神久不久便让他名单上的某些灵魂溜到他的片场内拍上一场戏，也是在这种时刻，死神才感到真正的满足。他不喜欢当死神，他喜欢更有创意的工作，当一名导演，总较接走一个死人有趣。

死亡，有什么了不起？重生，才是真正的大意义。

死神，一点也不喜欢死亡。

他不忍心看见死亡把人生中的美好终止。他对于他名单上的灵魂了如指掌，他知道谁可以较无忧地死，谁的死亡却只会带给其他人沉重的悲剧。死神总抱着帮助人类的决心，如果可以让一个人重生，而结果又能裨益其他人的话，死神非常愿意冒险。

他让过气女明星重生，首先得救的是那名小女儿，然后是女明星自己，继而是以后她所能帮助的凡人。他让瘾君子重生，结果能令其他遭遇相同的人得到帮助，死神不会看错，那瘦小的男人充满救助他人的潜能，当他重获生命之后，就成功戒除毒瘾，并发起戒毒义工团体，余下半生也致力救助别人脱离毒海。

死神认为这样的安排，比起死亡的安排更具意义。他愈来愈喜爱人类，他认为自己有责任出一分力来令人类活得更好。

死亡重要，存活更加重要。

每完成一次这种反叛的勾当之后，死神都得着加倍的狂喜。神祇的另一半藏于体内，这种结构能让神祇每天也处于恋爱的喜悦中。而死神的秘密任务，就让他得着加倍的快慰。

他在私人的电影院中重看一出又一出回阳人的演出，他知道，他快将沉迷于这种反叛之中。明白这种至高无上的兴奋吗？救人一命，就如堕进最不可思议的恋爱那样，那种飘飘然、快乐、感动、壮丽、伟大、澎湃，以及自我肯定，年年月月也不驱散。

在漆黑的电影院中，死神的容貌分外具魅力。这一刻，他切切确确地认为，自己就是人所景仰的万人迷。

济世为怀，当然就是非同凡响。

英雄，也大概就是此模样。

请看看死神脸上的表情，神圣的英雄光辉正爆发出火焰。

史上最英伟的神祇，不外是他。

可是，死神对回阳人的提议，并非每次也被接纳。曾经，死神对一名被银行劫匪胁持然后谋杀的老人家提出回阳人的建议，起初被接纳，最后却遭老人家临阵退缩。

事情是这样的。死神看中这名老人家，皆因他是出色的医学研究人员，死神认为，只要他不去世，那份差不多完成的医学研究便能得以继续。老人家最初也认同死神的建议，但当他到达拍摄现场之后，他就反而向死神要回他死亡的权力。

死神安排老人家主演《罗蜜欧与茱莉叶后现代激情篇》，老人家穿上瑞安纳度狄卡比奥的戏服，显得有型不羁。即将演出的一幕，要他悲痛地拥着虚拟死亡的茱莉叶，然后服毒自杀，最后茱莉叶苏醒了，再与他一同自杀。老人家排练了两次，显得投入和认真，但当到真正拍摄之时，他却忽然罢拍。

死神前去问他原因，老人家便说："我以为茱莉叶会由我的老妻扮演！"

死神向他解释："你的妻子不能像你那样重获新生。"

老人家脸有难色。"但她也一同与我被银行劫匪枪杀呀！"

死神很无奈。"我不能让她回阳，事关她在回阳之后，所能作出的贡献不够。"

老人家当众脱掉戏服，表现不满。"她不陪伴我翻生，我宁愿死！"

死神只好说："教授，你的妻子甚至不是由我来接走的，她是另一个死神负责。恕我无能为力。"

老人家耸耸肩。"那么你让我步向黄泉便成！我不会追究。"

死神试图说服他。"教授，如果你能回阳，你的研究便能继续，人类会裨益良多！"

老人家仰面笑起来："哈哈哈！"接着对死神说："我离去之后，我的研究自然会有人接替。或许进度会慢上好几年；然而，由其他人参与，研究结果说不定更完善。年轻人，我要是想死，你就让我死吧！"

老人家笑意盈盈的，死神只好顺从他的意愿。

死神叹了口气，然后伸出他的右手，与老人家握手致意。

他把老人家由片场带到《神曲》的风景中，那里有山有河有亮光有天使有歌声，兼且青春满盈爱意丰盛，的确比人间壮丽。

死神一边点头一边步离他的创意景象。他也明白，有些人，会比较喜欢死亡。

* * *

~The Enchanting Song ~

在贵州的偏远山村内，村民正盛装庆祝。苗族姑娘头顶十公斤以上的华丽银饰载歌载舞；而苗族壮丁则捧着乐器芦笙吹奏，气氛极盛。

苗族姑娘的面胚短而圆，眼睛明亮，鼻子小巧，长相甜美纯朴；苗族男子长得粗中带幼，体魄健壮但又精通奏乐。这群为数近百名的年轻男女正进行一项名为"讨花带"的活动，姑娘们早已准备好自己缝制的长条形布带，只要她喜欢的男子挨近她，她便会把布带挂在他吹奏的芦笙之上。芦笙是笙管和音斗组成的乐器，大型的芦笙可以高达七公尺，捧着它来吹奏，显得威猛又具男子气概。而那挂于笙管上的彩带，与音韵轻摩相缠，意喻男欢女爱，浪漫到不得了。

苗族男子装束轻便，潇洒自在；苗族姑娘头上、颈项上、腰间、背上、裙摆下、手袖上……全身上下都是大块大块的银饰，她们看上去华丽、厉害、娇艳、名贵。仿佛象征着身无一物的男人，在得到一个女人之后，他得着的不止是一颗心，还有数十公斤的响亮饰物。

叮叮咚咚、叮叮咚咚……来，爱上我吧……

女人，从来就等于瑰宝。

十六岁的桑桑也挂满全身银饰，但她没走到外头参与族人的活动，她留在全村中最豪华的吊脚楼之内，进行她的削苹果魔法。

她头戴高九十厘米的银冠帽，那两枝巨型的银角上雕有双龙抢宝的图案，而银冠帽之上，密密麻麻地挂上立体的凤雀、排马、花草等银饰。她的上衣是蓝色的染布，颈上挂有三圈银环，另加一排巨型银锁，这块六英寸阔的银锁沉甸甸地垂到腰腹之上。银锁通常是自幼跟身，象征平安福乐，要在出嫁后才能取下。银锁上的雕花极精致，图纹有双狮、鱼、蝶、龙、花草、绣球，下沿垂挂银链、银片、银铃。桑桑的下身穿着花带裙，手工极精致，花带裙以银珠连花带，而花带上的图案，是衣物拥有者自行一针一线刺绣于上。

穿着如此隆重瑰丽，却又与庆典无关。桑桑不认为她的爱情会在芦笙的歌舞中出现。她知道，她要找的人就在镜子之内。

已经试过三次了，这一夜，桑桑试第四次。母亲和姨姨生前教导过她削苹果看意中人的魔法，只要在月圆之夜的子时对着镜子削苹果，一边念出心咒，当苹果的皮被完全削下来之后，那个命中注定的人便会出现。

桑桑一边削苹果，一边念念有词，而镜中反映出来的，是她那张娇美的脸。她的样子长得像父亲，脸胚较尖长，而眼睛则比一般苗族少女圆大，鼻子亦较同族的女孩高而尖挺。长得像亡母的部分，是丰厚的双唇，以及比例匀称的身形。

母亲和姨姨的心诀不会出错，桑桑知道她今次一定会成功。而就在苹果皮全掉下来之时，她亮起大圆眼瞪着镜子，狠狠地瞪了数十秒，眼皮支持不住要覆盖下来，然后她合上眼休息一会再瞪大眼，如此这般重复着瞪眼、合上眼的动作。终于，也让她看见她想看到的奇异影像。

镜子内的确是个男人，他长得英俊挺拔，浓眉大眼、鼻子高、嘴唇棱角分明，英气之余又富贵气，无论以哪一种角度去品评，镜内出现的男人也是无懈可击的英俊。

桑桑沉住气，瞪着镜中人眼也不眨。继而，她就说了一句："相公，干吗你长大之后变成这个样子？"

从桑桑的魔法中活现出来的男人，是死神 LXXXIII。

而挂在桑桑房间之外、帘缝之上的一串圆镜风铃，摇摇晃晃，叮铃不断。

但又明明，这夜没有风……

* * *

苗族少女桑桑的父亲是城市人，本身是大学工程系教授，因着研究，于是与开发队伍于贵州暂居。

故事的发展带着经典的浪漫，教授爱上了村落中最美丽的少女，心氏的大姑娘。心氏大姑娘除了能歌善舞，善于刺绣之外，更有一项独到的技能：她是魔法的传人。是这点点的魔力，把教授迷倒。

那时候，心氏大姑娘每天捧着要漂染和刺绣的布匹经过教授居住的吊脚楼之时，都会对他作出当日的预言。她以山歌的音韵唱颂出来，令他知道当日的河水状况、泥土的合适度、天气的变化、怪鸟出没的时分、晚餐的内容、同事会否病倒、家书何时已被城中父母收到……她甜美娇柔地晃动身上的银饰，又向他抛来散满闪亮魔力的目光。

教授着迷到不得了，每天不见过她，他都茶饭不思无心工作。同事们以少数民族蛊惑悲剧劝戒他，他却不理不闻，继续沉醉在那银铃触碰的歌声中。

一天心氏大姑娘于清晨时分对他唱："啊呀……我族的贵宾……你今夜会于竹林中得到你的所爱……"

教授立刻脸红耳热。而心氏大姑娘摆动着一身叮铃，唱着舞着，笑脸如花，她半分羞怯也没有，神情就像往常唱玩一个故事那样轻快自由。

教授痴痴迷迷的，顾不得那么多，立刻就跑到竹林中等待，由早上待至入黑。他什么也不想理会，只一心盼望姑娘歌声中所预言的爱情。

夜里，圆大的月亮照耀竹林之上，竹林内的气氛阴柔动人，软绵绵的，暖暖的，教授半躺竹丛间，心痒痒地冀盼着。未几，银铃的叮铃飘至，风送来铃声，又送来少女的体香，教授张大了嘴巴，一颗心噗通噗通地跳。

心氏大姑娘的笑容很甜，她呈上自己的神态就如上一盆水蜜桃那样，自然的、欢欣的、慷慨的。她跪下来，在教授面前脱掉颈上的银环，又拔掉髻上的发簪，浓密的长发热情妩媚地飞散下来。而身上其余衣物，她就由这个男人为她一件一件脱掉，最后，月亮之下竹林之内，有她那秀美娇柔晶莹的小小身躯。教授如着魔一样拥吻着她，他亦忽然明白，人生的真正快乐是什么一回事。

虚幻如梦又美如仙……

美人在怀的日子一夜接一夜，教授发现，他已在爱河中沉淀得深深，救生圈再有效用，也拯救不起。继而，他就决定向心氏一家提亲，并且打算留下来生活，永远向城市告别。

而奇异又惹笑地，当教授到达心家之后，才发现，心氏有两名女儿，两个同样貌美如花，同样懂得魔法，而容貌与举止亦一模一样。这两姊妹是孪生的。

教授惊愕地瞪着眼，而心氏的大姑娘与二姑娘，齐齐趋前去，一左一右地倚傍着她俩的爱人。

傻笨的教授无法想象得到，那些于竹林的美妙晚上，是这两姊妹接力地把爱欲传送给他……

他就笑得更傻了。完全不能相信自己的好福气……

但少数民族的婚姻法律与城市一样，教授只能迎娶其中一人。最后，因为怀孕的是大姑娘，于是她就成为教授的妻子。

心氏两姊妹仍然每日轮流侍候教授，也是在心氏大姑娘肚皮胀大之后，教授才懂得分辨二人的不同。

桑桑被生下来。这小娃儿幸福到不得了，自小就有极疼爱她的父亲、母亲和姨姨。

从小，桑桑就格外与众不同。除了承受父亲的学识之外，又得到母亲和姨姨传授的魔法，只可惜她品性类近父亲，对魔法的天资不足，只算略懂皮毛。

快乐又可爱的桑桑，在特殊的家庭中成长，每天唱唱歌又变走小鸡小猪，日子写意到不得了。

而认识陈济民那一年，桑桑五岁。父亲的同窗带同家人由城市到贵州探望，桑桑就认识了九岁的陈济民。陈济民又是另外一种人，他不会魔法不会教学不会吹奏芦笙，但他会说洋文。陈济民的父母是海外留学生，他们在美国诞下儿子，在他六岁那年才一起回祖国工作。

陈济民是名俊秀的小男孩，常常不自觉地仰起小脸，一副高傲不妥协的模样。桑桑呆呆地看着他，觉得他是不可言喻的好看。村落中的男孩子，无人能有陈济民这种看不起其他人的神态。这个当然了，没见过世面的村童，凭什么高傲？

陈济民就如世界风光，让桑桑开了眼界。

陈济民望着桑桑，问："你的名字是Song Song吗？你是一首歌吗？"

桑桑不懂得他的意思，只会傻笑。

陈济民见她傻傻的，便不知再与她说些什么才好。他其实不太习惯落后的人与地方，才住了几天，他已不住皱眉又皱眉。

桑桑见他没再说话，然后她就决定变魔术给他看。她随手向三英尺外的黄狗一指，黄狗就不见了。

陈济民目瞪口呆。从这一秒开始，他就不由自主地爱上了她。

桑桑仍然傻笑。她当然预计到他会有些什么反应。母亲和姨姨常说，男人逃不过女人的魔法。

陈济民是名很认真的小男孩。他考虑了两晚之后，就对桑桑说："我打算娶你为妻。以后你就在我面前表演魔法给我看。"

桑桑大笑，露出了没有门牙的嘴巴。她把裙子上的其中一条花带拆下来递给陈济民，她答应了他的亲事。

而陈济民也懂得回礼，他送她那盒父母打算用来向地方官员拜访的瑞士巧克力，桑桑如狼似虎地全部吞进肚子中，只剩下一片留给陈济民。

桑桑亮着闪出星星的大眼睛，为着饱尝了美食而惊叹。然后陈济民就知道了讨好这个傻小女孩的法门。看来他会应付得到。

九岁的陈济民和五岁的桑桑手牵手，他们走到双方父母跟前，由陈济民向成年人提出婚姻的要求。

五个成年人笑不拢嘴，也陪小孩子一同儿戏，毫无忌讳地答应了。

从此，桑桑称呼陈济民做相公，陈济民则称她为娘子。

相公与娘子以书信维系感情。贵州山区隔涉偏远，居于天津的陈济民的书信，往往一个多月才到达桑桑的手中；因此，他俩的书信往来不是一问一答的，而是一有心情便写一封。

桑桑才刚开始上小学，认识的字不多，陈济民的中文也不好，于是，书信中的内容反而显示不到年龄的差距，二人说着的都是一些孩童的无聊话题，娘子告诉相公她看到了怪鸟，相公告诉娘子他被选拔出来训练乒乓球。

如此这般，二人通信了半年，话题已渐渐减少。

精灵的桑桑但觉甚不妥当。她与班房中隔邻座位的黄大牛似乎更熟络更有话题。

吃着陈济民寄来的巧克力，桑桑在甜腻中扁下了嘴。

母亲与姨姨见她对着陈济民的信笺愁眉不展，于是向她献计："以后，就每一封信写下一个小故事，我敢保证他会看得津津有味！"

自此，桑桑就如《一千零一夜》的女主角，每天构思一个小故事来养活他们的感情。

她就由山区的传说说起："你知道什么是'肚腹葬'吗？瑶族的瑶民世代相传，亡者的躯体会由村民分食，尸体葬于同族人的肚腹中。但某一年，一对姊妹不忍心母亲被族人分食，因而把母亲的尸体收藏于岩洞中，而当族人聚首一堂时，她们就以牛肉代替母亲的血肉。牛肉味道与人肉相异，族人很快便察觉得到。姊妹道出内心感受，最后族人都体谅之。自此，食尸的习俗就改为分食牛肉了！"

写出一段传说所费的力气不少，要向成年人问生字，也要组织句子。而渐渐，在写了十封八封信之后，桑桑就发现她的写信能力进步神速，工多艺熟，她的作文课也自然全班最高分。

山区的传说写得七七八八之后，就是父亲口述的童话故事："小小妖精以纯纯的姿态流落凡间，她参与公益活动，却很少到圣堂，她看来弱质纤纤，圣堂的气温太低，她说她怕受不了。如此佳人，当然深得村民疼爱，于是他们为她找到一名好夫婿。小小妖精很喜爱自己的丈夫，却又忍不住每晚在他熟睡之后以吸管吸取他的精华，最后，丈夫变成干尸过身。小小妖精伤心地离开村落，辗转来到另一条村之内，而今次她决定，要是结婚的话，就该嫁给一名不爱的男人，以免结局令自己伤心。最后，小小妖精挑选了一名目不识丁的铁匠，他一点也不讨她欢心。正当小小妖精以为她可以安心享用男人的精华之时，她却在婚礼中暴毙了。铁匠不懂得签上自己的名字，于是就以画上十字架代替之。小小妖精看见自己正嫁给一名以十字架为签名记号的男人，立刻混乱失控，她不由自主地碰碎房间内的彩色玻璃窗，飞堕园圃后折骨丧生。"

也因为这个小故事，陈济民奖赏了桑桑一盒巧克力夹心橙饼。桑桑以十分钟的速度鲸吞这三十块巧克力甜点，亢奋得心花怒放。

在连续写了一段日子的童话故事之后，于某年某月，桑桑就懂得自己编说故事："有一个男人，本身是神箭手，无论比赛项目的要求有再高的难度，他也百发百中，从无失手。然而，技术再高，他也突破不到那名已故世界冠军，人们总在颂扬已故冠军的神乎其技，却吝于赞赏神箭手的技艺。

　　"一天，当神箭手正练习射术之时，已故的世界冠军降临到他跟前，提议进行一项比赛，让神箭手有机会超越他，成为名副其实的全球第一。神箭手乐意接受挑战，并雄心勃勃地以击倒已故世界冠军为目标。

　　"他俩进行了各项赛事，上山下海非常激烈，而且实力相若胜负难分。而忽然，已故世界冠军语重心长地对神箭手说：'其实，我真的希望你能取代我成为世界冠军——事关，我已经太累了！'神箭手以为他说风凉话，没有理会他。

　　"而最后，战意旺盛的神箭手果然压倒了已故世界冠军，成为真正的全球第一。奇异的是，已故世界冠军的表情，似乎比神箭手更雀跃……

　　"事情已过了好几十年，神箭手也寿终正寝了。预料不到的是，过了身后的他常常疲累不堪，此时此刻，他才明白那名前任世界冠军的心情。

　　"看吧，天堂中又传来广播：'神箭手，又有凡人以打败你为生命目标，请你立刻下凡与他决一胜负！'

　　"神箭手累得贼死，却只好照着办。

　　"而另一边厢，早已变成手下败将的前任世界冠军，正轻轻松松地在天堂晒太阳，他喃喃地说：'成为冠军，就有保持第一名的责任，至死也要接受别人的挑战，不得逃避！'"

陈济民总为桑桑的故事喝彩，对于她的说故事技巧，他激赏非常，她的书信，就成为他的最深爱读物。也渐渐，他明白，是她在开他眼界，是她让他置身奇幻之地，让他随意天马行空。

陈济民谦厚地相信，相比自己，桑桑是更了不起的一个。

无间断地，桑桑每天给陈济民写信，这样就过了很多年。时光荏苒，她已十二岁了，而陈济民，更已是十六岁的少年。

这些年来，他们也无机会相聚。陈济民的父母为儿子安排暑期的国外交流旅程，他去过非洲和欧洲，就是没再回到贵州。当再见到迷人的小小魔术师之时，陈济民已身高五英尺十英寸了。

桑桑以传统的苗族少女打扮迎接他。她扁起唇来笑，羞羞怯的。刚步入少女之年的她，开始酝酿出矜持来，她望着她的小恋人，欲拒还迎，极不自在，不知如何是好。

陈济民的心情也很兴奋，但毕竟见过世面，态度落落大方。他呈上英国的拖肥巧克力，又温柔地对她说："娘子，我挂念你。"

　　顷刻，桑桑的心窝温热地翻腾，激动得满脸涨红，在鼻子一酸之后，眼泪就滚动淌下。

　　陈济民笑起来，张开阔大的臂弯，把她迎进怀里。

　　他们度过了神仙眷属那样的夏季。他们在水洞间捉迷藏；他们跑过山边的每一块梯田；他们爬上最壮大的树顶上捕捉日光；他们在庆典上狂饮乱舞。然后，他与她在瀑布之下赤身相对，展开了青春恋爱的另一阶段。

　　这是最自然不过的事。桑桑小巧的身躯在瀑布的流泻下宛如水中精灵，她就是男人都梦寐以求的仙界礼物。她脆弱、娇柔、晶莹、不堪一击。陈济民发誓，他得到过她，就永远不能再靠近别的女体。

　　爱她爱她深爱她。一生一世，他都要给她幸福。

　　他们是真正的相公和娘子了。桑桑不理会别人怎么想，她开始把长发挽成一个后髻，幸福地招摇过市。

　　父亲告诉她，待法定年龄到达之后，就会为他俩举行正式的婚宴。而陈济民答应桑桑，他会与她走遍天涯，她喜欢留在哪里生活他都依她。

　　桑桑问："哪里有最好吃的巧克力？"

　　陈济民想了想。"应该每个国家也有美味而独特的巧克力。"

桑桑认真地点下头，然后说："那太好了，我们每个国家也住上半年吧，吃完巧克力便走。"

陈济民笑得很开怀，他知道他有一段甜美如童话的爱情，以及最馋嘴的童话女主角。

夏季将尽之时，陈济民把一串风铃送赠给桑桑，风铃以数串圆镜串连而成，铃声悦耳。桑桑把风铃挂于房间外的帘缝上，让自己每天一张眼便看得见。

陈济民取笑她："看，每块小镜上都是你那厚厚的朱唇！"

桑桑敏感地反问："嘴唇厚是不好的吗？"

陈济民搂住她，说："洋人说，女人唇厚性感！"

接下来，当然就又是欢乐的嬉笑和情深的拥吻。

幸福溢得太满了，当幸福过剩，只需一丝微弱的风，那串风铃也雀跃地叮叮作响。

在一种轰烈，但又静悄的感觉中，桑桑学习成为一个女人。她的日子，是说不出的喜乐。

陈济民回城市上学去，但却在这一别之后，便音讯全无。桑桑日盼夜盼，不祥感顿生。

在三十多天后，她和家人才接到天津的来信，信中说，陈济民在开学的第一天被鲁莽的电单车碰倒，昏迷半天后伤重不治。

这封信，从桑桑的手中滑跌地上，她惊震得一星期不吃不喝，也不说话。

到懂得哭泣懂得呜咽的时候，是当风吹动风铃那一刻，叮叮咚咚，细细碎碎，犹如一个魂魄的絮语。

在风中摆动的风铃，成为他俩阴阳相隔的信物。她还记得，他送她风铃时所说的话。

她抬头望着那串风铃，张大口悲哭。

在这茂绿的山区内，日夜回荡少女心碎的哭泣声，忽明忽灭，悲恸哀痛。

豺狼也伴着桑桑在月夜下悲鸣，狼声与女声的呜咽，震动了同族村民的心。没多久后，就有乐师为桑桑的悲剧以芦笙传扬开去。最后，哭泣、狼鸣混着低回的芦笙，就成了这片天地独有的声音。

桑桑像妇人那样披麻戴孝为丧失爱郎守寡，每天以数滴蜜糖果腹，渐渐，就虚弱得双腿走不动，要以双手爬行代替。但她不介意，她爬来爬去，宁愿自己活得似头狗。

她没有再上学没有再笑没有再写信。花了一年时间，父亲、母亲和姨姨才劝服她吃喝。担心的母亲和姨姨告诉桑桑，只要她回复一个少女应有的体重，她们就会教导她招魂的方法。

桑桑就肯吃肯喝了。心氏大姑娘与二姑娘试图以山草药、羊血、光环把陈济民的魂魄招回来；然而，只闻风铃响，却不见人影。

桑桑没气馁，她努力学习每一种可以让她接触陈济民的途径。问米也试过了，却只见心氏二姑娘戏演到一半就忍不住笑出声音。

最后，母亲与姨姨教桑桑削苹果的魔法，她们告诉她，做得准确的话，可以看到真命天子的出现。

那一年，桑桑十五岁。心氏姊妹之所以授予她这魔法，无非想令她知道，她的真命天子或许另有其人。但固执的少女却仍一心认为，只要天时地利人和，陈济民便会在镜中出现。

而然后，桑桑的母亲染上怪病丧生。一星期后，桑桑的姨姨跳瀑布自尽。自此，桑桑的父亲一夜白头，苍老了十年，对女儿不言不语。

桑桑自觉失去了世间的所有，唯一的寄托，就是削苹果魔法的成功。

在连番尝试之后，于十六岁的那一年，桑桑看见了死神LXXXIII，他在她的魔镜中出现。

〝相公……你长大了之后就变了样……〞她皱住眉呢喃。

然后就断定。〝一定是相公的魂魄附于别人的肉身之内。〞

一定一定了！原本，父亲也准备让她在十六岁这一年正式出嫁。在如此特殊的年份看见镜中人，还不是大有玄机吗？

忽然，世间就重燃希望。桑桑笑着伏到镜前，让冰凉的镜面渗透她盼待已久的炽热心神。实在高兴得很。

* * *

桑桑努力不懈地找寻镜中人。她往图书馆、生死登记处、公安派出所、医院、学校等地方，查阅她所居住的山区的男性的资料与照片。继而，她又怀疑，镜中人未必是本土人，他有可能是外省人，甚至长居国外。

立刻就迷惘极了，天下之大，如何才能与心中所爱重逢？

再次寝食难安。惟有日念夜念，念记着镜中人的容貌，念说出心中的盼望。〝我要见他见他见他见他见他……〞

也在某一刻，桑桑甚至决定要浪迹天涯。寻找真命天子，总不能天天坐以待毙。

她去问准父亲。早变得迟缓的老父毫无反应。于是，桑桑就执拾简单行装，准备上路。

是因为有突发要事，她才又延迟起行。桑桑的小学校长病危，她决定留下来待他过身后才再上路。

她也料不到，奇遇就由此起。

那一天，桑桑与小学校长的众亲友围在病床旁，而忽然，她看见了两个小学校长。一个躺卧病床上，另一个，则站在病床之后。

正看得张口结舌之际，桑桑更加看见在那伫立着的小学校长跟前，居然站着她的镜中人！

何用寻至天涯海角？有缘的话自然出现眼前！

按捺不住，桑桑高声呼叫："相公——"

所有人都转头望向她，包括那名镜中人。

那西装笔挺的英俊男人，瞪着惊异的双眼。当桑桑正要举步行前之时，却一提脚便双眼发黑，接着更应声倒地。身边各人均起哄，拥到她跟前来，打算救醒她。

奇异的事情发生了。桑桑的魂魄离身，轻盈优悠地，穿过围拢的人堆，朝镜中人和小学校长的角落走去。

她踏着无重量的脚步走前，而那名镜中人的眼睛愈瞪愈大。

桑桑回头望了望众人以及自己的肉身，继而又望向镜中人。难得的是她居然毫无惊怕与疑问，一心一意，继续她的激动："相公——"

镜中人当然就是死神ＬⅩⅩⅩⅢ。他一听见她对他的称呼，当下浑身一震。

"说什么！"死神甚至向后退了半步，非常抗拒。

桑桑说："相公，我找了你好几年！想不到，你连样子也变了……"

死神皱起眉，然后指着人堆对她说："你不应走到我面前来！回去！回去！"

就连小学校长也忍不住说："死神你一次过带两个人走？这种服务不够专业呀！"

"死神……"桑桑疑惑地望住死神。

死神便说："对呀！我是死神。你要是不想死，就给我回去！"

可是，桑桑却说："相公，你死了之后便变成死神吗？"她还是不明白。

死神眨了眨眼，开始有点不明所以。"小妹妹，相信你是认错了人。我不是你的相公。"说罢"相公"二字，死神径自打了个寒颤。

桑桑誓死不休。"不！我削苹果时看见你！你是我的真命天子！你是我的相公！"

死神牢牢盯着她半晌，接着非常认真地对她说："我不相信你的相……相……公……唔唔，有我这样英俊。"

桑桑眼定定的，这样响应："我也不知道为什么，我的相公变成你这模样……原本，他没你这样老……"

死神连忙翻了白眼，面前少女真是冥顽不灵。

正当死神意图再要说些什么之际，桑桑的魂魄却又蓦地褪色，不消两秒甚至全然隐没。躺在地上的桑桑刚刚给族人救醒。

她张开眼睛，朝那角落望去，再也看不见她的相公。

而下意识地她已知道，如何能再与他相见。

自此，桑桑常往医院进出，守候临死的病人。但连续九次，她也看不到她的相公。虽然原因不明，她还是决定继续等。

在第十三次，桑桑再次碰上死神LXXXIII，而这一次，她是在一名傣族的老婆婆家中遇上他。桑桑已放弃留守在自己的族人里头，她走到别的部落去，以免费做法事亲近临死的人。

果然皇天不负有心人。死神LXXXIII再次出现在临死的人的床边。

正以树叶向临终的婆婆挥洒圣水的桑桑，立刻大叫："相公——"

死神朝她张大惊讶的嘴巴，而桑桑，二话不说，就把头撞向石墙，连续撞了三次，才能头破血流继而昏倒。

众人大惊，想不到做法事的少女举动失常。

在得偿所愿后，桑桑的魂魄笑嘻嘻地走到死神跟前，然后告诉他："相公，我很挂念你！"

死神尴尬又一脸厌恶，他侧身避开她。"走走走！你又来干什么！我一早说过你认错人！"

"不……"桑桑可怜兮兮地望着他。"相公，你换了样子，但请别换掉妻子！"

死神激动地拧头低呼。"天呀！谁是你的相公……冤孽呀！"

桑桑就扁起嘴，表情凄凉无助。

死神暗叹一口气，然后问她："你是不是死了相公？"

桑桑点下头。"他四年前死了……我一直找不到他……但当我对镜削苹果时，却给我看见你。"

死神问："你的相公姓甚名谁，我请人替你找一找。"

桑桑告诉他："陈济民。"

死神便说："我找到他便通知你。"

死神摆了摆手，然后转身，表情带着三分敷衍。

桑桑不肯罢休，她伸手抓住他的衣袖。"就算你不是陈济民也别撇下我不顾！起码，我在镜中看到的是你而不是别人！"

死神愕然极了。"那你想怎样？别跟着我呀！"

桑桑掩脸哭起来。"别这样狠心……"

死神看见女人哭，就不由自主地心软。收起了原本要骂出来的说话。

而怜悯，被桑桑的哭声惊动，她由死神的身后现身飘出。

桑桑看见性感妩媚又曲线玲珑的怜悯，立刻便发疯一般地狂叫："啊！你好狠！居然有了二奶！我不依我不依！"

死神呆立当场，完全不知如何是好。怜悯一贯轻飘飘又笑眯眯的，看得桑桑完全不是味儿。"你……你这个不知廉耻的坏女人！"她指悠然飘荡的怜悯，狠毒地指责。

死神懊恼得额头发烫。而幸好，碰墙昏迷的桑桑刚被救醒，这抹极富干扰性的魂魄得以消失。

看着苏醒得心有不甘的苗族少女，死神边笑边对怜悯说:"你听过陈济民这名字吗?"

怜悯笑得双眼眯成一线,摇摇摆摆。

死神耸耸肩,感叹:"凡尘少女,痴心一片。"

桑桑刁钻难缠,但死神亦看到她值得欣赏之处。

"爱情,你要不要?"他问怜悯。

怜悯张开性感小嘴:"呵呵呵"地笑。

死神摇了摇头,然后别过面,继续刚被打扰了的任务。

虽然再次失败,桑桑仍然死心不息。在第三次遇上死神之时,她就出绝招。这一回,总共又等待了二十一次死亡,然后,桑桑才得以看见死神。由第一次与死神对话至今,也相隔了一年。桑桑已十七岁了。

当看见死神出现在垂死的小孩的身畔,桑桑立刻放声大叫:"喂,相公!我在这里!"

立刻,她就喝掉随身带备的毒药,不消数秒,肉身迅速倒下,而魂魄如愿离身走向死神的所在处。

死神一见她便头痛。"又是你!"

桑桑吃吃笑。"这次你避不了!"

死神故意装出厌恶的表情。"知不知你很讨人厌!"

"才不哩!"桑桑笑得很灿烂:"你不知多挂念我!"

"发神经!"死神瞪了她一眼。

"告诉你，你避不过的了。你也解释不了因何我只能与你这个死神沟通。"桑桑说。

死神无言以对，事实又的确如此。这名苗族少女只看到他这个型号的死神，其余型号的，她都接触不到。

死神冷冷地回应。"就算是有缘，我们也已缘尽。"

他大手一拨，桑桑便如触电殛，急速向后倒退，差一点站不稳，重新跌进自己的肉身。

忍受不住被死神驱赶，倔强野蛮的少女便老羞成怒。"你知不知你浪费了我一年的光阴！我现在已十七岁！太老了！我还不赶快找到陈济民，他就会认不出我！"然后又喃喃自语："十七岁，真的太老……搞不好，再过几年，我便会和你一样的老……死老阿伯……"死神没她好气，扬起一边眉毛，问："你既然知道我不是陈济民，还缠住我干什么？"

桑桑理直气壮："你可以给我找到他呀！"

死神语带取笑。"你知不知道尘世间一分钟死多少个人？况且他已死了多年；也况且，他不是我经手的。"

桑桑抿住唇低下头轻轻说："就算找不到，我也要跟着你……"

死神眉头皱。"你究竟所为何事？"

桑桑抬起眼来，可怜兮兮地盯着死神。"你是我的真命天子嘛！"

"哎哟！"死神欲哭无泪，深感无辜。"你看见我，只是一时阴差阳错！"

"不……"桑桑不住地摇头。"镜中出现的人，就是我的真命天子……"

死神望着她，认真地告诉她："你给我听着！但凡神祇都是二合一的，我的另一半就在我的体内，所以我不需要拍拖结婚生仔……你明不明白？"

"明……"桑桑扁起丰厚的嘴唇，低声说："但你也可以娶我嘛，多一个不嫌多……"

死神翻白眼，完全奈她不何。"你望住我！"他对桑桑说，然后桑桑就听话地望进他的眼睛里。"我以后不要再见到你！你立刻给我返回你的肉身！"

死神语气凶恶，但桑桑却不为所惧，她气定神闲地告诉他："我返不了肉身呀！我喝了毒药，肉身会长久昏迷。"

"什么？"死神简直不能置信。他望向那具正被抢救的少女肉身，果然，似乎毫无苏醒迹象。

他仍以不能相信的眼神望向桑桑，说了一句："你好狠！"

桑桑嫣然一笑，得意洋洋。"过奖！"继而又说："你也不忍心我这样游荡人间的吧！你就让我留在你身边啦！"

死神无计可施，然后，他就看了看陀表。"时候不早。"他暗忖，病床上的小孩是时候被他接走。于是，死神顾不得那么多，就当着桑桑面前进行带领灵魂上路的任务。

因而，桑桑目睹了死神右左手的奥秘、怜悯的功用、灵魂的醒觉，以及死神的创意《神曲》布景。

"了不起……"桑桑说了一句。

死神凝重地说："记着，有关死亡的事，不要泄露出去。"

桑桑唯唯诺诺。

死神看着此刻愿意乖巧的桑桑，这样说："你不可以每分每秒都跟住我，我安排你到一个地方。"

桑桑点下头，非常高兴。"好啊好啊！"她的大眼睛晶晶亮。

死神没好气地瞅了她一眼，继而与她并肩走入一道白色隧道中。桑桑发现，她只走了两步，便又走出了这个光亮的地方。隧道之外人来人往，每个人都在岗位上工作，活跃又忙碌。

"这里是……"桑桑问。

"片场。"死神说："你以后留在我的片场中参与电影制作，不要游手好闲。"

"电影……" 桑桑对电影不熟悉，她只在族中的公社内看过三次电影。每次她都嫌故事不吸引，看不到完场。

一名副导演走过来对死神说："导演，男演员不满意剧本的角色！" 副导演把剧本递给死神，他看到了剧目，那是《The Postman Always Rings Twice》。

副导演说："男演员不满意被妻子与妻子的情夫杀害，他认为那名丈夫该一早意识到妻子与自己的下属有奸情。" 副导演耸耸肩，说："男演员本身就是被妻子与情夫所陷害。"

死神抓了抓头，说："有没有别的剧本？"

副导演告诉死神："其他剧本要另一个布景，恐怕来不及。"

桑桑看着两个男人头痛的表情，决定插嘴："不如试试我这个故事：当丈夫正被妻子与情夫杀害时，丈夫以悲恸的眼神望向妻子，说了一句：'你终于有天会明白，谁才是最爱你。' 妻子就以惊愕的神色望向他。继而，丈夫又说：'就算你今日这样对待我，我也愿意原谅你。' 于是，妻子就懊悔了，她热泪盈眶。丈夫更说：'为什么你不一早告诉我你想离我而去？要是你愿意向我坦白，我一定为着爱你而给你自由。' 此时，妻子情不自禁地放下屠刀，拥抱快将断气的丈夫。丈夫在最后一口气之中抛来一个依然深爱妻子的眼神。妻子看着丈夫咽下最后一口气，最后，妻子疯狂嚎哭，并且极之后悔，她高叫：'亲爱的，我太愚蠢了，我最爱的也是你！'而那情夫目睹此情此景，不禁愕然又尴尬，还以为自己是胜利的一方，谁知就这样输掉了！"

桑桑一口气地说着，最后才顿了顿，为故事作出结论："这样子，纵使丈夫死了，但仍然在这段三角关系中大获全胜！"

死神与副导演面面相觑，讶异于桑桑的创作急才。

桑桑笑着说："我很有说故事的天分。"

死神含笑不语，然后吩咐副导演："就把这个版本告诉男主角，看看他是否喜欢。"

副导演便走到化妆间中向男主角说出新的故事情节，当他听见女主角那悔恨的反应，就立刻拍手称好。死神看在眼里，便朝桑桑送去一个奖励的眼神。

桑桑嘻嘻嘻地笑着，说："看，我是挺有用处的。"

死神问她："你识字的吧！"

桑桑瞪大眼睛，提高了声线："当然了！"

"那么，"死神魅力无限地对准她发放他的招牌微笑。"以后你来替我编写剧本。"

桑桑的神情亮起来。"写剧本……"

死神的笑意更迷人。"要留下来，就要有贡献。"

桑桑高兴得原地弹跳。"你让我留下来！"

死神扬了扬手。"横竖偶然会有演员投诉剧本内容。而且，我们从来没有自创的剧本。"

桑桑笑得弯下身。"这个嘛……轻易啦！"

死神故意皱眉。"小朋友，工作时认真一点！"

桑桑先是笑作一团，其后就装出可靠的神色，这样告诉死神："我不会令你失望的！相公——"

随着这两个字响彻耳边，死神立刻骨头麻痹。避无可避，死神打了个大大的寒颤。

桑桑看着这名她决心追随的镜中人，满心美妙的预感。她知道，她在这个神秘空间中的时光，会过得称心。

* * *

桑桑在片场中向每一个人询问有关陈济民的事。"有没有听过陈济民？""有没有见过我的相公？""有没有一个叫陈济民的问起过我？"

茶水、场记、剧务、化妆、摄影、道具、副导演统统一概摇头，无人知道陈济民的下落。

桑桑说："你们本来是游魂一族，有胎不去投，也只有你们最有机会遇上陈济民。"

一众片场工作人员呆然木讷，对桑桑的焦灼毫不上心。

后来，桑桑又向回阳人打主意。但当然，他们遇上陈济民的机会就更微。

"桑桑小姐，我们进出进入，也只能经过一条白光隧道呀！"

桑桑想了想，决定以后不向回阳人发问。

死神不常来片场，桑桑在片场中的行径益发自由不受管束，在这个空间内，她的创意持续澎湃，差不多每一个剧本也经过她的修改，而当灵感一涌现，她便坐下来写新剧本。

桑桑习惯先把剧本大纲写下来，待死神审阅后才着手编写细节。

最近，死神就阅读了一个他颇为欣赏的："女主角的男朋友意外丧生，而男朋友的魂魄一直守护着女主角。为了使女主角重获爱情与生命力，男主角甘愿投胎变成低下的丑男A君，以人的身份成为她的朋友，劝说她释放自己。终于女主角遇上了英伟的B君，很快堕入爱河。A君正感二人外形合衬、兴趣相投，大概可以功成身退了；不料，却又发现B君并非善类。女主角以为A君想由朋友变为情人，因而疏远他。最后，A君为了拆穿B君的伪装和拯救女主角脱险，甘心再死一次。结局是，女主角明白了A君的苦心与真正身份，一切却已太迟……"

而故事大纲的结尾上写着："献给济民。"

死神微笑，他觉得感动。

他在剧本大纲的结页上写上评语："故事简洁易明，剧情动人有感染力。"他知道，这个小女孩喜欢别人的鼓励。

果然，桑桑重复把死神的评语阅读一百次，开心得热泪盈眶。

某一天，死神预早知会桑桑面谈，他有些idea想与桑桑分享，桑桑也答应了，她说她刚布置好自己的剧本及创作室，并邀请死神参观。

死神准时到达。一看之下，他的即时反应是逃走。但当然，未及转身，便被桑桑拦截，无路可逃。

"你给我站定！你去哪里？"桑桑拉着他的衣袖不放。

死神转过脸来看她，果然不出所料，桑桑戴上苗族的出嫁凤冠，以及穿上新娘子出嫁的衣裙。

她有备而来，全身叮叮当当，大红大紫，喜气洋洋。

死神没奈何地说："看到红蜡烛和百子龙床，就知合该有事……"

桑桑把工作室布置成结婚采用的新房模样。她并且准备好酒水，要与死神合卺交杯。

"来来，我俩结为夫妻！"桑桑扯住他又强迫他接过酒水。

死神坚拒之余又尴尬无奈。"你干吗要我娶你？你不是早已许配了姓陈的吗？"

死神与桑桑推推撞撞，最后，就打翻了酒。桑桑怪叫："你看你！多不吉利！"

死神即时回话："见到你自然就万事不吉！"

桑桑抹去新娘服上的酒水，一脸不满地说："你这样拒绝我一点也不合礼教！你知道吗？我既然留在你身边，你就要给我一个名分！"

桑桑横蛮地跺地。"你不娶我，你叫我以后怎见人！"

死神狐疑地问："你不是一直寻找陈济民吗？干吗你找他又要我娶你？发花癫吗？"

桑桑倒是非常理直气壮："有什么不可以？我嫁了他也可以嫁你！我的妈妈和姨姨一同侍候我的父亲也是寻常事！"她索性伸手拉扯死神的耳朵，并且高声说："我要嫁谁便嫁谁！用不着你去管！"

死神推开她。"你想嫁我，也要我肯娶你才行！"

死神按着耳朵雪雪呼痛，兼且狠狠地瞪了她一眼。

桑桑指着他的鼻尖说："你不娶我就笨了……"

死神问："怎么会笨？"

"……"桑桑却又说不下去。

在这个男人跟前，有时候会不由自主地词穷。

始终，他又英俊，又有权力，兼且有崇高的理想。

还有还有，他是她的镜中人……

死神交叉着手站在她跟前凶凶地盯住她。桑桑被他的眼神逼视得有点退缩。两人僵持半晌，最终是她双手垂下，半低着头，含糊地说了句："你变态的，不爱女人……只爱死人……"

死神啼笑皆非。他径自笑了数遍才望着桑桑说："要是我喜爱死人，就不会花心神打理这间片场。"

桑桑抬起她的小脸，晶晶亮地望着他。

每回，当她想到死神秘密地做上那么多善良仁爱的事，她的内心就禁不住一阵温热。

实在实在，该仰慕他。

死神见她停止无理取闹，就转身准备离开。桑桑叫停他："相公——"

死神打了个寒颤，全身僵硬，不得不停步。

桑桑在他背后说："你真是不要与我洞房？"

　　死神从眼尾瞪了她一眼，继而踏步离开。

　　桑桑逼婚失败，只好坐在艳红的床单上苦笑。

　　"啊啊啊，啊啊啊，献身都无人要……"

　　愈笑就愈苦，愈苦就愈傻。

　　而死神，也边走边笑。他不会否认，他一天比一天觉得人类可爱。

　　"实在太喜欢人！"他按着心房，魅力无限、自信开怀地笑起来。

　　也因为死神LXXXIII实在喜欢人类，他只好继续违背死神这职务的规条，竭尽所能地对人类好。

* * *

　　回阳人Case 372，是近年较特别的一个个案。Case 372的主人翁是一名中年作家，三十八岁，男性。他才华出众、博学、为人正直仁爱。正如大多数男性作家，他嗜杯中物，又两袖清风。平生没有任何畅销的作品，亦无固定女伴。他过着波希米亚式的自由浪荡日子，淡薄名利，醉醉醒醒又一天。

在遇上死神ＬＸＸＸＩＩＩ之前的一段日子，他结交了一名好朋友，那是七岁的小丹尼，他俩常结伴垂钓。虽然两人的年龄有三十岁的差距，但无阻心灵上的交流。他们是互相分享兼且投契的好朋友。

垂钓的时候，小丹尼问作家："同学中有人与我为敌，我是否应该完全不理会他？"

作家告诉小丹尼："你应该注意你的敌人，因为他们往往最先发现你的缺点。关注你的敌人，你一定获益。"

然后，作家问小丹尼："如果有人要送你一只苹果，又或是五分钟的知识，你会想要哪一样？"

小丹尼笑："肚饿时要苹果！" 然后，他却又正经起来："但当我吃掉苹果后，又或是转送别人后，苹果就不再属于我；然而，就算我把知识转送了别人，我还是能够继续拥有知识。"

作家满意地点下头，小丹尼则一副得意洋洋。

又轮到小丹尼发问："如果你的儿子意外死了，你会思想些什么？"

作家溜了溜眼珠，回答小丹尼："我会想，我一早就知道我生了一个会死的儿子！"

接着二人哈哈大笑。万料不到，死亡原来不是说笑间的事，数天之后，当作家与小丹尼在湖上泛舟垂钓时，风云忽然变色，在雷电交加之际，二人一同触电丧生。

作家与小丹尼都是由死神LXXXIII接上路的，而死神欣赏作家的才学与个性，他主动给予作家做回阳人的机会，他希望作家答应他以后用心写作，写出遗世的好作品。

作家却在大笑三声后拒绝死神："首先，我感谢你对我的赏识。只是，就算我多活一次，我也不会改变我的生活方式。我不抗拒成功，也盼望过名成利就的快慰；但是，我更加不想放弃我写意自在、酒醉浪荡的人生。"

死神点了点头，深思作家所说的话。

作家又说："今生就是今生，我没有什么想改变。而这一生，我过得很满足。"

死神佩服地望向作家，明白了他的意思。

作家却说："但我颇喜爱你这个回阳人的idea……这样吧，你把原本是我的机会转赠给小丹尼好吗？"

死神问："与你一同泛舟的小孩子？"

作家告诉死神："小丹尼对生命热爱又敏感，我相信，他也一定有崇高的抱负。这种人，才配有长寿的权力。"

死神考虑作家的建议。

作家笑着说："做回阳人的机会原本是我的嘛！我有权

把它转送给别人！"

死神定神望了作家一会儿，决定答应他的请求。"我让小丹尼成为回阳人。"

作家非常欣慰。"他不会令你失望。"

然后，怜悯就由死神身后飘荡而出，作家一看见怜悯，就顷刻眼前一亮，怜悯更是不得了，粉脸绯红春意盎然。这一男一女，就在死神跟前调情了片刻，最后才在死神左手的蓝光之下净化上路。

死神特意为作家在《神曲》的布景中加添数名美女，让他尽享天堂的欢乐。

死神想道，他大概明白这个男人，有些人完全不重视名利，亦不认为做人要有贡献。事实上，作家的最大成就，就是把重生的机会留给更值得的人。

于是，死神就把作家的遗愿告知小丹尼，小丹尼的魂魄含住一泡眼泪，牵着死神的手一同走过白光隧道。

当死神领着小丹尼走进片场的时候，小丹尼就说了一句："果然人生如戏。"

死神望着他，问道："你有什么理想？"

小丹尼说："或许，我会成为一个伟大的导演。"

死神微笑，他也觉得很好。

然后，小丹尼又说："我会一生纪念我的好朋友。"

　　死神说："好好地做人，就是报答他的好办法。"

　　小丹尼点点头，继而问死神："我的朋友在死亡的国度中过得可好？"

　　死神笑起来。"简直一流！"

　　小丹尼问："我与他会不会重聚？"

　　死神告诉他："或许会，或许不，一切要看他的意愿。"

　　小丹尼便说："我明白的。或许他会投胎再重遇我；或许我们下一生才又相见。"

　　死神摸了摸他的头，非常欣赏这小孩子的聪慧。

　　其后，死神把小丹尼交给副导演与桑桑，桑桑就向小丹尼讲解拍摄的剧情："你听过《卖火柴的女孩》没有？你演绎的角色就是那名卖火柴的孩子。你瑟缩在街角，无人光顾又天寒地冻，于是你燃亮手中火柴以便热暖指头。虽然明知这样耗尽火柴只会引来父亲的毒打，但实在抵受不了冰寒。你划掉一根又一根火柴，而渐渐，你发现你透过火柴的光，看到依着的那道墙后的大宅内的情景，火柴的亮光能让你透视当中的一切，你看见你喜欢吃的烤鸭、圣诞树……甚至疼爱你但已过身的妈妈。而当手中火柴被耗尽之后，你发现你正置身妈妈的怀里。真相是，你已在寒夜中饥寒而死，与妈妈一起在天国重聚。"

小丹尼沉默片刻，然后提出意见。"我认为故事中的小孩态度不够积极，她应该利用火柴创造一门生意，譬如在街角炮制一些小食之类。"

桑桑笑起来。"你的主意很好，但我们的目的是要让你在电影中死一次，然后你才能在现实生活中重生。"

小丹尼恍然大悟。"啊！"

副导演夸奖他："你将来定必成为跨国企业总裁。看看你！这么年幼便懂得赚钱之道！"

小丹尼忽然就雄心壮志。"跨国企业总裁……也很好！"

于是就忘记了不久之前才立志当导演。

桑桑朝站得远远的死神嫣然一笑，他俩都明白对方心里头想着些什么。无论这个小孩的理想是什么，他都值得被赋予新生。

当拍摄完毕之后，小丹尼就消失于这个空间。桑桑看着他在布景中隐没，就轻轻说了句："祝福你有美满的人生。"

死神站在她身旁。听罢桑桑的话之后，倒叫他想起作家曾经说过，纵然此生心愿未了，但今生就是今生，无谓勉强继续苟存下去。

死神微笑。回阳人这概念，还是偶尔被拒绝。想活的人很多，不想活的人亦不少。

* * *

~Second Examination~

红丝带小女孩找着死神LXXXIII，死神便知道，第二回合考试即将展开。

这一次，死神照样与红丝带小女孩在坟场会合，但这一个坟场，比起上一回的要破落得多。光秃的树丫如鬼爪伸延，墓碑灰暗破旧，杂草丛生。死神就在站着的位置看到一条蛇由草丛钻出来，爬行到一列坟墓之上。

红丝带小女孩以红丝带蒙眼、芭蕾舞裙的造型重临死神跟前。当她走进坟场的范围，万物就起了变化，秃树急忙长出叶子；墓碑上的灰暗瞬间淡褪消失，还原数十年前刚下葬时的簇新色调；就连杂草都在霎时间变得绿油油，而那条路过的蛇，更加仰观得屏息静气。死神当然就毕恭毕敬了，他伸出双手替她拆下红丝带，让她以重新观看世界的眼神凝视此间的夜空。然后又把她的右手与自己的左手以红丝带相连。二人相视一笑后，便在月亮下向坟场的深处进发。红丝带小女孩的一头银发，在黑夜中闪出幽冥的幻光。

她神秘又极之重要，她就是这瞬间的命运主宰。

死神暗忖，要修行多少个千年，才有红丝带小女孩的道行。

红丝带小女孩对死神说："待会我们会走到墨西哥的一幢大宅中，那里有一个很团结的家族。"

死神颔首，他有心理准备接受任何考验。

在坟场中愈走愈深，最后，他们穿越了所有坟墓，走进一片葡萄园中。红丝带小女孩亮起蓝色大眼睛，说："这个家族百年之前富可敌国，现在家道中落，但也拥有全国最优秀的葡萄园、甘蔗园和咖啡山庄。"

死神问："他们出现了什么问题？"

红丝带小女孩告诉他："家族中有人意识不正确。"

死神心念一转，大概猜想得到那会是什么。

红丝带小女孩与死神手牵手走过葡萄园。在那幽冥的山坡上，屹立了一幢面积宏大的白屋，充满着西班牙混合墨西哥的风情，大白屋的屋顶、窗框、露台、门框之上，全以彩色小阶砖镶嵌出美丽的图案，有花有鸟有人物的脸，热情又满载生命力。

红丝带小女孩与死神内进之时，正值家族的晚餐时分，五十多人一同坐于长台两旁，由佣人站于身后侍候。用餐的气氛尚可，虽不算欢畅热闹，但也和谐自在，偶尔有人小声说话，以及互相问候。

坐在长台最顶端的是家族长老，于他的跟前，摆放了豆和肉，还有一品脱的啤酒；然而，他似乎毫无食欲，死神看了半晌，发现他没动上半分。

死神再看真一点，才又发现，此名家族长老根本已无需饮食，他是一具衣着光鲜体面的尸体标本。

死神就明了了，这个家族，有人不想长老死亡。

红丝带小女孩看懂死神的思想，她并且给他补充："不止不希望长老死亡，他们甚至不愿意看见有任何一名家族成员死亡。"

死神趋前把长老细看，这个身穿白色丝质刺绣恤衫的尸体标本色泽黯哑，就连头发都枯干脆弱，看来，这具尸体标本亦已年资甚深。

"二十年。"红丝带小女孩告诉他："二十年前，他们把他的尸骸由坟墓中掘出来，再制成标本摆放家中。"

死神说了一句："死人当活人办。"

长老尸体没吃没喝，但佣人也间中走过来替他以餐巾抹嘴。诡异之极。

红丝带小女孩说："你看吧！"她指向大厅暗角位置。死神望过去，意识模糊的亡灵伫立在幽暗的角落中，茫茫然、虚虚浮地望向长台两旁的人。他什么也不知道了，只晓得自己离不开他们……

死神摇头。是家族中人的行径令长老的灵魂无法走到更好的地方。

然后，死神又感应了些什么。他望着长台前端右边的第一个座位，那名长老夫人的气息有异。他连忙掏出陀表看了看，继而说："差不多时候。"

红丝带小女孩说："长老夫人现正处于回光返照期间，三小时后她会昏迷，然后你会伴她上路。"

死神望向身穿洋装，但发型头饰仍然十分墨西哥化的长老夫人，然后转面向红丝带小女孩请教："请问，这次考试有什么我要注意？"

红丝带小女孩告诉他："长老夫人便是一切的始作俑者，是她要求族人把丈夫变作标本，另外，她亦为自己的死亡向族人颁下同样要求。事实上，她一早已把死人当活人养的思想植根家族成员的心中，以后每一名家族成员过身后，也会被制成标本，摆放于家中与活人一同生活。"

死神扬了扬眉。"这的确是个问题。"

如果家族成员遵照长老夫人的心意办，那么，终于有天，这所大宅之内便会充斥着无路可去、无法投胎的游魂。家族成员的魂魄无错是会永远相聚，但却只能以一个残破散溃的意识苟存。

死神亦能想象二十年前长老过身后的故事。长老的灵魂照样被某一型号的死神带走，继而被安置在虚幻之地处于净化阶段。然而，长老夫人把长老的尸骸由坟墓中挖出来制成标本，这行径，直接牵引长老的灵魂，那迷茫的灵魂被强大的念力牵引回阳间，还以为自己依然活着。久而久之，那意识含糊的灵魂消耗了大部分能量，错失了返回净化之所的能力，更枉论重新投胎做人。

红丝带小女孩说："这个家族的做法百害而无一利。"

死神认同地点下头。

红丝带小女孩作出吩咐："请拯救这个家族的成员的灵魂。"

死神自信满盈地向红丝带小女孩点下头。"放心，我不会令阁下失望。"

红丝带小女孩就向死神绽放出纯真如百花盛开的微笑。死神望着她，觉得实在太美了，不由自主的，他就心花怒放。

红丝带小女孩告诫他："请别轻视每一项考验。"

死神笑得魅力无限。"我没有轻视之意，我只是无法不被美色所迷。"

红丝带小女孩怔了怔，接下来就满脸通红。死神看着她的娇态，心情只有更好。

及后，坐着轮椅的长老夫人在用餐后被族人推往后花园欣赏结他演奏，而她的尸体标本丈夫当然也被一同带在身边。死神留意得到，长老的尸体标本被制成坐着的形状，大概是为了方便移动和安置。

结他手与歌手为这个庞大的家族唱奏出激情的音韵，而长老夫人就在年轻一辈的唱和下陷入昏迷中。

死神微笑，准备是次任务。

族人把长老夫人安置在床上，他们替她戴上传统的大耳环，又在她的发髻旁插上大红花。族人都意会到长老夫人命不久矣，她在清醒时的吩咐，大家都顺从地照着办。

而长老的尸体标本，则被放置于夫人的床边；一众亲人都聚集在房间之内，沉默不语。

医生前来为长老夫人检查，各人神色凝重。

红丝带小女孩找了个位置坐下来，张着瑰丽的蓝眼睛，静观接下来发生的一切。

死神看了看他的陀表，便说："差不多是时候了。"继而，他伸出极优美的右手，把长老夫人的灵魂自床上拉起。

长老夫人已年届八十七岁，身体虽不行，但意识与精神还很清晰。她被死神搀扶站稳，只望了死神一眼，她已知道面前的俊美男人是谁。

她朝他颔首，死神则礼貌地说："长老夫人，我是死神，正准备陪夫人上路。"

长老夫人微微一笑，这样说："上路？我看倒是不必了，我的子孙会替我的肉身进行仪式，继而我会长留于此。"

死神告诉长老夫人："夫人，接受年老与死亡为生命的一部分，是令此生有意义的事。"

长老夫人却雍容地回应："我与我的族人只相信生命永恒。"

长老夫人的神色高雅而坚定。

死神点下了头，告诉她："夫人，你可有思考过，生命的永恒可以由轮回再生来延续？"

长老夫人笑起来，这样说："我的族人如我，并不盼望轮回，我们并不希望因为轮回而各散东西，我们只想永远生活在这所大宅之内。"

死神明白她的意愿，但亦不禁叹息："请夫人明白，无论现世的情景有多美好，在本质上它一定会结束。"

长老夫人轻轻摇头，叹了口气，然后才缓缓地对死神说：

"你不会了解，亲人去世的悲哀。"她朝丈夫的尸体标本望去，然后告诉死神："二十年前，先夫过身后的一段日子，我们每日都茶饭不思，病倒的病倒、崩溃的崩溃，因为他的离去，整个家族停止了运作。每日三餐，我们也在他的座位上摆放他喜爱的食物；而每一个晚上，我也在他休息的位置说过晚安才能安睡。我们的子女会抱着先夫的照片饮泣倾诉，我们每一天也盼望他能回来与我们重聚……先生，你可会明白失去挚爱的心情？我们这个家庭，谁也不能离开谁。"

死神望着神色悲恸的长老夫人，感受到这个家族强大的团结力量。他完全可以想象得到，长老过身后那段天地失色的日子，葡萄园的果实腐烂堕落；甘蔗长出了虫；咖啡豆变酸。天是一片灰暗，在下雨之后，白色的大宅也蒙上一层灰；阳光不再走到这儿来了，它永远都在遥遥千里之外，这个家族失去了挚爱之后，就连太阳也忍不住伤感，躲避得远远。

死神的心因着这种悲伤而痛。然而，无论那种爱有多迫切澎湃，死神也不可以因为感动而屈服。他不可以容许这个家族任意妄为。

死神伸手指向房间一角，对长老夫人说："夫人，请看那一边。"

长老夫人随死神指向的方向望去，赫然看见一抹晦暗不明的人影，白影朦胧一片，没有五官轮廓，也不见得具备任何清晰的意识。那白影靠墙飘浮，明知需要依附些什么，却又无法作出肯定。

长老夫人看不明白，她疑惑地望向死神。

死神告诉她："那抹白影，就是长老先生的魂魄。"

长老夫人惊愕万分，她急急忙忙走到白影跟前细细打量，一边细看一边摇头："怎可能……"

精明勤奋出类拔萃的丈夫，怎可能如此沦落……

死神走前去，娓娓道出原因："长老先生的魂魄经过多年无意识的游离之后，已丧失大部分能量。他既投不了胎，亦与你们沟通不到。他唯一能够做的是，依循你们的念力，栖身在你们当中。然而，他没意识去理解为何要久留，更无意识与你们相认。他的魂魄可说是被你们一手荒废。"

长老夫人听罢，就张大口凄然落泪，她悲伤地叫喊："我的爱人，缘何你的魂魄竟凄清至此……"

死神静默地伫立长老夫人身后，任由她发泄情绪。

"我的爱人，留你在尘世，原是一片苦心……"

长老的魂魄什么也不明白，甚至感受不到爱侣的悲伤。

这一抹白，是何等的低层次。

长老夫人悲怆得无以复加，她一边流着泪，一边询问：

"可以告诉我，一切是我错吗？"

她按着心头，很痛很痛。

死神说："那只是无知。"

长老夫人掩住脸，摇头悲叹："你可以救活我丈夫的灵魂吗？"

死神告诉她："我可以带他离开。"

但一想到"离开"的可怕，长老夫人便无法接受。她语带惊惶地说："我们无一个成员离开过这个家庭……"

他们只信奉生死与共，永不分离。

死神尝试安慰她："请持着信心到达那个必经之地。"

长老夫人泪眼涟涟，掩脸悲哭，她实在不能接受她坚持了半生的家族团结，就这样被死亡拆散。

死神告诉她："你要是坚持己见，你与你家族的每位成员，都只能追随长老魂魄相同的命运。"

长老夫人站在丈夫的魂魄跟前，茫茫然不知所措。

死神指引她："我让你返回肉体，请以最后一口气告诉你的家人，你决定放弃把自己变成标本，你并且希望你的家人能与你同样接受死亡的安排，不与死亡抗争。"

长老夫人犹豫。"我花了近二十年时间熏陶家人在死后变成标本的好处，我让他们明白，只有这个做法才可以一家人永不分离……我实在不知道如何可以以几句说话去推翻这套二十年来我对他们作出的教育。"

死神明白长老夫人的忧虑，而这亦是整个救赎中最重要的一环。长老夫人一定要使子孙得悉以往信奉的全然是错的。

死神想了想，然后说："就请你告诉你的家人以下的真理。"

"真理？"长老夫人问。

死神告诉她："请他们持着信心去世，切勿因死亡感到沮丧。"

长老夫人默记着。

死神说："只要想一想，来世还有机会为生命、为他人作出服务，死亡自然并不可怕。"

长老夫人抬起泪眼望向死神，而死神续说："每一次的死亡，都是一次新生婴儿的来临，要是你们无人愿意面对死亡，何来魂魄投胎到新生命中？"

是最后的这段话，成功地开启了长老夫人的心。

"对……只有先人死亡，后人的婴孩才有魂魄……"

死神微笑。"你也希望家族后人儿孙满堂吧？"

想到这里，长老夫人顿时心意明澄，她接纳了死亡这个概念。

有生，就要有死。长老夫人再也找不到理由去抗拒死亡。

死神欣慰地凝视她。

她抬眼向死神望去，死神就再次牵起她的手，带领她步向床上的躯体，然后向她轻语："家族日后的兴衰，全赖你了！"

长老夫人眼内灵光一亮，她已决定了心意。

她重新躺回自己的躯体之内，并且睁开原本正翻动不停的眼睛，众亲人立刻大呼小叫，紧张兮兮地围上来，然后，长老夫人运用死亡前最后的力气，向俯下身来的长子说出她刚学会的话。她说："请把我与你们父亲的尸体一同埋葬于家族的墓地之中……"

长子以为自己听错，立刻伸手招来妻子，让她把耳朵贴近长老夫人的唇边。妻子听见的是："只有我与先夫的灵魂安息长眠，我们才能得以重获新生……"

长媳妇流露出讶异的神色，她恐怕自己误解了长老夫人的信息，是故把二公子拉过来。于是长老夫人的二子就俯身聆听母亲的话，他听见她说："请你们也持着信心去世……"

二公子但觉非比寻常，继而又向自己的妹妹招手。这名长女儿立刻把耳朵贴近母亲，她听见母亲说："来世还有机会为生命和他人作出服务，死亡并不可怕……"

长女儿不敢再听下去，这实在不像是母亲会说的话。她的丈夫走过来，接替她的位置。长老夫人正说着的是："每一次的死亡，都是一次新生婴儿的来临……"

而当女儿的丈夫把一双女儿又找到床边之际，长老夫人便断了气。她说完了半生人最重要、但又最违反家族观念的说话。

家族成员愕然地互相对望。长老夫人忽如其来的转变，惊异得叫他们忘记了她去世的悲伤。

长老夫人重新站立在死神眼前，她的魂魄溢满了释怀的喜悦。

"你做得很好。"死神赞赏她。

长老夫人轻叹，这就是她为这个家族尽的最后一分努力。她问道："你可要带我上路了？"

死神神秘一笑，继而说："那么，请长老夫人爱上我。"

长老夫人眉头一皱，表情并不好惹。"你不得要我变心！"她坚决地说。

"哈哈哈！"死神仰面笑起来，这样说："长老夫人，你就当是赏赐在下那枯竭的心。"

长老夫人仍坚定不二。"我一生只爱一个人！"

死神紧紧盯着这位专一情深的女士，带笑说："但如果，只要你说一句'死神我爱你'，你丈夫的魂魄便能重新被修补重塑呢？"

就在同一秒，长老夫人双眼发光，急不及待高声叫嚷："死神我爱你！"

说罢，更一脸的焦急，生怕自己说得不够响亮。

死神怔住。"长老夫人……果然甚具决断力！"

长老夫人的脸涨红，尴尬地说："虽然我不明白因何你要轻薄阿婆……但为了先夫的灵魂，我在所不辞……"

死神的目光就慈怜起来。他说："长老夫人请放心，长老先生的灵魂会健全无缺。"

长老夫人一脸晶亮。"真的吗……"

死神的笑容魅力无限。"死神，从不欺骗美人！"

长老夫人立刻掩住嘴笑，神态娇憨犹如怀春少女。

死神语带欣赏："长老夫人是位非常有魅力的女性。"

长老夫人说："你猜先夫再见我面之后，会否再爱我一遍？"

死神一脸理所当然："他怎能抗拒？"

长老夫人就安心了。阴阳相隔了这些年，她的期盼莫过于是重逢面对面的一刻。

死神深知时候已到。他伸出左手按在长老夫人的脸庞，在她全然放松的刹那，死神左手的蓝光发挥净化和安慰的作用。而怜悯飘荡出来以慈爱拥抱虚弱的她，补偿她一生中所有伤感与不满足。长老夫人就在死神送递给她的爱意、智慧、洁净中，步入一个她拒绝了半生的阶段。虽然轮回了无数次，但她早已忘掉了死亡所带来的美好。

那是一个多么明亮的境地，在无尽的光芒中，她领受了无边际的爱与恻隐，还有就是，最重要的原谅。

她落泪了，为着自己过往的固执。尤幸，她知道，她已完全被原谅。

她就在这美妙的光芒中前行，然后，她感到身后有人。当她把脸转过去的时候，她就看见她依恋了一生的丈夫。

他的容貌只有二十来岁，他的眼神清亮自信，他的笑容温暖又富男子气概。她的心就热烘烘了，她当然不会忘记他这副容貌。他俩在结婚当天才认识，却在第一夜相拥之后热恋到老。

他就是她梦想中的丈夫，他是她生命中的宝藏，为着报答上天的恩赐，她决意爱他更多于爱自己。她要永生永世，保留她与丈夫的爱……

她从没忘记过，自己有多爱这个男人。爱得尽心尽力，爱得超越了生死。

再给她重新活过，她也会一样的爱他；再给她生生世世，她亦只会奉献出更深更浓更不可思议的爱。

生命不再有别的责任。除了爱……

他把手放到她的脸庞上，她就触动得鼻子也酸了。温柔地，她合上了眼睛，让泪水温热眼眶。

她知道，连她也年轻了。在这个空间之内，岁月无须存在。

他轻轻把手放在她的肚皮上，笑容灿烂地对她说："这是我们第一个孩子。"

她就感动得哭了出来。她记起了，当她头一次怀孕的时候，她与他有多快乐。

她为他诞下了七名子女；她为他筹划事业；她为他的人生带来爱与欢乐。她就是他的美酒、音律、丰盛的食粮、红霞漫天的美景……她是他的一切。

她掏尽一生心血去爱这个男人，最后，这个男人所拥有的，都来自她的塑造。

无私地爱了他一生，只有一件事她犯了错。

"对不起，我曾经留住了你，我以为，你不会舍得离去。"

她咬住唇，歉疚地说。

他就摇了摇头，伸出强壮的臂弯把她拥入怀，然后说："没关系，我们又在一起了。"

她的心涌出真诚的感激，她知道这个胸怀是死神的礼物。死神活化了她所爱的灵魂，让她得以享受此刻的抱拥。

她抬起娇小的脸蛋，与爱人的眼睛四目交投。

如果真有永生永世，但愿就此爱慕不止……

璀璨的华光忽尔照耀这双环抱着对方的恋人，他们仰脸朝光芒中看去，感受着无比甜蜜的欢畅。灵光七色斑斓，来自数不尽的光灵，每位光灵各自伸展美丽的翅膀，三五成群地张翼，组成幻美的景象。每个光灵流动着如红宝石的晶光，瑰丽得恍如太阳燃烧其中。这动人的奥妙反映在仰视着的一双恋人的眼眸里，说不出的惊喜，说不出的幸福……

——《神曲——天堂篇》XVIIII

* * *

这一回合的考试结果在一年后才被结论。长老夫人的子孙对于她临终时所说的话，反应不一，有些认为长老夫人交代遗言时神志不清，另外一派则觉得该如长老夫人所言照着做。

最后，他们既不敢把她下葬，又无法把她的尸体制成标本，只以科学方法把尸体保鲜，安放于寝室之内。

期间，死神把长老夫人的灵魂多次带回大宅之内，以报梦的方式向族人解释她的心意。终于在那名四岁的男曾孙向父母透露出他所梦见的细节后，这家族的人才议决安葬长老夫人，以及长老的尸身。

家族的人每逢梦见长老夫人，都会把梦境细节写于纸上，由长子保管。而基本上，每个梦的景象也大同小异。最突破的一次，就是四岁男曾孙所叙述的景象："曾祖母穿着新年时穿过的那套绿衣裙，又戴了五叔叔结婚时所戴过的蓝色帽子。曾祖母坐在床头对我说：'要是还不快土葬了我，七姑婆的二女儿将来就无法生出聪明的女儿。'"

族人明白，四岁的小孩子无法创作出这样清晰的梦境。在这次报梦之后，无人再反对把长老夫人下葬。

族人把长老夫人以及长老安葬以后，家族中人的行径益发自由自在，有几房人搬离开大宅自立门户，亦有年幼的子孙被送到国外求学。家族各人的感情仍要好，只是他们已不认同维系感情的旧有法则。

红丝带小女孩满意是次成绩，她在公布结果时踮起了脚尖，顺道给死神送上一个蜜意绵绵的吻。

闪亮着蓝色幻光的眼睛，红丝带小女孩如此说："你是我在近年遇到的最有魅力的死神。"

死神ＬＸＸＸＩＩＩ反而不好意思了，他从眼尾溅出柔光。"主考官你过奖了！"

然后红丝带小女孩就愉快地把眼睛蒙上，转身并以芭蕾舞的姿势步离死神。

CHAPTER - 03
THE BEWILDERED

~The Suicide~

有一回，当死神ＬＸＸＸＩＩＩ与桑桑步过黑隧道与白隧道之后，他们在那迷离的空间中目睹一件可怕的事。

一个剖腹自杀的人跪在地上，重复着剖腹的行径。而这个人的跟前，站着一个披着斗篷的身影，斗篷之内并没有脸孔，只暗暗闪亮出一双冷酷的眼睛。

斗篷人监视着剖腹自杀的人的行径，他要确定这个人无间断重复举刀剖肚的动作。自杀的人在苦泪中张开嚎哭哀求的口，呜咽着渴望救赎的叫声，然后举起滴血的军刀，向肚皮横切剖开，肠与内脏爆裂涌出，自杀的人看到流满一地的器官，心情实在沮丧到不得了，他既痛楚又无奈，只好悲苦地垂下头，再以双手把内脏塞回肚子中，继而看着肚皮的裂缝自动愈合。他哭着摇头，又抬起苦情的泪眼，乞怜地望向斗篷人，他渴望斗篷人会朝他点一点头，甚或是转身而去。然而，斗篷人却不给予他任何反应，那双在幽冥中暗亮的眼睛，无情地瞪着他不放。

自杀的人咬着牙悲叹，自知无路可逃亦无可选择。他又再提起军刀，重新朝自己的肚皮剖开去，内脏再一次涌泻四散，他也再次在痛苦与失望中徘徊。斗篷人没表示满意亦没示意停止，于是自杀的人只能重复着无间断的痛苦，情景再悲凄亦无法获得怜悯与救赎。

桑桑看得目定口呆，脸色发青。死神挤出惨不忍睹的表情，看不了一会，就拉着桑桑离开。有时候死神会误闯到这些空间来，这里发生的事他无从过问或管束，纵然，那个剖腹自杀的男人，原应是死神LXXXIII在三十年后接上路的亡灵之一。

死神与桑桑步进白色隧道之内，在柔光包围之下，桑桑才放胆问死神："刚才发生什么事？"

死神告诉她："自杀的人正受着Lucifier的折磨。"

桑桑皱起眉："但他原本是你将来要接上路的人。"

死神叹了口气："谁叫他今日自杀？他了结自己的生命，就等于放弃灵魂的自由，于是只好落入Lucifier那边，一直重复自杀的苦难，直至三十年后，那原本的阳寿死期。"

桑桑打了个寒颤。"好可怕。"

"对哩。"死神也感同身受。"无间断的苦楚。"

桑桑问："自杀真的如此罪大恶极？"

死神点下头，然后说："所以就算你在返回阳间后挂念我，也不要以自杀来见我。"

桑桑迷茫地望向前方。"自杀就见不到你了……"然后，她又说："斗篷人很可畏吧！"

死神扬起一边眉毛，表情没奈何。"就算是神祇，面对他们那边的事情，也只有震栗的份儿。总之，一旦落入他们那一边，就永不超生。"

桑桑再次打寒颤。"真的好可怕……"

说着说着，死神与桑桑就步进片场之内。这阵子，死神也拣选不到回阳人，是故片场的气氛有点沉静，只有零星的搭建道具布景声。

死神就与桑桑走进放映室，观看一段又一段回阳人的电影片段。

银幕上，一名回阳人正死在外星人的死光枪之下。

桑桑问死神："你认为做人幸福吗？"

死神的侧脸在轻笑。"我怜悯他们。如果可以的话，我但愿他们可以更幸福。"

桑桑又问："怎样才能更幸福？"

这侧脸在漆黑的放映院中亮出一种尊贵。"长命、少苦难。"他说得很简单。

桑桑垂下眼，思考着要否认同。

死神轻语。"人不想死，为何要他们死？"

"为何人不能似神？神不会病不会痛。为何只有人才要苦难重重？"

"轮回数百世之后，人依然苦。干吗仍要他们轮回？"

死神在漆黑中说。桑桑凝视他的侧面，感受着他的悲悯与慈怜。

桑桑说："你对人实在太好。"

死神垂首，说："我受不了他们那些苦。"

每次感应到人类的苦，死神的心都痛。他不得不承认，他的心愈来愈靠近人类。

他笑着说："我就快变做他们一分子了。"

桑桑轻握死神的手，以示明了与安慰。

死神说："告诉你一件事，请别取笑我。"

桑桑温柔又可人地望着死神，然后，她听见死神如此说："我深明所有死亡的技巧，也懂得让他们过身得愉快。然而，我但愿可以在他们临终的一刻，告知他们生命的意义。有时候我以为我明白人生的意义，有时候却又不。"

桑桑把死神的话听进耳里，慢慢地消化。银幕上，一名回阳人扮演着《Armageddon》中的Bruce Willis，他为拯救人类而牺牲自己。

死神径自微笑，这样说："我懂得的会不会太少？"

桑桑不知怎回话。

死神说下去："我知道的，不比他们多。"

　　然后，桑桑就想到该说些什么了。"相公，不怕啊！要学习些什么，有娘子陪你！"

　　顷刻，死神心中的哀愁一扫而空，他只管全心全意地鸡皮疙瘩。他把眼珠溜向桑桑，这样说："我百分百相信你会使用魔法——你总能成功地让我毛管直竖，作闷兼反胃！"

　　桑桑笑得傻气，一脸天真可爱。

　　死神做了个怪表情，然后就站起来离开座位，一副避之则吉的神态。

　　桑桑仍旧笑眯眯的。死神虽被吓走了，但起码他已忘记了忧郁，顿时变得精神爽利。桑桑掩住嘴呵呵笑，沾沾自喜地认为自己是个优秀的好娘子。

＊　＊　＊

~The Third Examination~

　　红丝带小女孩再与死神见面，地点是第二次世界大战的军人坟场。她选择了午间为见面时分，阳光明媚，风也暖。她穿着一贯的淡黄色芭蕾舞裙和红色芭蕾舞鞋，亦同样以红丝带蒙住双眼。那头银色的长曲发，在阳光下散发着闪亮的白金光芒。

死神LXXXIII恭敬地上前替红丝带小女孩拆下红丝带，于是，她就能以重新观看世界的姿态张开海洋蓝的眼睛。而眼珠上的黄金色长睫毛，美如天使的翅膀。

　　他们看见对方时都感到很高兴，内心热烘烘的。

　　死神自动自觉地把那条红丝带缚在自己的左手上，正准备把丝带的一端缚向她的右手，却料不到她如此说："今回，我们什么地方也不去。"

　　死神禁不住愕然。"这次会面不是为着考试吗？"

　　红丝带小女孩便说："试题已定，但不需要在今天完成。"

　　死神便把手腕上的红丝带拆下来，继而笑着说："这次是第三回合的考试，我实在紧张得很。"

　　红丝带小女孩以双手接过自己的红丝带，也笑得很甜。"只要你能通过是次考试，我们便能正式考虑你的转职申请。"

　　死神深深地吸了一口大气，充满着朝气和憧憬。"我期盼已久！"

　　"那么，"红丝带小女孩仰起小脸，告诉他："请你记着第三回合的考试内容：把编号MXL70968的灵魂接上路。"

　　死神立刻从西装内袋拿出死亡名单，名单上密密麻麻，全是符号和数字。这一回，他的双眼还未找着红丝带小女孩

所说的编号，但内心却已蓦地活现出一个画面：一名美女的背影。

死神双眼一亮，呢喃："是她。"

红丝带小女孩说："这个女人有逃避死亡的本事，我们想请你收服她，并接她上路。"

死神笑得甚有含义，然后对红丝带小女孩说："事实上，我已留意了她一段日子。"

红丝带小女孩点了点头。"那么正好。是次考试不设时限，我们只盼你能完成这个任务。"

死神的笑容极之灿烂，甚至乎夹杂了兴奋。"我定当竭尽所能。"

红丝带小女孩状甚满意。继而，她便与死神话别，并且转身让死神替她蒙上眼睛。

死神目送她离开，然后，他也转身离去。他边行边笑，双眼闪亮出喜乐的光芒。

"这算什么考试……"他欢乐得要以手心按着胸膛。简直是大赠送！

当了这些年的死神，要数今天最令他亢奋。

* * *

编号 MXL70968 的拥有者是名女性，她的全名是 Aisling Gargan Ceramic，并且有一个中文名字：陶瓷。她就是死神 LXXXIII 名单上那个忽明忽暗的名字，死神只见过一次她的背影，却在以后每逢想起她也笑眯眯兼心思思。

要找她半分难度也没有，死神的难处是该以何种方式与她见面。

于是，死神对镜自言自语："陶小姐，我就是你在这生中最重要的人。"

说罢，连他自己也觉得兀突。镜中的他刹那惘然。

死神望着镜说："我的另一半，有什么高见？"

镜中的死神没任何动静。死神的另一半从来不回话，亦从来不露面。

死神说："若果不是一早知道我有另一半的存在，我根本不会察觉到！"

镜中人的动态，当然与镜前人一模一样。带点调皮，又带点焦虑。

死神蹙起眼眉，说："我连你是肥或瘦都不知。"

就是嘛，死神的另一半神秘之极。

"金发？黑发？胸脯有多大？什么 cup size？"

"比得上怜悯的风韵吗？"

"又或是，如桑桑那样青春？"

死神双手撑向墙，牢牢盯着镜中人。"我的另一半，"他说："现在我要面对一个女人。而每逢想起她，我都会不期然的紧张。"

死神叹气。"那我该怎么办？"

死神双手抱头，又思量了一回，然后说："算了吧，见到面之后自然就晓得该怎么做。你说对不对？"

他定定地望着自己，半晌后就笑起来。"我知道你一定会支持我，令我安心，令我一切顺利。对吗？"

自顾自笑了一会儿，死神结论。"找机会出来与我见见面嘛！喝喝酒谈谈心，什么也好！"

然后，他眼珠一溜，又说："对着那个陶小姐，我也大概可以照直这么说。"

"我该怎样称呼她？陶小姐？Miss Ceramic？Aisling？抑或……Mrs. Warren？"死神眨了眨眼，企图搜索她的资料。"她嫁了多少次？改了多少次姓名？就叫她陶瓷好不好？"

这么一桩小事，也令他如此伤脑筋，死神的神情懊恼到不得了。然后，灵感一闪，他就决定了："你该叫Beautiful。"

然后，在接着的一秒，他满脸通红，由耳根红至鼻尖。

"救命……简直不寒而栗……"

镜中死神的脸却乐得傻呼呼。

吸了一口大气，他才能镇定神经。

"这样吧，就称她为陶瓷。"死神喜欢这个名字的矜贵细巧。

"MXL70968……还会有什么关于她？喜欢什么花？喜欢哪种零食？喜欢什么颜色……"

"还有，喜欢什么样的男人？"

实在太想太想太想亲近这个女人，太想太想明了她的一切。

死神对镜整理衣领。"终于有天，我们会很了解对方。"

话到此，已圆满。

明显得很，是次任务，不独只是考试那样单纯。

那名神秘对象，给予死神一种异样的吸引力。

什么也未发生，已喜乐甚深。

* * *

就在某天，死神于片场观看回阳人的拍摄情况时，一件罕见意外发生。

死神坐在他的导演椅中，正观看得聚精会神。忽然，从

天而降一把大刀，利落快速地直斩在死神的头顶上，刀锋如闪电劈开，死神的头和脸，利落地劈开两半。片场中目睹此情此景的人都尖声大叫，正在扮演《爱情故事》中的病危女主角更被吓得当场昏倒，要劳烦工作人员拍醒继续拍摄，以便赶及及时回阳。

最镇定的却仍是死神。他伸手把大刀由下颚的位置拉出，刀身不见血也不见肉。当大刀被拉开来之后，死神的脸和头即时愈合。一把刀，伤害不了超然的神。

死神抬头向上望，他差不多可以肯定，此事有预谋。有人妄想杀死死神。

桑桑着急到不得了，吩咐工作人员极速调查。但结果也只得这个："那把大刀，是荷里活惊栗片《Friday the 13th》中那个Jason所用的那把半旧不新的道具刀。"

死神一听见"荷里活"三个字，立刻扁嘴笑起来。这种事，除了那个女人，谁还够胆做？

居然，先下手为强，跨越时空来追杀死神。

"哈！哈！"死神仰面大笑。

简直史无前例，能人所不能！

"厉害！居然连死神都想杀！"死神交叉着手笑，佩服到不得了。

桑桑不明所以地望着他，只见他毫无怒意，反而笑眯眯。

死神转身对桑桑说："她竟然企图在我把她送上路前杀死我！"

"谁？"桑桑一脸狐疑。

死神边行边说。"好大的胆！"

而在心中没说出的一句是："我中意！"

死神神采飞扬地从内袋掏出陀表。也是史上第一次，死神的陀表上出现了指针，时针指着罗马数字十二，分针则稍微停在十二之外。

第三个回合的考试正式展开。死神的心情，实在狂喜到不得了。

那个女人，无论怎样称呼她也不再相干。柔弱又或是凶残都已不重要。算她要斩要杀，他还是满心欢喜。

死神以指头扫了扫自己的下颚。他密切期待她的下一个招数。

* * *

~ Ceramic~

　　这是一个更宏大的片场。

　　艳舞女郎打扮的女人排成一列，正在练习彩排；三名驯兽师推着一个铁笼步过，铁笼内放有一头白狮；服装部的工作人员把一架又一架的华衣美服送到服装间；上百名临时演员正分批化妆与妆身；那十九世纪末的歌舞厅，设计得美轮美奂、金碧辉煌。片场内正制作一出Ａ级电影，制作资金动用过亿美元。这儿是荷里活，擅长以金钱炮制出梦想。

　　片场中央站着一名女人，她交叉着手仰起脸，正聆听身旁的人的讲解。看不到她的正面，只看到她修长婀娜的背影，她棕色的头发不长不短地垂在颈后；她身上穿着杏色的连身裙，剪裁高雅名贵，小腿幼细纤长，脚上穿着三英寸高的鳄鱼皮高跟鞋。她的肌肤看来细白幼滑，就连手跟的部位也精致细嫩。就算只得一个背影，也已足够称呼她为美女。

　　她没有拿手提包的习惯，就连手提电话，亦是由身边的人为她拿着。现在，她的身旁跟着两名助手、两名监制、市场策划以及导演。她是这些人、这个片场以及整个电影王国的话事人。在荷里活，她的权力排行永远都在五名之内。

　　所有经过她面前的人都会谦恭地朝她颔首，而她亦惯于站在众人的毕恭毕敬之中。她一直仰着脸注视半空那盏巨型水晶吊灯的装置，同时分一点点心出来聆听身旁的人的说话。她的两名助手拿着笔记下所有要点；而通常，她都很少即时响应些什么，她要说的话，在开会时说一遍就成。

死神LXXXIII就站在她身后不远之处。他为四周景物的富丽堂皇而惊叹。生命只是过渡也只是幻觉，但人类就有本事把这虚幻的一切当成真实般呈现，并且，比真实伟大得多。

他一直跟随她前行，像个影子般亦步亦趋。他没有超越她，也不妄想能窥见她的真面目。他已经太满足于她的背影，细巧的腰，纤长的腿，带动着动人而耐人寻味的故事。

那双小腿那么幼细，她走动了百年，难道仍然不累？小小的腰身支撑着的，除了上半身之外，还有秘而不宣的过去。死神把她的背影观看得巨细无遗，犹如观看一尊艺术品，价值极高昂，叫人看少一眼也不甘心。

他听见她说话的语调，淡定轻柔平和；她的举止含蓄高雅，没有多余而夸张的动作。死神微笑，这样雅致矜贵的女人，竟然掌握了操控死亡的本事，并且……试图捕杀死神。

他细细叹了口气。他所遇上的，是世上最动人的敌人。

还有什么更叫人心荡神驰？死神紧盯着她的背影，自顾自笑起来。

女人要聆听的都完了，接着，她就朝办公室的方向走去。死神跟随着这个背影，他发现自己跟随得很忠心，他甚

至愿意如影随形，而这种相随的忠心竟然叫他心生快慰。

死神仰起面傻傻地边走边笑。他感应着一些史无前例的事情。

女人走过两出电影的片场，然后步出片场之外，于阳光下走了数分钟，然后又走进一所三层高的大宅中去。她吩咐她的助手返回工作岗位，而自己则步行至三楼的办公室中。

她推开房门，一直走到靠窗办公桌前，而房门与办公桌的距离足足有五十英尺。她站在办公桌后垂头转身朝向死神的位置。她一边随手翻揭桌上的文件，一边说话："请替我关上门。"

死神站在门边，左右张望。附近并没有其他人。

她依然垂着头，重复刚才的话："请替我关上门。"顿了顿，才又说："死神，麻烦你。"

死神当下一怔。而这个女人，缓缓地把脸容抬起。

请念记住这一刻，死神首次目睹她的芳容。

而整个世界，不由自主地，静止了。

这是一张完全不可思议的脸，脸胚小巧，呈鹅蛋形，略长；皮肤白皙得如经漂染一样；鼻子秀巧高挺，嘴唇薄而棱角分明；最特殊的是一双眼睛，在修长的眼形之下，她的左眼是绿色，而右眼是深棕色。

死神屏息静气。而她什么表情也没有，恬静地望着他。

死神深呼吸。在知觉清晰了之后，他就记起她的吩咐。他伸手把门关上。

然后，她才稍稍放松表情，坐到大班椅上，轻声朝他说："我们终于面对面了。"

死神上前，在办公桌之前装作潇洒地坐下来，也说："我也实在盼待已久。"继而，他也就开门见山。"你那把道具刀，我已请人放回你的道具房内。"

笑意慢慢由她的脸上绽放，虽然笑得灿烂，她的气质仍是含蓄的。"那很好，麻烦你。"她甚至向他礼貌地点了点头。

死神莞尔。这个女人的态度如此温文典雅，完全不像她的所作所为。他笑了笑，然后说："你也该知道，你避不了死亡多少次。"

女人温和地轻笑，回应他："与其等待你来追捕我，不如我首先杀了你。"

死神又一次愕然，实在令人哑口无言。他朝她看去，她却仍然优雅地笑意盎然。

真令人啧啧称奇。死神忍不住自顾自笑起来。"啊啊！啊啊啊！"

女人看见他笑，她亦显露较为开怀的笑容。

当笑容静止后，她就与一尊慈怜的圣母像无异。

静态的、无垢的、受尊崇的。

死神笑了一会，就伸手掠了掠头发，这样说："你知道吗？你所做的事，完全是前无古人。"

女人慷慨地盛放笑脸，迷人得连眼角也溅出笑意。"我知道死神也会死，只是，还未知道该如何成功地置你于死地。"

死神凝神望着她。他发现，当她笑起来的时候，右眼深棕色眼珠比较亮，那深棕色闪呀闪，形如琥珀。

死神耸耸肩。"我建议你最好用心一点想想杀死我的方法。这一次，我是受派到来非把你接走不可。你避不了我多少次。"

女人就垂下眼作思量状。死神又发现，当她垂眼之时，眼帘上的双眼皮仍然那么深刻，而一双弯月眉，薄薄幼幼的，看来温柔明媚。

她的行为那样冷酷，偏偏外貌气质又柔情似水。死神深深地吸了一口气，实在不明所以。

当她重新把眼睛抬起之后，便说："那么，即是说，由今天开始，每天都是我的死期？"

死神笑着点下头来，称赞她："聪明。"

女人露出明了的表情。接着，她站起身，伸出右手，说："谢谢你的拜访。只可惜我还有要事，无法周到地招呼你。"

死神也站起来伸出手与她握上。天啊，这个女人的手软若无骨。无比的性感，而且温柔……

死神不期然地摇了摇头，又暗自叹息。

女人对死神说："你可以称呼我为陶瓷。"

死神非常高兴。"我也打算以这个名字称呼你。"

当她把手缓缓缩回，死神这才舍得放开她。

唤作陶瓷的女人告诉他："很少人叫我这个中文名字，多数人都称我为 Aisling 或者 Mrs. Warren。"

死神由衷地说："陶瓷是个极漂亮的名字。"

陶瓷带点含羞地笑，"谢谢。"

她半垂下脸，而脸胚微红。

无论由哪个角度看去，这个女人都是可人的。

死神咬了咬牙，又再摇了摇头。

死神准备转身离开，而临行前，他嘱咐："小心交通。"

陶瓷的笑意依然。"好的，好的。"并语带感谢。

死神就在陶瓷的目送下离开她的办公室，他在关掉房门前再次向她道别。

陶瓷礼貌颔首。在房门关上后，她坐下来签署一些文

件，接着吩咐她的三名秘书准备稍后开会的事宜。

日理万机。似乎没把死神的到临放在心上。

一直工作到晚上八时，陶瓷便被司机接走。

Bentley 房车直驶向另一个山头，山顶上的巨宅便是她和丈夫的居住之所。而就在拐弯的栏杆前，忽然从对头冲来一辆自行车，陶瓷的司机急忙刹掣，但房车的尾部还是与自行车相碰，自行车驾驶者连人带车冲落山坡。

司机大惊，匆匆走下车外检视自行车驾驶者的伤势，他看了一眼，就回头对陶瓷说："太太，那个人并没有受伤。"

陶瓷一直冷静地安坐房车车厢内，她既不愕然，也不惊慌，也只瞄了那半挂栏杆上的自行车一眼，然后便拉上车窗布帘。

而就在司机准备坐回驾驶位置时，山路上传来一声巨响，一架大卡车奇异地冲向 Bentley 房车的尾部，司机连忙后退躲避，在不消三秒的时间内，陶瓷和她坐着的房车便被大卡车冲撞出栏杆，房车飞堕山崖的半腰，打了两个筋斗。

十分钟后，救护员由直升机载着到达现场。然后又花了十五分钟才把陶瓷由反转了的房车中拯救出来。

她的脸色有点发青，手跟也擦伤了，但其余一切无恙。

倒是表情有点气冲冲。她叫司机替她致电助手，然后她就在电话中吩咐："以后每天的行程留十五分钟空白，以防有意外发生，耽误了一天的进度。"

陶瓷被要求由直升机送到医院检查。她不满意又无奈。对于死神这种死亡安排，她觉得实在无聊之极。

* * *

~ The Marriage~

Sir Warren 已七十二岁，因为身体不好，已退休了近十年。这十年来，也是由夫人陶瓷打理他的电影王国。每天早上七时，陶瓷也会走进他的寝室内与他共进早餐，如过往数十年，她总是无微不至地给丈夫喂食银盘中的食物。今天早上，床上的银盘内放有牛肉汤、鱼子酱、面包与提子，陶瓷一边给丈夫送上食物一边闲话家常。她告诉他拍摄中的电影事项、奥斯卡金像奖的入围名单、明星们的花边新闻、公司的新政策、与外资的合作计划等。

Sir Warren 对夫人所说的每一项细节都很感兴趣，也积极提出意见，毕竟，这个电影王国是他在三十年前千辛万苦地从竞争对手手中争夺回来，用来送给新婚妻子作礼物。

Sir Warren 与陶瓷已结婚三十年，他娶她时，她告诉他

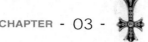

自己二十七岁，而过了三十年之后，她依然看来只有二十七岁。他已垂垂老矣，而她洁白鲜嫩如昨。

呷着早晨香槟的Sir Warren坐在床上与床畔的夫人说着一个匈牙利人的笑话，说笑者很高兴，听者亦笑脸如花。Sir Warren以眼尾偷瞄夫人，她笑的时候半分皱纹也没有，皮肤光洁得如少女。他垂下眼不敢再看，亦不想再去想。他暗地清了清喉咙，表现泰然地带起另一个话题。

他什么也有兴趣对她说，除了整容。陶瓷总告诉他，她让医生替她注射了药针，又在假日拉了面皮，兼且因为本身有中国血统，因而看来青春如昔。在十多年前他已不相信她所说的话，如今就更加没有相信的理由。但再觉得无稽，他也不会再在整容这题目上深入研究。这个女人是他娶回来的，她喜欢杜撰些什么，他也只得接受的份儿。Sir Warren再呷了口香槟，吻了吻夫人的手背，嘱咐她上班要小心，不要累坏身子。

陶瓷俯身给予丈夫一个深情的吻，并告诉他她已吩咐了厨子做是夜的菜式，这天是他俩的订婚周年纪念，很值得庆祝。

他俩制造了很多纪念的日子，相识纪念日、订婚、结婚纪念日；甚至吵架纪念日、公司上市纪念日、搬进新居纪念日……全部都是 Sir Warren 定下来为着讨夫人欢心，他从来都知道，那种铁汉式的柔情该如何表达。

三十多年前，他追求她的时候，他惯于以一种大男人式的爱情去征服她。他给她事业上的发展机会，给她名誉钱财、给她呵护。那时候，陶瓷的律师丈夫刚过身，她是新寡，Sir Warren 一看见她，就被她的异色眼珠所迷住，他一生酷爱奇珍异宝，想不到最奇异的感觉竟来自一个女人的一双眼睛。

陶瓷的前夫过身时是六十多岁，Sir Warren 还自信地认为，他所能给予的定能比这个年老的男人多很多，多得无法比拟。这名律师也是显赫之人，只是，年轻的 Sir Warren 认为，老夫少妻，那名娇美的妻子一定没法满足。

到了今日，他才真正明白那个男人的心情。

他看着自己的夫人，会愈看愈惊心；那个男人在生之时，心中所有的惊恐不会比他为少吧！

陶瓷香软的身影已离开 Sir Warren 的寝室，于是，他不需要再装出欢颜。事到如今他已无法对这个女人产生出爱情，他只能以敬畏、惧怕的心情去面对她。

佣人进来扶他起床，把他安置到轮椅之内，推他到花园散步。陶瓷把这间大宅打理得井井有条，五十多个房间、三万英尺的园林花园，继而再以二十个下人侍候 Sir Warren 的起居饮食。他不得不承认，她是一名体贴周到的妻子，在任何一方面都没叫他失望过。

有些事情在回想起来之后就能搜索出伏线。陶瓷自新婚之后就拒绝应酬他的友人和工作伙伴，理由是害羞、不懂应对。她非常低调，抱着一副愈识得人少愈安心的态度。十多年前 Sir Warren 中风，生意惟有靠陶瓷处理，然后他就发现，她故意把头发漂得灰白一点，待大家看惯她的样子后，她才把发色还原。

执子之手，但那双手，却永远不老。

陶瓷一向话少。而每逢 Sir Warren 询问她的愿望，她也只是这一句："我只想好好活下去。"

第一次听进耳里之时，Sir Warren 还以为她感怀身世，是故他只有更怜惜她，答应全心全意待她更好。第二次陶瓷说出同一句话之后，他就怀疑她身患绝症。第三次，他则以为是她天性悲观。而如今，他似乎渐有头绪。这个相伴他三十年的女人，她口中那句"好好活下去"，内藏太多故事。她不会说给他听，他亦无胆量去知晓。

这个久病的老人看看电影又听听录音带小说，继而又日落西山了。下人会把他推到园圃的角落，让他亲手摘下一些鲜花，然后摆放到陶瓷的寝室。

在黄昏之时为爱妻献花，已是数十年来的习惯。只是如今，送花到她床畔的举动，只像侍奉神明。敬畏、工整、深怕打扰开罪。

这个女人究竟是谁？他已到达了想也不敢想的地步。

Sir　Warren朝梳妆台上陶瓷的黑白照片望了一眼，接着木无表情地自行把轮椅推离她的寝室。年轻的时候，他以为自己天不怕地不怕，甚至曾斥资巨款兴建卫星接收站，企图与外星人接触。万万料不到，最怪异、不寻常的事情就发生在身边，而当惊栗入心之后，他就连去爱的力量也失去。

他听过中国人的神怪故事，那些美丽的女妖精幻化人身与人类相恋之后，无胆匪类的男人总在得悉妻子真身后立刻恩断义绝。从前，他会认为这些男人胆小又无情，但原来，当事情发生在自己身上之后，他的反应与感受也如出一辙。

惊惶已盖掩他剩余无几的男子气概。他以为可以无限量的爱意，半分也挤不出来。

但当然，要怪责的不会是自己，永远被责难的是那只妖精。

晚上，陶瓷准时返回巨宅与丈夫进餐，她捧着丈夫送的小礼物显得很开心，兴致很高地与丈夫边吃边说，她的语调

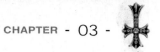
总是那样甜美又温柔，也体贴地关注丈夫吃的每一口食物，生怕切得太大块、太硬，又甚至是煮得不够熟。

她除了是夫人之外，更是得力的生意拍档以及看护。结婚三十年，她都尽心做好本分，在丈夫患病的这十多年，她更加无微不至，大处小节都呵护得到。

饭后，Sir Warren要服药，然后就由陶瓷把他推送回寝室。陶瓷侍候他更衣就寝，最后给他一个good night kiss。才不过是晚上十时，巨宅内已没有任何夜间活动。

陶瓷返回自己的房间浸一个泡泡浴，在香熏的气息中思考翌日的工作与计划。无时无刻，她都显得冷静沉着，以及认真。

她与丈夫已分房生活近二十年，每一个晚上，她都独自睡在巨型而华丽的大床上。床边放有一张圆桌，圆桌上面放着十多个相架，当中陶瓷的服装、发型与化妆相距甚远，可说是跨越几个年代；然而，她的容颜始终秀丽青春，从无变更。

她总是很快便能入睡，也总睡得好，每天的工作都繁重，她不容许自己不够精神。她从不多愁善感，也甚少缅怀过去。丈夫的容貌很少入侵她的思海，她亦从不会特别在睡前念挂谁。她把自己操控得很完美、很专业。

明天早上，她又会梳洗整齐地步进丈夫的寝室，亲自侍候他用餐。十多年来，规律重复得如动物的自然作息。她也总会温和轻巧地展开一天的运作，周到地完成她作为夫人的角色。

　　她是一个好女人，知道什么是不忘本、不会忘恩负义。

　　唯一叫她稍微困扰的是Sir Warren的神态，偶尔，恐惧会掠过他的脸上。陶瓷明白那代表什么，她之前的两任丈夫在年老之时也表现得害怕她。她的第一任丈夫甚至索性把她认作干女儿，他不能接受妻子如斯模样。

　　如无意外，与Sir Warren的婚姻也会持续至他老死才结束。陶瓷有心理准备侍候他至最后一天。

　　她不怕责任重大，也不怕困身。甚至，已学会不在乎这些男人心中想什么。她没有什么对不住他们的地方，一直以来，她都只想好好地活。

　　活得好……最重要是活得好……

　　一想到此，陶瓷便能会心微笑。求仁得仁，她才不会再贪求与妄想。

　　其实陶瓷最懂得感恩。当初，她还以为Lucifier会常常打扰她；然而，他根本没有出现过。她得到平静安逸舒适的生活，已经十分心满意足。中国人的那一句："托赖吧！"最

为贴切形容她的心情。

她从事电影知道别人怎形容Lucifier。《Devil's Advocate》中丧尽天良的律师、《Omen》中的野心家、《Fallen》内那只像传染病的魔鬼、《End of Days》中的企业财阀……统统都错，都不该是那些形象。当她读着《神曲》的"地狱篇"时，看到"千个阴魂如雨般下泻"、"女妖们用指甲把胸脯撕剥"、"提着头颅的阴魂"等等描述后，她都不禁眉头深皱。她心目中的Lucifier都不是这些模样，她认识的这股力量待她十分之好。

是Lucifier救了她一命，让她可以好好地活。

陶瓷从不忘感恩。只因Lucifier，她大可不用有下一生。

* * *

~The sad fate~

人生，真是一场苦难。

好苦……好苦……

那一年陶瓷看见Lucifier，她才五岁。而交易的那一年，她八岁。

就算判官要审判，都会认为交易合理吧！还有谁的命，可以比这名漂亮的小女孩更坎坷更苦。

愁火泻落在命运中，生命是一场在烈火中的地狱……

陶瓷五岁的时候，爱尔兰裔的母亲Eileen Gargan被中国裔的丈夫陶雄毁容，这个苦命的女人躺卧在木板床上，气若游丝地向女儿叙述一个爱情故事。陶瓷记得，母亲那张被利刀划破了的脸不住地渗出血水和脓，她的左眼甚至已被陶瓷的父亲斩爆了，那角落紫黑一片，如坏死发霉的烂猪肉一样。母亲已人不似人，但她说着那个爱情故事时，破烂撕裂的脸容上却隐隐透着光华，幽冥的烛光映照着这熏臭的角落。陶瓷的小手被母亲用力地紧握着，母亲絮絮地说着，她愈说愈陶醉，甚至挤出笑容来。她一笑，脸上的裂缝就绽开了，血水和毒脓滚淌而出。而陶瓷的眼泪，随着母亲那迷离怪异的笑脸大颗大颗地淌下，母亲愈是开怀，她却愈感到伤痛。

小小的心灵痛得抽动翻腾，陶瓷张着口嚎哭。才只有五岁，已知道什么是苦……

苦，是一场凌迟，缓慢的、连绵的、磨人的，但又永不能叫人麻木的……

那年该是1900年，十七岁的爱尔兰少女Eileen Gargan由祖家乘船到达美国纽约。一道同行的五名家人，全部感染了船上的瘟疫丧生。尸体被船员抛到海中，Eileen 抓住船的栏杆高声哭喊，她日以继夜地哭，悲苦得丧失了其他感官，看不见、闻不到，甚至，在最后，根本听不到自己的哭声。她凄厉地嘶叫哭喊，但她的耳朵感应不到。她的家人葬身瘟疫中；而她，则沉落在丧失一切的痛苦中。娇小而虚弱的身体哭至昏竭。未到达美国这个新世界前，她已一无所有。

怀着梦想与家人一道上船，想不到竟然走进死亡的怀抱。

在朦朦胧胧间，她完全不明所以。

船泊岸之时，只有半船人活命。Eileen 跌跌碰碰地随人群下船，甫一踏上这片土地，她就双脚发软。她已五天没进食，缺粮缺水，景况堪怜。她的衣衫尽是呕吐物，头发稠稠的，又脏又臭。神志不清的她含糊地喃喃说着话，时哭时笑。日以继夜，她摇摇摆摆地游荡在码头附近，肚子饿了，就抓住路过的人讨食。

盘踞在码头的意大利人和爱尔兰同乡本想占她便宜，但见她脏臭不堪又胡言乱语，反而放过了她。过不了多少天，Eileen 就奄奄一息了，她蜷缩在码头的一角，全身发紫又口吐白沫。在码头做苦力的中国人发现了她，围住她看了一会，而陶雄在其他同乡走了之后，找来几块木板围住这个悲怜的女人，又给她喝粥水和替她抹面。陶雄二十三岁，他觉得他想救活这个女人。

他每天都带食物去看她，心情犹如看顾一只流浪狗那样，总觉得如若她能活下去，就该如死不掉的狗儿那样，会朝他吠几声摆一摆尾，以作报答。陶雄认为这是一件有乐趣的事，他等待着她报答他的一天。

在风雨不改的这数天里头，陶雄自觉甚为英挺神气。

过不了多少天，Eileen就能站起来，形态如一头初生的小马。她张开灰绿色的眼睛仰视跟前这个健硕的男人，而居然，是陶雄感到不好意思，他傻笑之后面红。他把她带往华人集中的妓院地牢去，吩咐相熟的人照料她三餐一宿。他每天都来看她，而渐渐，他发觉她愈来愈不像狗儿，清洁后又渐趋康复的她，原来真是一个女人，并且是个漂亮的女人。

她有迷人的绿眼珠，白里透红的皮肤，尖挺的小鼻和薄薄的唇。她的头发是浅棕色的。而她的胸脯圆圆大大，发育得很好。

陶雄摸着自己的头顶，不知怎地，非常不好意思。

怎样解释这种感觉？他捡了她的命，但最后脸红耳热的却是他。

那时候，陶雄是个很有男子气概的男人，高大黑实健

硕，梳一个清爽的平头装。陶雄的父亲是早年来美筑铁路的中国工人，后来落地生根。虽然陶雄在美国出生，但只懂得皮毛的英语，他在码头当苦力，最爱到赌档搏杀。

陶雄长得好看，他的眼睛圆大有神，鼻子高而横，嘴巴很阔。Eileen看着他，觉得他像古罗马神话中的战士，于是，她就开口告诉他。陶雄大概是听不明白的，他只顾摸着自己的头顶傻呼呼地笑。

无人介意这个洋妞住在华人妓院的地牢，任谁看着她也觉得很有趣。男人前来光顾的，更加垂涎三尺，这种时候，陶雄就发挥他的英雄本色，勇猛地站在Eileen的跟前，粗豪地伸手推开色迷迷的男人。

陶雄这种举动，Eileen当然满心欢喜。有一回，陶雄甚至与一个无赖打起来，为的是那个男人盯着Eileen太久。陶雄威武地处置完无赖之后，就步回她的跟前，她看着他移近前来的身形，忽然娇羞得垂下小脸。当抬起带着胆怯的绿眼珠时，她就看见陶雄以爱怜和柔情的双眼注视着她。

她的心狂跳，连忙溜开眼珠，避而不见。

只是这么一刹那，空间就像返回爱尔兰的山崖上，草绿得像油扫的画；风卷着白云，如仙女的舞衣；海浪激情地拍打崖岸，感情澎湃犹如苦情的诗……

是不是不该离开那响彻音韵又美如诗的故乡？一个决定的结果是家破人亡阴阳相隔。世上最美的梦想早已在颠簸的巨浪中淹没消散，所有回忆都被蒙上死亡的灰与血染的红……

Eileen 以双手掩脸。陶雄的眼神让她忆起了一生最美好的片段。为什么感触万千都涌上来了？她害怕她的心盛载不了。她的双手，把小脸掩得好紧好紧……

灰白的旧石、苍茫的山峦、清而高的天、海浪彻夜不停拍打。她跑过一个又一个山头，累了之后就躺在草地上，仰视天上多变的白云。云飘动得很快，时而放射性地四散，时如丝般轻柔。有一回，云的末端被拉得很长很长，如仙女刚晃动过魔术棒一样……

那里的风再刚烈再凶猛，她的心仍然日夜热暖。故乡的山崖与海浪、老石与绿草，都是爱。

Eileen 的双眼，在她的手心内温热起来。

陶雄以为她的眼睛痛疼，他伸手挪下她掩脸的手，细细检视她的眼睛。

就在这四目交投的瞬间，Eileen 落下了泪。

她轻轻说了一句："以后，你就化作我的爱尔兰好吗？"

陶雄无理由听得懂。但他感应了些什么，以致满心激

动。他紧紧拥她入怀，强而有力地，企图令落泪的女孩子心不再痛。

而自此，陶雄就把Eileen视为他的拥有物。他觉得怀中这个女人的悲与喜，都与他相连。

有一晚，他为她带来一块玉，告诉她："娶你为妻，总得有点表示。"他是一贯地笑得傻气。

Eileen不明白这块玉代表的严重性，但她知道这是一件贵重的心意。然后，陶雄就开始吻她，她也没有反抗，甚至伸出臂弯围住他的脖子。她也已渴望了很久很久，某些时候，她甚至渴望他至辗转难眠……

除了他，还会有谁？

对了，除了他，不再有谁……

命是他捡回来的，她能爱的，也只有他。

缠绵在他的怀抱内，她淌下了安乐的热泪……

陶雄是极精壮的汉子，粗活亦令他的身体健美诱人；Eileen拥有所有洋少女的特质：胸脯丰满美丽，愿意放胆释放感官，对于情欲之事表现自然与热情。

他俩的身体有着完美的契合，肉欲到不得了。就如两头动物，在互相需要之时只消一个眼神就明白对方的心意，而言语，完全派不上用场。

开始了第一次就有第二次第三次第四次……每一回一碰面，他俩定必爱得热情如火。

陶雄目不识丁、好勇斗狠又爱赌；Eileen 喜欢缝制衣服、爱念诗与幻想。两个原本不可能的人，在命运与肉体的摆弄下，就走在一起。

爱情，就是这个男人拥有这个女人。

爱情，也是这个女人那颗感激的心。

最后，爱情就把一切都浪漫化起来。他俩的确有过一段好日子。Eileen 穿上中国妇女的服装，把棕色的长发盘成发髻，在杂货店中帮忙做些买卖。陶雄继续当苦力，每天出入赌场，然后为着娶了洋女而趾高气扬神气十足。每一天，他俩都能相视而笑，开心快活的，一切尽在不言中。炽热的爱欲和新鲜感冲破了言语与种族，在这个段落里头，他们是幸福的一对。

在年半之后，陶瓷出世。陶雄对生下的是女儿有点失望，但看着女儿中西合璧的脸，感觉又很新奇。他捧着她在世叔伯跟前炫耀，然后就有人说："怎么这个娃儿右眼棕色左眼绿色？"陶雄立刻定神观看女儿的双眼，果然，她有着一双奇异的眼睛。

他不觉反感，但亦不见得喜爱。对于一些他不明不白的

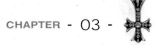

事，他只觉得事不关己，或者，有点陌生。

Eileen很爱女儿，她为女儿的异色眼眸子骄傲。爱尔兰是神仙的聚居之乡嘛，女儿当然就有仙女的奇妙特质。她把女儿名为Aisling，解作爱尔兰语中的幻景。

"你是妈妈的小仙女，一生一世以魔法庇佑妈妈可好？"

女儿瞪着绿和棕的眼珠，望着母亲美丽的脸欢乐地笑。

在母亲怀内的小小陶瓷怎会料到，余下的人生竟会那样的凄苦。昨天明明一切是希望，然而翌日就噩运接踵而来。

谁能站出来解说一声，为何有些人是为着受苦而出生。

陶雄替女儿拿出世纸，他一直想不出女儿该叫什么名字。而他自己的名字，在纽约的人口档案中有着一个独特的姓氏：Ceramic。那一年他的父亲入籍美国，因为言语不通，形容不到自己的姓名，于是他指着一件陶塑，意谓那就是自己的姓氏，亦因此，Ceramic从此就变成他们的姓氏，感觉满洋里洋气的。

而替女儿拿出世纸的那天，陶雄照样对官员指着一件陶塑，最后，女儿的出世纸上，就只有Ceramic一个英文字。陶雄懊恼极了，不停重复摸着自己的头顶，最后，他索性把女儿唤作陶瓷，整件事就显得合情合理。

在陶瓷一岁之龄，发生了一件事。陶雄豪赌，欠了巨债，走投无路，他决定卖掉女儿。两名大汉凶巴巴胁持神情沮丧的陶雄归家，而当丈夫一手抱起女儿之时，Eileen 就猜到是什么一回事。平日柔弱的妇人把小手握成拳头捶打丈夫，哭着抢回女儿，陶雄还手，Eileen 就抱着女儿倒跌地上。她以背挡着意图抢夺女儿的男人，捱了些揍。

卖不成女儿，但债仍要还。最后，陶雄与那些人达成协议，让Eileen当一个月的娼妓。Eileen纵然不情愿，但相较之下这已是最好的办法。看着妻子被别人带走，陶雄颓然瘫痪在椅子内，脸如死灰。

Eileen 被送到妓院，暗无天日地过了一个月，在咬紧牙关的时候，她想到的是母爱及爱情的伟大。受苦算得了什么，但求救得到女儿和丈夫。也或许，陶雄就能从此戒赌。

爱尔兰的风一向凶悍，声音猛裂得如疯人的连绵咒骂，当风吹动海浪时，浪就如镰刀刮向崖岸。Eileen 明白这种凶狠，但她更加明白，当狂风暴雨散尽后，湖面如镜那种美，那时候天地都被洗涤了，山与水便会脱俗起来。来吧，让风狂啸、浪着魔般拍打，环境再恶劣，她仍会感到安全。

从爱尔兰而来的女孩子一定要对生命抱有希望，雨过之后定必天青……

而一个月后，Eileen 被送回丈夫的身边，她一踏进家门，就看见喝得半醉的丈夫。正当她满怀激情地走上前之际，陶雄就一手摔破酒瓶，继而站起来伸手把她抓过去，不由分说地把她打个半死。他骂她不要脸，全埠的华人都操过她，他骂得声嘶力竭，他说一看见她的脸就感觉羞耻。

Eileen 很愕然，瑟缩一角以手臂挡住脸，悲痛地嚎哭。干吗，与她预料的完全不一样？怎么，他以怨报德，把她的无私奉献当成罪恶般惩罚。

陶瓷爬在地板上又饿又惊惶，她的哭声正好与苦命的母亲互相和应。

Eileen 又再次跌进悲剧的漩涡中。就算再乐观，也无法否认悲剧是存在的。而且，有些事情只会愈走愈差。

陶雄接受不了妻子当娼的羞辱，就算那原因是出于他，他也原谅不了。整件事只反映了他的失败、不济事，然后，他把失去男性尊严的痛苦转嫁到她身上去。

他喝酒喝得很凶，愈看这个女人便愈不顺眼，骂上一句粗话后，就又抓起她来毒打。看到她尖叫看到她痛苦，他就稍感舒畅，既然他自己痛苦，他就要她一起陪他痛。这个女人想装伟大？休想！他不会给她机会。如果他是个下三流的男人，他就要她当上同样不堪的女人。

打死她打死她……她的爱意她的无私，令他恨得入肉入骨。

　　你凭什么伟大？我下贱，便要你比我更贱！

　　Eileen 无从反抗。陶雄力气大，出手狠，而且，也不知道该如何反抗。她只知道，命是这个男人捡回来。现在，他似乎正要理直气壮地向她讨回。

　　她赤裸蜷伏在他的脚畔，凄凄地说出他听不明白的哀求话。他真的听不明白，他瞪大愤怒凶狠的眼睛，使劲地伸脚踢她。踢她的胸脯、踢她的肚腹、踢她的下体。所有他喜欢过的部位，他都不要自己留半点的情。

　　她张大口悲凄哭叫，叫声连绵而悲恸。她叫了一整夜，甚至惊动了邻居。邻居劝陶雄别搞出人命，而陶雄就在别人跟前以铁罐猛敲她的头。

　　Eileen 头破血流，愈叫愈疯。邻居摇着头离开，而陶雄抓了些钱就跑出街。她的头一直淌血，到血块凝结贴住头发之后，仍然没人理会。

　　这个被所爱的人遗弃的女人，正准备遗弃自己。

　　渐渐，Eileen 就变疯，状态坏的时候，形如那流落码头的日子，衣衫褴褛，四处游荡。病情稍为转好时，她就抱着陶瓷对她说故事，说爱尔兰的景色，说小时候家中养的羊，说别人念过的诗。陶雄仍旧三五七天就毒打她一遍，她既然

变疯了，他自然就更无恻隐，出手更重。

已经无人再记得这名爱尔兰少女为这小区带来过的清新与惊喜。不消数年，她已由最出众漂亮的女人，变成最丑陋滑稽的一个。

什么是坎坷，这就是坎坷。

生命，无理无由地，不让你有好日子过。

陶瓷日渐长大，牙牙学语，显得聪明伶俐。母亲给她一本书，她就自己学认字；邻居递她一本书，她又仔细研究。才三岁，已懂得看简单的中、英文，与成年人对答如流，字句组织毫无错误。

是这个女儿缓和了父母的关系，陶雄减少殴打妻子，他也被女儿的天赋迷惑起来。陶瓷拥有过目不忘的记忆，看一眼就能毫不遗漏地背诵。有一回，她翻看一本旧日历，然后她就记得当中每一天所属的星期。

其他人就常以她的特长来考她。他们会发问："1902年5月13日是星期几？"陶瓷溜了溜眼珠，然后回答："星期二。""1900年11月21日是星期几？"陶瓷又答得出来："星期三。""而1946年6月13日呢？"陶瓷皱住眉，显得有点困难。

这是将来的日子……

然而，还是能够推算出来。陶瓷告诉发问的人："星期四。"

任何人都对陶瓷的天资叹为观止，凶狠横蛮如陶雄，也忽然知道要珍惜这名女儿。他带她到区内的宴会场合表演，最后，一间专门展示怪异事物的博物馆看中陶瓷，于是就聘请她每天往博物馆表演她的惊人记忆力。

除了日历记忆外，陶瓷也会记下扑克牌的牌面，就算一次过要她记上十副扑克牌，她也游刃有余。当陶雄发现了她这方面的能力后，便试图带她到赌场赚钱，可是，在连赢三局之后，陶雄便被人打得落花流水。

陶瓷明白发生着的事，纵然她才不过四岁。她知道她是家庭经济支柱，父亲是个坏人，而母亲是个好人；父亲利用她，而母亲疼爱她。虽然，母亲常常表现得半疯。

Eileen 最爱与陶瓷玩这个游戏：她会用手掩住女儿的左眼，然后说："你猜这只眼睛是什么颜色？"陶瓷会快乐地回答："绿色！"继而，Eileen 又以手掩住女儿右眼，问："这只眼又是什么颜色？"陶瓷高声回答："棕色！"接着，Eileen就会重复以上的行径，通常在连续十多遍之后，她才肯罢休。

陶瓷并不认为这个游戏太好玩。但当母亲玩完之后搂着

她来亲之时，她就觉得已经得到这游戏的全部奖赏。

况且，母亲在这一刻是那么的快乐，她笑得狂放开怀，抱着女儿翻滚在木板床上，快乐得如返回童年时代。陶瓷喜欢看见母亲笑，纵然母亲的笑声偶尔起伏不定，怪诞骇人。

笑比凄厉地嚎哭优胜。再没什么比看见母亲的哭泣更叫小小的陶瓷心碎。

母亲，不要哭不要哭……

她伸出小小的臂弯抱住脆弱可怜的母亲。

我爱你我爱你……

此生此世不会离开你……

而忽尔，陶瓷想到一回事，便抬起小脸问："妈妈，你是否会比我早死？"

Eileen 于心中一怔，张大灰绿色的大眼睛望向前方，若有所思。半晌后，她的神情逐渐崩溃，最终，以嚎哭代替对女儿的回答。

Eileen 的心很痛很痛。而陶瓷亦意会得到，更悲惨的命运是何模样。

有什么悲怜得过，失去把自己生下来的人……

所以，此刻，活得再艰辛，也仍是幸福的。

陶瓷一直没忘记她与母亲的片段。她悠长的一生经历无数，然而唯一能令她心头抽痛的是她的母亲，一想起母亲的哭与笑、狂与柔，内心的海浪便翻腾汹涌。

阅人无数，丈夫也有过三个。但唯一她爱过的人，就是这个把她生下来的女人。

小小的陶瓷抬起小小的脸望进母亲灰绿色的眼眸内，寻求那道爱意的连系；而每一次，无论母亲处于何种状态，也不曾叫她失望过。她不可能忘记，这种只需要一抬起头便能获得的安全感。

不是因为我漂亮啊！也不因为我聪敏过人。只因为我是你的女儿，你就爱我至深。

小小陶瓷扑进母亲的怀内。如果可以的话，但愿一世不用离开。

就在陶瓷五岁那年，惨剧发生。

Eileen 与陶雄吵架，原因是她重遇了由爱尔兰到纽约的同乡，对方答应给她找一份工厂工作，地点在爱尔兰人聚居的小区，陶雄听得明白，就因为明白，因此故意刁难。他的宗旨一直没改变，但凡能令Eileen快乐的事，他都会竭力破坏。

这个女人是无权开心的，他也当然不会给她机会独立与自由。

Eileen 还是偷偷溜走，临行前吩咐陶瓷要生性，她终有一日会回来接她离开。Eileen 了解女儿对陶雄的重要性，她知道陶雄不会待薄女儿。

Eileen 又再次满怀希望，她憧憬着一个自给自足的新生。

那是一间食物加工工场，每天工作时间为早八晚九，包住包食，待遇不错。在起初的一个月，Eileen 每天的心情都很快乐，工作又轻易上手，新生活显得顺利愉悦。

工厂经理发现了 Eileen 懂得简单的中文，于是让她与中国籍的清洁工人沟通，Eileen 亦显得乐意；渐渐，她与工厂经理也熟络起来。

工厂经理也来自爱尔兰，他的妻子在到达纽约后丧生，已事隔三年了，他也没有结识其他女人的打算。当 Eileen 告知他她的可怜身世后，工厂经理就对她产生了爱怜的感觉。很快，这两个人便由投契变成情投意合，Eileen 在上班的第三个月，就背叛了陶雄。

工厂经理是名正派的男人，他鼓励 Eileen 离开丈夫，他说，他会给她与陶瓷幸福。为着这个男人的这段说话，Eileen 哭了数小时，到泪干了之后，她就一直咧嘴而笑，笑至天明。

看着这个男人，心情就像从没离开过爱尔兰一样。最快乐的时光，又再回来了。

做足了心理准备之后，Eileen 就返回陶雄的家。眼见陶雄不在，她连忙拉着陶瓷往家门走去。可是，不幸地，陶雄刚输了钱回来，就在门前碰着她。陶雄骂 Eileen，又不准她把女儿带走，二人推推碰碰，很快便打起架来。

　　Eileen 决定不再退缩，她索性告诉陶雄已另觅心上人，陶雄怒火中烧，随手抓起灶头的菜刀朝 Eileen 斩去。Eileen 避过了，也原本可以就此夺门而出；然而为了转头把陶瓷抱走，她就捱了陶雄一刀。

　　那一刀差不多斩开了她的脸，由左耳斩破到右耳，横切了深深的一刀。Eileen 在极痛中双膝跪地，她只叫了一声，然后那张大了的口便没再出声。忽然，她什么也明白了，就因为这横切在脸上的一刀，她的新希望就此幻灭。还叫什么？还需要反抗吗？她原本憧憬着的，已经无可能发生了。

　　她跪在地上，双手垂下。当陶雄瞪着怒疯了的眼光向她的脸再斩上第二刀第三刀时，Eileen 没哭叫也没逃避，她是认命地由得他要斩要杀，她决定，以后什么也不要了。

　　活像一个宗教仪式。受害人在心底说服自己要甘心情愿。

　　杀吧杀吧杀吧！横竖，早已没有活下去的理由。哪有什么希望？所有出现过的好，全只是幻觉一场……

最后，Eileen 倒在地上，全身痉挛抽搐。陶雄在冲动过后才知道闯了祸，于是扔下菜刀，急急跑到屋外逃之夭夭。陶瓷的尖叫嚎哭就是这宗惨剧的唯一配乐。暴力无声，刀锋亦静悄悄，血在寂静中淌下。陶瓷的惊惶，就成为这章节的悲痛内的唯一声音。

她一直叫了很久很久，才有人走进屋内帮忙。那些人把血肉模糊的 Eileen 背起，跑了两条街找大夫治理。无人理会陶瓷，她一边擦眼泪一边哭喊着，试图跟随成年人的步伐前进。但她走得很慢很慢，还在中途迷失方向，她根本不知道该怎算好。

世上她最爱的人遭逢厄运，而她完全保护不了。

她哭喊得嘴巴空空洞洞，声声凄厉。她站立在街头，领受着命运带来的无助。

怎么办……怎么办……悲苦至此还可以怎么办……

好心人把 Eileen 安置到妓院的地牢，陶雄不够胆闯进去又斩又杀。Eileen 昏迷后醒来，当一张开眼，她就认得这个角落。当初，陶雄把她由码头捡回来之时，也是被安置于此。顷刻百感交集，悲从中来，她的右眼流出眼泪，而左眼滴出脓水。

陶瓷伏在母亲身旁饮泣，Eileen 听见她的哭声，就伸手轻抚她的头发，于是，陶瓷便掩住嘴不让自己哭出声音来。事到如今，Eileen 仍会把心神分出来安慰她。

Eileen 对陶瓷说："在家乡有一所修道院，漂亮地屹立在河畔，我只要走过一个山头，就能坐在对面的河岸远远地眺望它。那座修道院很雅致，墙身也特别的白，看上去似个公主的城堡。我从小时候开始，就梦想进修道院生活，但我当然知道，当女孩子住进修院道之后，过的不可能是公主的日子。"

陶瓷握着母亲的手，心伤得不能言语。

Eileen 从破烂的脸孔上挤出一抹笑容，她轻轻说："想不到，今日我所过的日子，比再苛刻严厉的修女生活更苦。"

说罢，鲜血就由伤口滚淌出来，混合了眼角流下的泪水，一并掉到女儿的手背上。

再也按捺不住，陶瓷"哗"一声就抱头嚎哭。

Eileen 把眼珠溜向陶瓷看了一阵子，接着又把目光放回天花板之上。她的嘴角又再向上扬，她笑得很凄冷。

断断续续的，Eileen 说着在爱尔兰的种种，明知吐出的每个字也会带来剧痛，她也坚持要对女儿说下去。"山头上有很古旧的教堂遗迹，凌乱的旧石伴着一道残破的拱门，我和其他小朋友在乱石间走来走去。然后，有一天，我们发现

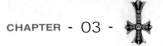
了一个Celtic的十字架，特点是，在十字架上配有一个大圆环的形状。照理，这个十字架超过千岁了，但看来却是不可思议的簇新。不知怎地，当中一名小朋友跪在十字架前叩拜起来，而其余的小朋友也跟着做。而明明蓝得明澄的天，忽然就变色了，乌云都聚在我们头顶，后来更行雷闪电，我们吓得各自奔跑回家。当中一名小朋友把事情告诉长辈，长辈就说，我们已得罪神明，从今以后，我们都只会噩运连连……"

陶瓷瞪着红肿的眼，不懂得反应，而Eileen，是这样说："事到如今，我也相信了。"

陶瓷伏在母亲的胸前，落泪又摇头，她只懂重复说着："不……不……不……"

Eileen合上眼睛，她已经很累很累了。

陶瓷凄凄地说："妈妈，你一定会好起来……"

Eileen的眼皮跳动了一下，她已不想再说话了。

隔了一天，Eileen 看来精神抖擞了许多，她从衣服的暗袋中掏出一条约一码长的蕾丝花边，这样对陶瓷说："这是我在爱尔兰的房子中剪出来留念的，我们所住的小房子里头，窗前都挂有爱尔兰的手制蕾丝花边，这原是挂帘的末端，我一直伴在身旁，好让我握在手中怀念。"她把蕾丝花边放到陶瓷的小手上，然后说："该送给你了。你也是爱尔兰的一部分。"

陶瓷细看这块精致的针织品，然后，她又听见母亲说："我的名字，Eileen，在爱尔兰语中，解作阳光。"

陶瓷望着母亲，不禁在心中一阵抽痛。

Eileen垂下眼轻轻说："爱尔兰的阳光很轻很暖很白，很美。"

陶瓷扑进母亲的怀内，心痛地抱着母亲，她对母亲说："妈妈永远都那么美。"

Eileen抚摸女儿的头颅，静默地没说什么。她仰脸深呼吸。在这地牢的角落，连空气都酸臭。她又再次冷笑了，取笑自己居然还妄想着爱尔兰的阳光。

她是一名什么也得不到的女人。爱尔兰的美好，她怎配得起？想到这里，她的笑容就更深了。

傍晚时分，陶瓷走到好心人的家问他们讨点吃的，通常，那些人会慷慨地送给她饮料与干粮，Eileen所受的苦，早已是人所共知的事，她为当地居民提供了源源不绝的话题。

而在走回妓院的地牢中时，陶瓷就看见了她永世难忘的画面。

陶瓷推门而进，她首先看到的是躺在木板床上的母亲，

她的脖子上有道深深的、流淌着血的伤痕，而她的右手半垂在床边，地上躺着一把染血的刀。

陶瓷明白这幅画面的意义，Eileen自杀了。

她连忙跑前去。就在木板床前的一小段距离，她跌了一跤，但觉脚畔碰上了点什么，她垂眼一看，发现那张木板床前，居然跪着另一个母亲。

这个跪在床边的Eileen，有一张万劫不复的痛苦表情，她看不到陶瓷，也感受不到陶瓷刚才那不为意的触碰，她只专心一意地仰起苦不堪言的脸，以表情向着前方的空间哀求些什么。

"妈妈……"陶瓷望了望木板床上的Eileen，然后又把视线投到那跪在地上的Eileen之上。

就这样，一道震栗如寒意那样直冲她的血脉，她浑身软弱无力地瘫痪到地上。

全身唯一的动作，就是那抖震得合不上的嘴巴。弹动不得地，陶瓷瞪着放大了的瞳孔，定定地看着眼前发生的一切。

那跪在地上的Eileen并没看见陶瓷，她背着女儿抬头仰视，口中念念有词，说着无声的话语。

然后，陶瓷看见，跪在地上的Eileen右手握着一把小刀，二话不说就往自己的脖子上割去，顷刻，血花四溅。

不由自主地，陶瓷尖声大叫："呀——呀——"

是她的叫声，致令跪下来的Eileen惊觉，她扭动被割破的脖子，转头朝女儿望去。

"妈妈！妈妈！"陶瓷吓得又哭又叫。

Eileen意图对女儿说些什么，但血水在喉咙中涌泻得太急，叫她无法言语，她只能以极苦极苦的神情凝视着女儿，并以流泻不息的血水代替她想说的话。

陶瓷从不知道，世上会有一双如母亲那样凄苦的眼睛。

她的心，痛得撕裂成碎片。

陶瓷掩住脸又掩住嘴，只懂喃喃说着："妈妈……妈妈……"

Eileen以含泪的目光望着陶瓷。就在瞬间之后，陶瓷看到，Eileen脖子上的割口神奇地自动愈合，只消三秒，那道割口就完好无缺。

正当陶瓷要露出笑容之时，Eileen的眼神却转变得更绝望。

陶瓷望着母亲，刹那间有点大惑不解。

Eileen的神情就沉淀在绝望的深处。她慢慢地背着女儿转回头去，重新仰视着一个空间。

陶瓷随Eileen的视线向上望，而渐渐，她也感应到母亲所面对的绝境。纵然无法相信，但她已看得清楚。

母亲仰视着的，是一个巨大的、黑色的影，形如一个披着斗篷的男人，看不见脸看不见身，只能隐约地窥见那双深邃而光亮的眼睛。

那斗篷人知道陶瓷看得见他，于是就与她对望。当一触及他的目光，陶瓷就浑身震栗、头皮发麻，接着弯身呕吐。

只与这个斗篷人互望一眼，陶瓷的小小身躯就没停止颤抖过。她看着她的母亲重复着以小刀割喉的举动，血流泻，伤口自动痊愈；继而那把小刀又再次被举起，重新割破母亲幼嫩的脖子。

小小娃儿目睹自己的母亲历尽一次又一次的死亡。

重复的、无间断的、没完没了的、不获赦免的。

她睁着惊惶的双眼，张着牙关不住打震的口，与母亲一起沉落在这种不可思议的苦难中。

重复又重复地伴着母亲一起沉沦之后，陶瓷就隐约明白了这是一件怎样的事。母亲自杀，于是要受惩罚，而那惩罚，惨烈浩瀚得连地狱也无法承受，只得遗留她在地狱边缘，重复无尽的生死折磨。

陶瓷虚弱地流着眼泪，目睹着世上最可怕的惨事。她的母亲，在她眼前演活出永不超生。

为什么……为什么生命会凄苦至此？就连了结痛苦的自由也不被给予。

母亲，你也只是不想再受人世的苦才选择了结生命，想不到，意图寻求解脱的结果是永远不被解脱。

陶瓷掩住脸，悲痛得虚脱。

Eileen 转过头来望向陶瓷，她把小刀重新架在脖子上，眼神黝暗绝望，空洞苍茫，如死亡的幽谷。

当 Eileen 的小刀割到喉咙中，陶瓷就在第一滴血花溅出来之时昏厥过去……

〈to be continued〉

死神首曲 II
IN MEMORIAM OF HOLINESS
A VIZIO DI LUSSURIA FU SÌ ROTTA

CONTENTS

CHAPTER - 03
THE BEWILDERED

[continue···]

在昏迷的无重感之内，陶瓷看到母亲自杀那一刻的心事。她看见，母亲踏着轻盈愉悦的步伐，步向那座雪白漂亮的修道院中，路的两旁繁花盛放，母亲满怀希望地走呀走，最终，居然发现了，那座修道院原来真的不是修道院，而是她一直梦想着的堡垒……

母亲甚至能看到天堂之光，和煦曼妙地由天上光照下来……

母亲有那安然而放松的脸……

而陶瓷，在昏迷前的最沉重点中落下泪来。

在泪眼中她看见，母亲的脸由愉悦转变为愕然，然后，随之而来的，是一片绝望。

为什么，母亲得到过的幻象，一闪即逝……

为什么，死亡要把这善良的女人由光明打进万劫不复的痛苦中……

不明白，不明白……

母亲只不过是想死……

为什么要生为人？居然连死亡的自由也没有……

没有快乐、没有幸福，甚至，死也没法安乐。

不明白……不明白……

善良的母亲只不过是想一死了之……只不过……

陶瓷含着眼泪跌堕进休克里。

Eileen死了之后，陶瓷就被父亲送到妓院，他不打算养她了，把她卖进妓院去。她逃走过一次，赤足走回家，但陶雄不准她留下来，他毒打她以示惩戒。陶瓷别无他法，想活命的话，只得走回妓院去。

她做些下人的苦工，洗烫煮饭打扫，辛劳但安稳。已无人记得陶瓷是名过目不忘的高智商小孩，他们只视瘦瘦的她为童工一名，当她变成少女之后，就会加入成为其中一名妓女。

陶瓷知道自己的前景是何模样，但她尽量不去想，如何可以再吃饱一点才是当前要知道的事。或许，可以把冷饭收藏在睡枕之内，那么就不会被人看见她偷饭吃……

她常常想起母亲，更加不能忘记母亲自杀后的情景。一直都不明所以，只知道，那震栗的感觉仍未驱散，每逢一想起，她小小的脸就一片阴霾。她也就明白了，有些恐怖的事，是会笼罩一生的。

就在半年之后，陶瓷重遇那个斗篷人。那是一个下雨的晚上，推着垃圾车往后巷，然后她看见那名小区内的著名坏蛋奄奄一息躺在烂地上。他做尽天下间的坏事，打家劫舍、逼良为娼、忘恩负义、残暴不仁……陶瓷站在他身畔注视他

那双不断向上翻白的眼睛，她知道他已命不久矣。

因为讨厌他，于是她趁机用力踢他的头和脸。

而在踢得兴奋的时候，陶瓷发现她身后站着些什么。她放下提起的腿，缓缓地把眼珠向后溜。

那双鸳鸯色的眼珠溜动得很慢。就在绿色眼珠的视线接触到身后物的一刹她就全身鸡皮疙瘩，她打了个寒颤，惊栗得说不出话来。

她已看得见她身后站着谁，是那个斗篷人。她惶恐得全身僵硬，动弹不得。

斗篷人移向前，站到陶瓷的对面。斗篷人没打算理会她，只在意执行要做的事。然后陶瓷便看到，魂魄由躺在地上的男人的躯体中浮出，那魂魄呈绿色，神情仓惶而悲苦。

斗篷人的明亮眼睛与魂魄对望，当中并无言语，然而魂魄已知道接下来会发生什么事。陶瓷看见那魂魄的色调散乱浮动起来，它甚至虚弱得无法站立，失神地跪在斗篷人的脚边。

陶瓷从来不知道，灵魂可以比肉身更无助。这个等待着被瓦解的魂魄，弥漫着不安而绝望的电波。

灵魂的苦与怨、罪与孽，感染着旁观的人类。陶瓷小小的身躯震栗不停。

魂魄发出苦怜的哀鸣。"呜——呜——"

怨灵的声音，都不外是这样。

陶瓷意会得到斗篷人正准备把魂魄带走。只见斗篷人张开黑斗篷，以一个拥抱的姿势遮掩魂魄，继而不出数秒，斗篷人与魂魄一同消失于后巷中。

站得直直的陶瓷又再打了一个寒震，然后，她全身乏力地倒下来，毫无选择地躺在那具十恶不赦的尸体的旁边。

当被送回妓院之后，陶瓷就病了一个星期。

在迷迷蒙蒙的病发期间，她都在想着坏人的魂魄的下落……以及母亲的魂魄的惨况。

是不是每个死去的人也会遇上斗篷人？抑或，只是某一种人才会遇上他。

愈想，心就愈慌，于是身体的热度就烧得更旺。

死后的世界，原来比活着更可怕。好可怕……

这是自母亲死后，陶瓷遇过的一件比较奇异的事。接下来的日子，她在妓院辛勤劳动，无机会读书，无机会玩耍，她也知道，她的童年就会是这样子完结了。

别人的童年可会不一样？听说，别人的童年可以上学，可以交朋友，有父母疼惜……

陶瓷暗自慨叹，人生最基本的，她都无法得到。

在八岁那一年，有一个变童的嫖客光顾妓院，他要求一名孩童处女。他付出的金额很大，于是妓院的老板就乐意应他的要求。在芸芸孩童中，陶瓷的年龄最符合，因此，就成为买卖的目标。

老板和老板娘游说陶瓷，告诉她，以后不用再做苦工，会吃得好穿得好。陶瓷一边听一边流眼泪，她觉得他们的话实在太滑稽了，所谓吃得好不外是有鱼有肉；而衣服吗？作为一名妓女可供穿着的时间不会多。这是一间低级的妓院，光顾的多是低级的华人，而妓女们日夜接客，做不上数载已人老珠黄，病的病，死的死，疯的疯。幸运的可以嫁人，而结局是被丈夫虐待终老。

陶瓷哭得抽搐，她从泪眼中看到绝路一条。她也根本没有点头或摇头的权力，老板所说的话，只是知会她一声。有没有女孩子在听完那番废话后会信有好日子过？再天真无知的，也不可能满怀高兴笑着答应吧。

这样子哭了一天，翌日便有人来教导她男女之事以及替她妆身。他们为她化了一个如成年女人那样的妆容，才八岁的她立刻容貌诡异起来，她像那种瓷脸手绘五官的洋娃娃，美极了，但又看不出有生命力。陶瓷看进镜里，觉得自己像一具貌美的尸骸。

晚上，中年胖汉在一间简陋的新房等候她。陶瓷垂下脸，木无表情地走进挂满红布和大字的房间，她看着自己的红布鞋，每踏一步就等于向苦难迈进一步，于是，她愈走愈细步，最后，她站在房间的中央，不肯再走前。

　　中年胖汉上前一手抓住她的手臂，然后拉她坐在床边。陶瓷感受到他的粗鄙，于是，立刻就扁嘴了，眼泪又再流满一脸。

　　中年胖汉扯下那块挂在陶瓷脸上、装模作样的红头巾，以大手托起她的下巴端详她的脸。陶瓷抬起眼望向他，继而，在不到半分钟的时间，中年胖汉就一手把她推开，再怒气冲冲地走出房门外大嚷："人来！人来！"然后转头瞪了陶瓷一眼，兼且凶恶地说："岂有此理！"

　　陶瓷吓得瑟缩一角，不知所措。

　　未几老板娘走到房间来，中年胖汉便与她理论。原来他接受不了陶瓷的鸳鸯眼睛，他走到床边扯起陶瓷使劲摇晃，这样说："两只眼睛不同颜色！根本是个怪物！"

　　说罢，就把陶瓷摔到地上。陶瓷雪雪呼痛，但她已不再流眼泪了，她由床边急急爬到房门，她知道这个男人会放过她。

　　果然，中年胖汉不肯碰她，于是，她就被老板娘泄愤地

毒打了一晚，纵然被打至口肿脸肿，但她也没再哭泣，她甚至觉得自己满好运气。

那么中年胖汉的需求如何被解决？听说，老板从街上买了一名十岁的女孩子回来，她的黑眼珠又圆又大，而她就成为这间妓院的新雏妓。

陶瓷替这名女孩子倒便桶时看过她的样子，这名小女孩沉静虚弱清秀，她如木头地躺在床上不发一言。陶瓷的心里很难过，她含着泪把那个便桶抱走。

这种可怜的命运谁会想要？为什么，世界是这样满目疮痍？明知活下来要承受这种惨剧，为什么还要活下去？

这种生命，有什么意义？

陶瓷为着生命的苦难哭得很凄凉。人生是那么苦，而且更是苦得不明不白。

由自出娘胎开始，陶瓷目睹的是一幕又一幕苦不堪言的悲惨，从来从来，她都没看过谁的脸上洋溢过幸福。

她哭得泪流披面。完全不明所以。

就在同一年的冬季，美国被一股病疫突袭，死伤无数。

陶瓷也被受感染，她没退烧，缺水、虚脱。妓院内一半的人也染病，每一天也有人过身。陶瓷病在床上，半闭着眼看着成年人把尸体抬走，她已有足够心理准备，自己随时是下一个。

要死了吗？就快可以脱离这种暗无天日的日子吗？但是，死了的话会往哪处去？死后的世界是不是更可怕？斗篷人把母亲折磨得不成人形，后来又把死在后巷的大坏蛋吓得魂魄不全。看来，死了之后只会更凄凉、更不堪。

那么，为何仍要有生和死？根本生与死都那样悲苦莫名，那么没意义。

生时受苦、死后亦然。陶瓷口吐白沫，她发现人生原来并没有解脱。人生，真的一点意义也没有。

躺在陶瓷身旁的老年下人已死去两小时，尸体在封闭的房间内沁出异味，陶瓷也已奄奄一息，身体再无力量转动，无可选择地，她的鼻子贴着尸体的颈畔，那腐臭之味一点一滴地透进她的鼻腔中。就算是临死，她也抵受不了这种难受，在感官如此不欢的情况下死去，真是一件不情不愿的事。

陶瓷的意识渐次薄弱，她是满心的无奈与不快乐。

究竟，匆匆活了八个年头，所为何事？

除了一眶又一眶的眼泪，还得到什么？

母亲失去了她的爱尔兰，而她就失去了她的母亲……

短短的一生，她得到过的是母亲的爱，然后又失去……

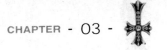

这算是什么人生？唯一她确切的，是得到过之后又失去……

不知不觉，她从眼角渗出了泪，走到人生的尽头，她最清楚的滋味，就只有那深沉的苦味。

辛涩的、厚重的、纠缠的、化不开的、悲哀莫名的……

泪流到嘴边，她的心就感叹了。除了苦之外，她最熟悉的就是眼泪之味。

心头凄凄地冷笑，这样子丰盛的人生……

房间内的木板床上躺了八个人，都因为病重所以被堆到一起。陶瓷感应到房间内的人逐渐去世，她的耳边回荡着一声又一声魂魄的叹息。她的眼皮沉重地垂下来，已经睁不开来了，她平静地等候死亡降临。

沉静地……沉静地……沉静地……忽尔，心瓣猛地抽动。

"噗通！噗通！"

她连忙张开眼，瞪着放大了的瞳孔。然后便看见，在木板床的床头前，站着那个斗篷人。这回，她不再害怕他，在一刹那的身轻如燕之后，她甚至得到站起来与他对望的力量。

斗篷人那双隐藏的眼眸很亮，陶瓷深深地凝视，不知不觉间，便有点着迷。

那里，似乎很漂亮很漂亮……

斗篷人就以他的眼睛向她发问："你并不甘心就此死去吧。"

陶瓷仍然入迷地望着那双明眸，她回答："我想活下去，并要活得好。"

斗篷人的明眸内有笑意。这双眼睛问下去："怎样才算活得好？"

陶瓷的神色，在斗篷人那双眼睛里软化下来，她告诉他："富裕、无病无痛、不用捱苦。"

斗篷人便以眼睛对她说："我都给你，好不好？"

陶瓷没多加考虑，她点了点头，回答："好。"

"但是，"斗篷人又以眼睛告诉她："你在死后要把灵魂留给我。"

陶瓷溜了溜眼珠，这样说："这样吗……那么，我不要死。"

"哈哈哈！"斗篷人的目光爆发出笑声。"哈哈哈哈哈！有意思有意思！"

陶瓷定定地望着他，没脸红也不尴尬。

斗篷人明眸更光亮了，他对她说："那么，我让你永远

不死，你可以任意活多久，你会永远青春健康。"

"啊！"陶瓷细细地想象。"真还不错！"

斗篷人问她："你可满意了？"

陶瓷定定地瞪着他来看，接着问："你为什么要对我好？"

斗篷人说："没什么的，你常常看见我，就当我们是有缘。况且，你得到你所希望的人生后，你的灵魂便属于我。"

陶瓷问："灵魂属于你？结局会怎样？"

斗篷人告诉她："在天荒地老之尽，当你再次生无可恋之后，你自然会知道。"

陶瓷又再溜动眼珠。"那即是很久很久之后的事。"

斗篷人继续目光含笑，没再答话。

陶瓷因着他的微笑目光而愉悦，她也颇喜爱与他交流。她告诉他："那一次我看见你折磨我的母亲，心里很害怕。"

斗篷人便说："我还会再折磨她多五年。"

陶瓷皱眉。"为什么呢？她是一名可怜又善良的女人。"

斗篷人简单地说："但她自杀。"

陶瓷扁着嘴，企图争论。"她根本生不如死啊！为什么她不可以自杀？"

斗篷人告诉她。"她可以自杀。只是，但凡自杀者的灵魂是属于我的。"

陶瓷似懂非懂。然后，她又问："后巷那个大坏蛋呢？他也是属于你的吗？"

斗篷人说："他坏得只能被我收留，我也自然不会要他好过。"

陶瓷就弯下嘴巴，快急得要哭了。她问："他日我的灵魂给了你之后，你会怎样虐待我？"

斗篷人目光炯炯。"到了那一天你便知道。"

因着太过不明所以，于是索性哭了出来。"但你现在对我很好哇，将来为什么会对我不好？"

斗篷人眼眸内的绿色光晕柔柔地旋动。"我已仁至义尽了。"

"为什么？"陶瓷仍旧得不到答案。

"事情只能这样子发生。"斗篷人说。

陶瓷擦了擦眼泪，只好说："那么我永远不死便好了。"

斗篷人默然不语。

然后，陶瓷想起了另一个可能性，她发问："如果你今日不来找我，我就在今日死了的话，会发生什么事？"

斗篷人说："如果你甘心此刻迎接死亡，那么，一切将与我无关。"

斗篷人此话说罢，二人片刻无话。

气氛，倒有点心照不宣。

陶瓷望进他的眼睛里，但觉，宇宙间唯一可供她依赖的，不外是他。

于是，她便说："请不要离开我。"

斗篷人的眼眸内星光闪亮。他说："你也不要离开我。"

陶瓷凝神与他对望，继而肯定地点下头来。

斗篷人告诉她："那么你回去吧，以后的日子不再一样。"

陶瓷听了吩咐，便转过身去，她看见了自己那具气若游丝的肉身。

她没再费神想些什么。这抹小小的魂魄，安然地重新投进生命中。

再从木板床醒来之后，也只觉得刚才作了一个漫长、细致又奇异的梦。

她望了望床上其他介乎生死边缘的躯壳，忽然一切都事不关己了。

她将得到的，其他人不会想象得到。

* * *

那场疫疾完毕之后，美国大部分地区亦已元气大伤。陶瓷当童工的妓院也倒闭了，她自行走到白人小区的孤儿院，那里的修女收留了她。也是自出娘胎之后，她首次领受到三餐安稳的感受，在孤儿院度过的第一晚，她就感恩得流下两行热泪。

孤儿院的生活规律平静，也充满爱心，陶瓷乖乖的，静静的，尝试当一名普通平凡的小女孩，与其他孩童一同学习，一同游戏。她当然觉得幼稚了，然而，她又享受这种简单无忧。大家排排坐一同吃喝、上堂读书、玩游戏、祈祷……她深知现有的生活是一种福气。

她也渐渐忘记了天才儿童的本能，也故意令自己忘记华语。旧有的日子，愈离愈远。

就在一年之后，陶瓷被一个白人家庭收养，他们是荷兰裔人，属中产阶级，无儿无女。这双夫妇为陶瓷定下一套生活规则，又让她学习钢琴与芭蕾舞。陶瓷开开心心照着成年人的意向生活，也尽量在任何一方面表现正常和平凡，她一心希望这种平静安然的好日子不会变更。

像其他小孩子那样，陶瓷步入青春期，也益发长得丰盈漂亮。她的亚裔血统特征日渐淡化，Eileen 的西方人因子显然比陶雄的亚洲人因子强。她的一双鸳鸯眼珠仍是焦点所

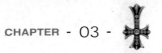

在，有人觉得怪异，但有更多人会被这异色所迷倒。

成长的影响力改变了低微的出身，少女陶瓷显得斯文娇贵，隐隐透着闺秀的风范。

就在十七岁那年，养父母的一名远房亲戚由南方到纽约工作，寄住在陶瓷的家。这名金发男孩子比陶瓷年长五岁，正于纽约的股票行当练习生，满怀野心。他们很快就爱上了对方，而他亦是陶瓷一生中的第一个男人。

初恋的感觉是想象不到的复杂、迷乱、反复、忐忑、炽热、不安稳。她发现自己无时无刻不在想念他、渴望他，她的身与心都但愿每分每秒贴住他、融入他。她再也看不见自己了，她甚至再也看不见这个世界，她所深爱的人，已变成她的耳目与官感。

在这种形影不离的爱情之中，陶瓷有了身孕。她喜滋滋地告诉男朋友，她可放弃学业做他的妻子。那个男人面色一沉，接着抱住她沉默不语。翌日当陶瓷放学回到家里之时，养父母就告诉她，那个男人已匆忙搬走。

她的世界就在同一刻粉碎。她哭了三日三夜，痛不欲生。在哭至心力交瘁的尽头，她勉强地抬眼望进镜子里，她发现，她所看到的是 Eileen 的脸，完全不是她自己。

母与女的命运是如此被相连着，她在凄苦的失恋之际，怀念起她的母亲。

陶瓷在镜前抱头痛哭。还谈什么恋爱？爱上一个人，结局只落得跟母亲所得到的一样凄惨。

爱情令女人不得好死。

陶瓷找了个黑市医生堕胎，那些麻醉药服用与不服用都无分别，她在半昏迷间仍然感到痛楚，而悲伤的眼泪一直流淌。她在极痛中冷笑，爱情真是一件玩命的事，欢愉是那样短暂，她所得到的全是残酷与不仁。

母亲……母亲……我现在比谁都更明白你……

陶瓷在虚弱无力间，听见黑市医生与护士的对话，这次手术不成功，她正流血不止。

陶瓷在心中低呼一声，泪水又再滴下来。她为自己感到好心痛。

心痛，心痛死了。因为爱上一个人，就被摧残至此。

究竟做错什么事？究竟错在哪里？

为什么所有苦所有痛，都要由最善良、真心的人承受？

母亲的一生被她所爱的男人毁掉。而自己的一生呢？所走的路会否相同？

渐渐，陶瓷的身体逐渐冰冷。那黑市医生与护士商量着要否把她抛弃到数街之隔的后巷。

陶瓷有预感，她的死期降临了……

她感觉到她被人抱起，继而放进一架木头车中，有人把她推到一个空旷的地方，然后把她遗留下来，并以旧报纸遮掩。

噗通……噗通……噗通……

心跳缓慢而无力。

陶瓷的感官迷糊了，她的眼球不住地上下跳动，继而，渐渐看见幻觉。

——她看见，自己死在这条后巷中。

然后，有人带她走，她走过一些隧道，看见一些漂亮的景象，于是，她的心就安然了……

不知过了多少时候，她又跌堕进一个陌生的通道内，未几，她听见婴儿的哭喊声……

婴儿长大了，变成漂亮的孩子，看来是个小男孩，但长得如女娃般娇柔。小男孩上学放学，忽然有一天，他被人拐走。那些拐走他的人，向他的父母勒索金钱，然后又在禁锢期间侵犯小男孩。小男孩的父母迟迟不送钱来，于是那些人就残害小男孩的身体。最后，他盲了眼又断了腿，兼且被虐打至智力不全……

"啊……"陶瓷暗地惊呼。"不要！不要！"

她在这幻觉中挣扎。"不要……不要……"

她变得心情激动，彷徨又愤怒。"不要……不要……"

最后，她在心中说出非说不可的话："不要……不要死！"

力量渐次重来。她在心中再说一遍："不要死……我不要死！"

刹那间，一股神秘的引力直捣她的血脉，她的身心在她的信念之下活化起来。她的眼球稳定了，眼帘平静地张开；她的双腿能随意活动，她下体所流的血亦已停止，体内的伤口自动愈合。

她伸手拨走遮掩着身体的报纸，她在痛楚的余韵中撑起身来。她发现她可以安稳地站立，并且扶着墙行走。她知道，她还活着，她死不掉。

但，又忽然，她感受到一种不妥当，她觉得她离开得太急速太不清醒，她怀疑她遗留了些什么。于是她走回原路，蹲下来，翻开那堆报纸。一看之下，她就惊愕得头皮发麻。——她看见一个苍老残破病弱黯淡无光的自己。

陶瓷掩住嘴，眼泪夺眶而出。

我不是活下来了吗？我不是重新活着了吗？怎么，我的肉身是如斯败坏？

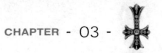

怎可能，才十七岁，就苍老至此？青春呢？美貌呢？往哪里去了？怎可能，就这样不说一声便溜走？

——是不是，我又做错了什么？

她抵受不了这种可怕。她一步一步往后移，不敢再看。

蓦地，那具残破的肉身苏醒，并且坐起来与陶瓷对望，那衰老的肉身有一双失却所有希望的眼睛，她凄怜地意图向陶瓷表露些什么。

陶瓷屏息静气，凝神注视那肉身的眼睛，继而，她读出了一句话："一遇爱情便苍老。"

苍老的肉身再无话，看了陶瓷半晌便又躺回地上去。陶瓷瞪着眼，默默地领受这句话的意思。

该不该相信她？抑或，已经再无不去相信的理由。

风冷而萧杀，陶瓷跪在肉身跟前，无声地落下一串泪。

是因为贪爱，所以，才令肉身与灵魂都受苦。

陶瓷苦苦地哭了一会，然后抹掉眼泪。事到如今，该心息了。

她的肉身告诉了她一件极珍贵的事，她要自己记住爱情的教训。

一遇爱情便苍老。

世上最不幸的事情，都是由爱情而来。

老而残破、溃烂不堪。

就在十七岁那年她许了一个愿，她永生永世也不要再沾染爱情。永不。

她要自己永远美丽、永远矜贵、永远不被触动得到。

陶瓷伸手抚摸地上的肉身。那具堪怜的肉体在灵魂的爱意下缓缓回复青春，她的肌肤渐渐透出光泽，皱纹也平复了。陶瓷的肉身，不再透露出绝望的气息。

肉身得到灵魂的答允，于是安然。

陶瓷咬了咬牙，决定返回肉身去。当灵魂与肉体二合为一之时，夜空传来了一阵悲鸣。

空荡的、怪异的、不属人间所有的。

斗篷人守了他的诺言，陶瓷不会死去。翌日，就有人在后巷的旧报纸堆中发现了她，然后，把她送往诊疗所中。她的身体康复得极快，精神也很愉快爽利。很快，她就忘记了寄住家中那名金发男子，她像个无事人那样返学放学，继续当上一名典型的中产美国少女。

她显得开朗、自信、矜贵而淡定。她是每逢遇上困难都能冷静地解决的人，别人再束手无策的事，她都能迎刃而解，永远处之泰然，有风度。

没有向任何人诉说过孩童时代的故事，她不认为世上有

任何一个人需要知道；而事实上，她亦没有分享的意欲。

美丽的她遇上过很多男人，她挑了身家地位显赫的来共同生活，一嫁再嫁，她累积了大量财富。就如斗篷人当初所言，她会生活得好，无须再捱苦。

每一段婚姻都平静而长久，每一位丈夫都善待她，而她又对他们每一个都体贴周到。只不过，当中并没有爱欲，她对他们从来没衍生过渴望。

而事情的结果就如她所愿：她美艳如昔，永远不会苍老。

她避过了无数次的死亡，她以不老之躯游走人间，她平静安逸，活得很好。

是Eileen和小小陶瓷都梦想不到的好。

* * *

~The Bewildered~

死神LXXXIII又挑选了一名回阳人，他是一名二十三岁的华尔街神童，在遇上意外之前，他拥有二十三亿美元的财富，堪称华尔街魔术手。

桑桑接待他。华尔街神童看见少数民族打扮的桑桑立刻表现好奇，不停向她发问。由头饰到她的年龄，以及她因何会在此，他问完又问，十分有兴致。

华尔街神童说："我回阳之后可以约会你吗？我会乐意以私人飞机接载你环游世界。"

桑桑故作奸诈地笑了笑，眼珠一溜。"我有相公的呀！"

华尔街神童笑着问："谁那样有福气？"

桑桑向站于片场一角的死神抛了个媚眼，说："不就是他！"

华尔街神童扬了扬眉，见是如此只好作罢。

桑桑及后向华尔街神童讲解拍摄的片段，华尔街神童这样说："由我们这些业余演员演出死亡的一小段片段……我早前才在纽约一间小型电影院中看过。"

桑桑狐疑："怎会有这种事？"

华尔街神童说："是连续不断的，每五分钟一小节，全是由业余演员演出著名电影的片段。我那时候正约会一名电影系学生，她看得津津有味，而我只觉得怪诞！"

桑桑直觉事态严重，于是便向死神报告。

"会不会有人想泄露出去，故意陷害你？"桑桑紧张兮兮。

死神却亮起眼睛来，脸上神情似笑非笑。

桑桑觉得他的反应不正常，于是质问他："你一早知道？

难道那是你的主意？"

死神潇洒地转身，故作神秘。"有些女人，能人所不能……"

"你说谁？"桑桑追着问。

死神没理会她。这阵子，他只全心全意理会一个人。

死神不知多高兴。又有机会与那个人面对面。

桑桑看着死神那风骚的背影，心理满不是味儿。

她皱起眉来。她着紧这个男人，但他似乎正纵容另一个女人。

当死神找着陶瓷时，她正于片场内的试影室观看最新制作。死神悄悄坐在她身旁，轻轻于她的耳畔说："你又一次陷我于不义。"

陶瓷没有望向他，她对着荧幕微微一笑。"我只不过把你的杰作安排在小型电影院放映。但我不排除全国放映的可能；也或许，有天我会宣传你的杰作的意图与出处。"

死神的笑意很浓。"我们那边的高官很少下凡。你若想他们知道我所做的事，就该在天堂或地狱放映。"死神抚摸着自己的下巴，胸有成竹："我亲手把你送上死路之前，他们不会革我职。"

陶瓷仍旧一贯轻笑。"请放心，我会继续思考一些更能威胁阁下的事。"

死神摊摊手。"悉随尊便。"

陶瓷垂下脸愉快地笑起来，眼波一溜，然后这样说："你为什么要追捕我？你都不喜欢死亡。你不忍心别人死，所以才制造回阳人。那么，你怎可能会忍心要我死？"

死神接触到她流盼的眼波，立刻就心荡神驰了，这种四目交投，果真销魂得很。

他说："我最想你死。一想到你可以死在我手上任由我处置，就心情大好！"

单单想起那美妙的一天，就已兴奋得摩拳擦掌。

陶瓷侧起脸来看他，问："我有那样讨你厌吗？"

死神把脸凑前去，与她靠得很近很近。他是这样说的："我只是不想你除了我之外，还有别的归宿。"

陶瓷以一双异色瞳孔望进死神的眼眸里，告诉他："我有自己的打算，你不用替我操心。"

死神抿住唇摇了摇头。"不！不！你的一切都会与我有关。"

陶瓷冷冷一笑，对于死神的自以为是表露不屑。

死神明白她的神色，但他才不会退让。他是这样说："没办法。或许我已爱上了你。"

陶瓷有一刹那的怔住。到回过神来之后，她就高声笑了三声："哈！哈！哈！"接着她交叉着双手，望向荧幕继续面露鄙夷。

死神不介意她继续这种因他而衍生的表情。无论她对他有什么反应，他都觉得很有趣。

而且，格外的好看。

他把她冷傲的侧脸看了一会才离开。而她没再说话，亦没望向他。

她在心里说了一句"不知所谓"。但却在他离开了她身边之后，她解除了一种陌生的紧张。

她也不明白为什么他一句无意义的调戏说话会叫她浑身绷紧。是有那么一刻，她忽然觉得自己输掉了。

"讨厌。"她从心坎中磨滴出一点恨意。

简直讨厌死了。

* * *

再与陶瓷见面之后，死神的心情持续大好，无时无刻都笑眯眯的，表情十足十那些怀春的少女。

桑桑就恼恨得咬牙切齿，瞄了他一眼然后自顾自说："中了爱情蛊！蠢相！"

死神听到却当听不到。无人能破坏他的美妙心情。

终于，桑桑忍不住这样对他说："她玩弄你、伤害你，你也开心？"

死神凝神望着半空，一脸缅怀的旖旎。

桑桑不可置信地摇头，语调怆痛地说出心底话："我对你鞠躬尽瘁、忠贞一片，你却从来无为我笑过！"

死神听罢，就笑眯眯地望向她，当作补偿。

桑桑愤怒又愕然。接着气冲冲地别转脸，决定不再与他说话。

她返回她的休息室，鼓着气坐下来。而不知不觉间，就落下了泪。

是羞恼的眼泪，也是失望的眼泪，她多么渴望得到这个男人的关注与爱惜，他却从来没把她放到心上。

她觉得被伤得很深。她掩住脸饮泣，爱情居然就这样落了空。

很想得到一个人，却又终归得不到。失败、失败、一直的失败。多么令人泄气。

她抹着眼泪不住地摇头。是在这沮丧之际，桑桑才又再想起陈济民。

多久了，她没再想起他。

"陈济民……"

这个熟悉的名字，居然一度变得陌生。

曾经因为陈济民而疯狂，也是因为陈济民才去靠近死神。料不到，她忘却了心中人，恋上了眼前人。

桑桑把双手抓往发间，愈想就愈不知所措。

知道死神不会让她得逞，所以陈济民这个人再次映入心坎。而在日复日之后，陈济民的重要性可会又比死神高？但万一有天死神对她忽然产生爱意呢？那么，到其时又再次把陈济民抛诸脑后吗？

死神、陈济民；死神、陈济民；死神、陈济民……

抑或，明天出现了第三个令她心动的人之后，她又会把之前的两个忘掉。

她头发蓬松地窝在沙发中，极度惘然。

万万料不到，自己会是这样的人。以为可以情深一片，却又无声无息间爱上了第二个。

以后，是否也会见一个爱一个？

究竟有多爱陈济民？对死神的感觉又是什么一回事？

抑或，一生人只爱一个实在太傻？这样子的话，一生人会爱上多少个？

而又如果，陈济民与死神一同走到她面前表露爱意，她会选择谁？

桑桑溜了溜眼珠，其实她想两个都要。她那咬着乱发的嘴唇不知不觉地奸笑。

"唉……"她呼出一声叹息，混乱得浑身香汗淋漓。

爱情是什么一回事？或许爱情正是这么一回事。

蓦地，她觉得太幼稚，也太可笑。

当初，因为陈济民的死，她花了多大的狠劲才跑到这里来；现在，她为着另一个男人，而内心紊乱。

她由沙发滚到地上去。不如，什么也不要好了。

究竟该怎样区分与死神和陈济民的感情？死神代表着欲望吗？陈济民是否一面纯爱的镜子？

A君一早死去；B君又不会爱上自己。她根本什么也没有。那一堆又一堆的烦恼与苦涩，全是自己制造出来。真是又蠢又无聊。无用死了。

还跟着死神做什么？他不会爱上她，又不见得真的很需要她。她在地上爬来爬去，觉得自己如狗儿一般卑微和多余。

未几，她就大字形躺在地板上。这个游戏要完结了吧，已没什么可以再玩下去了。

在这心念逐渐清晰之间，她同时候感受到死神的可爱。他一直大大方方让她任意妄为地玩这个一个人的游戏。就算他没爱上她，但也容忍她。这种男人，算是仁爱慈悲的了。

桑桑呼了一口气，也是时候回去。

泪水由眼角淌下。灵魂也在哭了，不知肉身如何？

幸好还能记起自己有一个肉身。虽然差一点也就忘记了。完全是个贪玩极的野孩子，玩呀玩呀玩，忘记归家。

桑桑离开死神之前，呈交了一个剧本。

那故事是这样的：一个任性的女孩子爱上了一个她仰慕之极的人，她决定把她澎湃如深海的爱情制成曲奇饼送给他。她的理想是，让他每天吃一块她的爱情曲奇饼，到把最后一块也吃掉的时候，他就会情不自禁地爱上她。他会觉得她特别的美，特别的出众，特别的值得去爱。

这个剧本无人会死。而桑桑觉得，这个剧本是史无前例地写得好。无一个剧本，及得上这个好。

她以眼泪混合在红色的滴蜡里头，当滴蜡凝结后，她就替这个剧本密封。她把它放到死神的台头，当作告别。

不会说再见了，她怕看着他说再见，她会哭喊得疯掉。再见面的话还怎会舍得走？

以完结一份得不到爱情的心态去离开这个男人，她步离得分外唏嘘。

她认得所有回家的路。心再野，也犹幸没变作无主孤魂。

她的肉身被父亲照料了两年，除了有点浮肿之外，看上去一切都安然。桑桑望着自己的肉身，叹了口气，然后说："谢谢你没离弃我，谢谢你容许我任性，谢谢你让我回来。"

说罢，她就进入自己的肉身，结束了相伴死神的历程。

灵魂安躺肉身之内，肉身的眼睛就渗出泪水。一段旅程完结了，姑勿论结果如何，都会不舍。

舍不得舍不得……

指头动弹了，眼皮在抖颤后张开，干涸的嘴唇微启。就在感官归位之后，桑桑就决定了一件事，她不可能忍受被"舍不得"所操控，待身体完全康复后，她要体验这个现实的世界，并且走得愈远愈好。

不为寻找什么真命天子，这一次，她要寻回自己。

当念头落实，桑桑便笑得很开怀，她为自己的决定感到骄傲。

所有爱情都该由自己爱自己开始。

与父亲商量后，桑桑便被安排出国，她会到巴西的亲戚家中寄住，她会体验截然不同的生活。立下重新开始的决

心，热炽得只有最热情的国家才衬得起。

她脱下她的民族服装，穿上小背心与短裤，把长发束起，在里约热内卢的艳阳下，她变成另一个人。她学习当地语言，在亲戚的餐馆帮手，捧着一瓶汽水在沙滩发呆，细心打量热浪下的每一个俊男美女。

当热汗流淌之际，桑桑便想，纵然身畔无人，纵然言语不通，但世界新奇，一点也不寂寞。

由生到死，再由死到生，或许还是生的世界比较迷人。

也就愈活愈勤快了。她踏单车到市场买菜，帮手煮东西，甚至学会驾驶。她发现她爱上了一切劳动的工作，当身体活动着时，她感应到生命力。

挥着汗，领受着身体曲线的摆动，桑桑看着自己的肌肤和身体，慢慢学习爱上它。爱上身体就是爱上生命吧！她觉得自己已经完全不相同了。

她跑进一个满院巨型花卉的院子中，南美洲的繁花巨大鲜艳得如外星品种，奇妙又不可思议。嘉年华会的日与夜同样纸醉金迷，香艳狂热，目不暇给。乘船到海中心垂钓，那尾上钓的鱼足足有半个人那样肥大；回家烹调时，巴西人把椰油满满倒在鱼身之上。

离开了山区，淡忘了父母的故事，放下了陈济民和死神之后，桑桑大概会知道自己究竟是何模样。

过一种截然不同的生活，就能从陌生的感觉中启发出自己。

将来想要一种怎样的日子？打理一间小店？当游牧浪人？学习成为舞蹈员？总之，无论将来是怎样，都一定要很充实和很满足。

有一天，桑桑从超级市场买了一排巧克力，这是一件她考虑了很久才决定实行的事情。每一次她都在巧克力的货架流连，思考着该买哪一种款式，以及，究竟是否要买。别人看见这名少女的举动，会以为她是因减肥而犹豫。只有她知道，那原因动人得多。

巧克力代表一份曾经得到的爱，今天是否有勇气重温？

曾经，在那年少无知的时候，有一个男孩子深深地爱着自己。

现在他在哪里？

以后漫漫长路，还会尝到那种爱吗？

隔着巧克力的包装纸，她嗅着一种爱情的味道，不知不觉间，心头就酸起来。曾经曾经，有一个人那么爱过自己。这种被爱的宠召，是否一生只有一次？

最后，桑桑就把巧克力买回家。

　　这个热情的国家有着热情的夜空。亲戚的小店外墙一年三百六十五天都挂上圣诞的闪亮灯泡，桑桑就在这种永恒的节日气氛中活化自己的回忆，这一个夜，她要自己集中想念陈济民，她要自己心中只有他。

　　巧克力融化在舌头上，有点苦，有点孩子气，有点浓郁，有点黏糊糊，有点霸道⋯⋯所有感官正蔓延四散。爱情的巧克力，复杂又单纯。

　　还未完全把它吞滑喉咙里，已经热泪盈眶。

　　当陈济民就在面前的时候，那种爱是那么直接而原始；今日的怀缅，混杂又缥缈。

　　我知你很爱我，我知我们很相爱，我知我知⋯⋯

　　但你今天在哪里？你今天还认得我吗？你今天还爱我吗？

　　你有没有等待过我？当你看见我哭泣之时，你有否为我哭过？

　　你知不知你离开的时候我有多迷失？

　　现在，你在哪里？

　　一个人活下去，你知不知有多寂寞？

　　寂寞得，我找着死神来依靠，然后又爱上他。

　　现在我谁都没有。

如果你在那一年没死去，今日我们会是怎样？

你会长大，而我也会。但你长大后的样子会是怎样？

如果你没死去，今日的巴西，就有你抱着我。我们一同躺在吊床上，一同看星，一同听海，一同吃巧克力。然后你会告诉我你有多爱我，而我会有多么的幸福。

但如今，我只有我自己一个人，摇摇摆摆，在吊床上淌泪。

所有关于你的事，都只可能是幻想。

因为你已经无法活下去了。而我，仍留在世上。我会长大我会变老我会死去。是否，要当我真正死去了，你我才会重逢？到时候，我八十岁，而你永远十六岁。那怎么办？你还会要我吗？

那一大片巧克力被放在心头上，夜空的热融掉了一小角，渗进她的衬衣里。

而她在哭累了之后，沉沉地睡去。

* * *

陶瓷继续陷死神于不义。毁灭死神已成为她近期最重要的工作。

她制作了一套电影，目的是教唆别人自杀，卒之，全球有十八名观众在观看此出电影之后自杀身亡，当中有两名本应在死神LXXXIII的名单之内。

另外，陶瓷又开拍了一系列有关死神的电影，电影中的死神无恶不作，剥夺活人的性命，残害死人的灵魂，令人类处于水深火热中。而那名扮演死神的男主角，外形与LXXXIII有八分相似。

陶瓷为她的杰作骄傲。无论如何，她也要死神LXXXIII处于极度下风。

而Sir Warren也终于过身。死神LXXXIII并不是把他接走的神祇。在Sir Warren下葬当日，死神来到坟场中。

一众具名望的亲朋戚友云集坟场之内，死神也现身其中，但只有陶瓷一人看得见他。她看了他一眼，便在黑色纱帽之下轻轻冷笑，她是决心看不起他。

牧师颂读祷文，又简述Sir Warren生平，兼且赞美他的为人。陶瓷一直默然地瞪着棺木，她没有流泪，亦不打算以眼流作悲伤的点缀，她有任何感受，根本无须让其他人知道。她有她的哀悼方式，而她不期望有谁会了解与明白。

她的心情沉重而伤感，也已有数晚睡得不好，始终，这是一个相对三十多年的伴侣，姑勿论有没有爱情，也姑勿论大家的关系有多真挚真心。

在入土的那一刻，陶瓷叹了口气，她在心中絮絮地说，希望他明白，她已尽了妻子的本分，她为他鞠躬尽瘁，而且忠贞，她但愿她在这些年的表现，可以补偿不能给予爱情的遗憾。

看着丈夫长埋地下，陶瓷有一刹那的哽咽。永别了，我俩已无法再相见。

或许，在数十年后，Sir Warren 又会再投胎为人。但陶瓷相信，再世为人的丈夫，会选择避开她，远离她。

Sir Warren 怎会希望再见这个怪物？陶瓷深明与她相伴的男人的恐惧。

葬礼完毕之后，宾客聚首闲聊，陶瓷故意独自走进专供遗孀休息的房间，好让死神有机会与她说话。

陶瓷捧着茶坐下来，死神走近她身后，体贴地以手按着她的肩膊，对她说："节哀顺变。"

陶瓷仰起脸望向死神，微笑着说："谢谢，有心。"

死神坐在她的身旁，凝视她那双异色眼珠，然后这样问："你从什么地方找来我的翻版人？"

陶瓷的目光亮出喜悦，她喜欢这个话题。"你也有欣赏我们的电影吗？请多多指教啊！"

死神耸耸肩。"电影中的死神的所作所为略嫌太漫画化，非常幼稚。"

陶瓷轻轻皱眉，表情带着认同。"我也考虑这个问题。在续集中，死神会表现得有深度一点，他将会是个令人难忘的大奸角。"

死神看着陶瓷认真与他作对的表情，然后，会心微笑起来。就这样，他静静地看着她，不发一言。

陶瓷被他看得不好意思，她垂头呷了口茶，又清了清喉咙，问："你半分不高兴也没有？"

死神说："难得你心目中每分每秒都有我。"

陶瓷瞪大眼，蓦地满脸通红。

死神的神情就更得意了。"说中你的心事，难免令你粉脸绯红。"

陶瓷立刻故意脸色一沉，这样说："你是一名非常惹人讨厌的家伙。"

死神对她的说话听而不闻。他说："如果你还未开始寻找第四任丈夫，不如趁有空档考虑一下我。"

陶瓷望着他不屑地笑，如此说："其实你究竟所为何事？"

死神的眼眸满载笑意。"没什么，我只不过在追求你。"

43

陶瓷侧起头，斜眼看着他，说："你也有兴趣这种事吗？"

死神抓了抓头，说："你是我第一个追求的女人。"

陶瓷点了点头，神情满嘲弄的。

死神说下去："我是非要把你追到手不可。"

陶瓷的笑意渐浓，忽尔，她也觉得颇好玩。

死神定定地望着陶瓷，又伸手抓了抓脸庞。他说："其实，真有点棘手……"

陶瓷索性笑出声音来。"哈！哈！"她说："先给我说点动听的话。"

死神见事情有转机，立刻把握机会说："我答应我一定会令你幸福！"

陶瓷先是怔住三秒，然后仰脸大笑。"哈哈哈哈哈！"笑完之后，她才回过神来，这样对死神说："简直弱智！"

说罢，她就放下手中热茶，站起身来。她俯望依然坐着的死神，这样告诉他："你要爱我？好，我让你去爱。但别妄想我会爱你。"

死神以一个仰视的角度凝望她，他的神情显得愉快而甘心。他说："我从来都是一名有信心的男人。"

陶瓷步向房门，然后转身回头，朝死神说："你放心好了，我会狠狠打击你。"

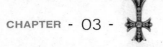
说完之后，她优雅地开门离开。

房间中，留下得到追求机会的死神。他以双手按着鼻尖，掩不住的心花怒放。

* * *

~A Wish & A Gift~

一切准备就绪之后，死神开始他的追求大计。他的计划是，先在早上满足陶瓷的一个心愿，再在黄昏瓦解陶瓷的一个遗憾。

死神细心思量计划的细节，他预计会有一定的成效。

Day 1

现为早上七时，陶瓷自床上苏醒。一如每一天，她的作息很有规律，虽然是刚醒来，但脑筋已经清醒和灵活。而当她步进浴室，准备把水注满浴缸之际，猛然地，她尖声大叫："呀——"

她看见，死神满身鲜血躺在浴缸之内。

死神身穿踢死兔礼服，但白恤衫上染血，浴缸边放有一只喝剩少许的香槟杯。死神尸体的脸色刷白，渗透着紫蓝。

陶瓷坐在浴缸边沿望着死神染血的尸体，渐渐，她就露出笑容。

浴缸的死神睁开眼睛，当他的眼神触及陶瓷的目光之际，二人就相视而笑。

死神从浴缸中坐起来，笑着问："开不开心？死神终于因你而死。"

陶瓷托着头笑，笑容是罕有的灿烂。她不讳言，这算得上是个有趣的铺排。

死神说："要我死，是你的心愿嘛！"

陶瓷拍了拍他的肩膊，继而站起来走近浴室的门边，作出"送客"的神色。死神就乖乖地由浴缸爬起来，施施然步过陶瓷身边，并从眼尾抛给她一个风骚的眼神。

陶瓷的嘴角轻笑，而内心则大笑。她不介意如此展开新的一天。

返回办公室之后，开了两个会，又看了一套试片。服装店的人拿来最新的秋装让她选购，她花了点时间挑选。然后，在回家的路途中，她在车厢内喝了杯香槟，不得不承认，今天的心情真好。

返回家之后，管家给她送来一只包裹，陶瓷把包装纸看了一会，那署名是"LXXXIII"，她看着这包裹笑了一阵子，然

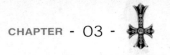

后才把它拆开来，从包裹中跌出来的，是一只光盘。

陶瓷吩咐管家把晚餐送到放映室中，她打算边用膳边欣赏。

光盘被推进放映机内，墙上的荧光幕显示了以下的句子："The Happy Childhood。"

陶瓷呷了口酒，舒适地坐在米白色的皮沙发中，对于这种小本制作，她的内心一定有着轻蔑，但基于这是死神的心意，于是好奇就大于其他感觉，她准备拨出一个小时欣赏。

正如其他女人，对于追求者都会抱着一种"看看你又出什么招数"的心态。矜贵如陶瓷，她的神态也正说着同一句话。

荧光幕上，一名背着镜头的小女孩正伏案画图画，她身处的环境是一所简朴而整洁的房子。电影只有黑白画面没有音响，小女孩猛地抬头，像听见召唤那样，她跳下座椅直奔到走廊中，她的步伐蹦跳愉快，明显地对走廊尽头有所期待。

未几，走廊的尽处有身影晃动，陶瓷先看见一双小手，小手上捧着一碟食物，陶瓷意会得到，那名小女孩刚由厨房走出来，看来是替母亲把食物捧到饭厅中。

慢慢，小女孩的脸孔就由走廊的暗处移向前，就在同一秒，陶瓷但觉脑内轰然一响。她那双异色眸子的瞳孔渐次放大，她看见，荧光幕上的端菜小女孩，正是她自己。

那是童年时代的陶瓷，有着同一张脸，同一双小巧的手。只是，荧光幕上的小陶瓷，与陶瓷所记忆的那一个，有着非常不一样的表情和神态。荧光幕上的那个小女孩，无忧得多。

陶瓷放下酒杯，握住拳头，凝神细看。

那个小陶瓷把菜肴放在饭桌上，然后天真活泼地坐下来，等待母亲由厨房走出来。不一会，母亲也捧着饭菜走到镜头前，陶瓷的母亲，也就是Eileen，荧光幕上的她闲静惬意，贤慧又甜美。

Eileen坐下来，与小陶瓷在饭桌上说话，听不见对话是什么，只见小陶瓷傻呼呼地点下头来。

忽然，饭桌上的两母女朝同一个方向望去。看着她们的表情，就连陶瓷也紧张起来。

一个男人的身影走进镜头内，他放下一个蛋糕盒在饭桌上，然后坐下来，陶瓷看见，那个男人是陶雄，而Eileen两母女看见陶雄，都表现得很欣喜。

陶雄趋前亲吻Eileen的脸，小陶瓷也伸出胖胖的手臂绕住父亲的脖子。陶雄看上去有点累，但表情安逸满足。

他坐下来与Eileen笑着说话，Eileen则把盛载蛋糕的盒子拿走，再拿火柴来燃点蛋糕上的蜡烛。

小陶瓷看来很高兴，那天是她的生日。她站在座椅上吹熄蜡烛，继而就等待Eileen把蛋糕切割分配。

看到这里，陶瓷的眼泪热烫烫地滚动下来，泪水朦胧了视线，她已看不清荧光幕上一家三口的举动。

事隔了这么多年，原来，有些东西，她依然盼望。

死神送给她遗憾的补偿，让她感受快乐的童年。陶瓷掩住落泪的脸，说不出的百感交集。

黑白的画面，无声的语言，仿真度极高的人物，这仿佛就是一辑真实的家庭录像，陶瓷看着看着，感觉如幻似真。

只是，童年时的她不曾住过如此像样的房子，也没试过庆祝生日；母亲从未这样子的优悠过，而父亲亦从没这模样的和气可亲。

那在心头回荡的触动良久没消散。想不到，居然在今天得到一个梦想中的童年。幸福、平安、相亲相爱。

陶瓷哭得抱住头，禁不住心头的激动。

荧光幕上的一家三口继续小家庭式的温馨。陶瓷一边看一边哭喊得抽搐。多少年了，她频频说着「只想好好地活。」这一句话当中所包含的，根本就是简单不过的事。权势？财富？显赫的名望？都及不荧光幕上那种平凡的幸福。

寻常人拥有的东西，她偏没有。那么一点点的平静安乐，代价大得要与Lucifier去交换。

"我想要的就是这么多……"陶瓷在饮泣中呜咽。

她把死神送给她的光盘重复播放，最后，看得累了又哭得累了，她就伏在米白色的真皮沙发上沉沉睡去。

朦胧中，她听见房间内传来爵士乐的抒情调，然后，她看到死神跪在她面前，牵着她无力的手，温柔地问她："赏面与我跳一支舞吗？"

她迷迷离离地笑，接着在沙发上翻转，继续沉落到睡梦中。

算是拒绝了他吧！但那只被他牵着的手，仍然半垂在沙发旁，让他好好地握着。

可能因为哭得太累了，因此身与心都特别的虚弱，于是，很需要很需要男人手心的温暖……

很需要很需要很需要……

Day 2

翌日早晨，陶瓷又回复了应有的强硬，她甚至吩咐佣人先检视浴室才步进内。一觉醒来之后，她就有了反省的知觉，昨夜实在表现得太脆弱，她不该给这个男人太多机会。

　　用过早餐之后，陶瓷坐司机驾驶的车上班。当沿山路下山时，车子忽然不受控，并且撞倒一个迎面而来的男人，陶瓷刚巧从座位中看到，那个被车撞得抛上半空的男人身穿得体的西装。于是，她就在车厢内偷笑起来。

　　司机紧张地下车看个究竟。陶瓷把头伸出车窗外向后望去，果然，地上躺着衣着优雅华贵的死神，那躺在车轮边沿的姿势，亦分外有型迷人。

　　陶瓷把他看了一会又笑了一阵子才把头伸回车厢中。实在有点感激死神逗她开心的心意。

　　她朝向正在检视死神尸体的司机，对他说了句："别再理会这个人，他死不去。"继而，她又再自顾自笑起来，心情变得无以尚之的好。

　　亦隐约明白死神的进攻模式，他会在早上以自己的死亡满足她，在同一天的其他时分，他会有另外的行动。

　　怀着"等着瞧"的心态度过半天后，就在黄昏被司机送回家，在管家把门推开让她内进时，她已有心理准备迎接某些惊喜。还以为会从管家手中接过些什么，却在一抬眼之际便当场呆住。死神没再制作光盘，这一回他连时空都为她改变了。

　　陶瓷鼻子温热起来，她当然认得眼前的景物，这里已变成养父母的家。她的目光软化，已猜到死神为她准备了些什么。

陶瓷垂头，微笑叹息。

从二楼楼梯走下一名金发青年，陶瓷看着他，笑容灿烂起来。没见数十年，她的初恋情人依然俊美。金发青年热情亲切地拥吻她，问候她学校发生了什么事，她随口说了几句，继而他就领着她走到后花园。

陶瓷朝墙边的直身镜望去，她看到那个十七岁的自己。

金发青年拖着她的手走到花园的凉亭中，在坐下来之后，他告诉她："我考虑得很清楚，我们应该结婚，然后你把小孩生下来。我会工作得很出色，让我们三个人生活得很幸福。"

陶瓷亮着少女的妙目，享受着男朋友的甜言蜜语。金发青年似乎能看懂她，他认真地皱上眉，这样告诉她："我不是随便说说的。待会你的养父母回来，我会向他们提出结婚。"

陶瓷流动她的异色眼珠，微笑着不发一言。

金发青年问："怎么了，不高兴吗？"

陶瓷轻轻摇头，又叹了口气，然后才说："很高兴。只要听过你这样说，我已经很高兴。"

金发青年把她拥入怀，深情地告诉她："我当然会照顾你，我是真的很爱你。"

陶瓷的眼泪汩汩而下，在这个男人怀内的她渐变软弱无力。她最想最想听见的，不外是他这一句话。什么也不求，她对打掉孩子亦无悔，她只想知道，这个男人曾经真的爱过她。

他轻扫她单薄柔弱的背，她埋在他怀中，轻嗅着他身体散发的气味。她明知这一切都是假，但她愿意把这个男人抱得很紧很紧。

这一刻，这一刻，是属于我的……这一刻，我得到过我的盼待……

他俩就这样紧紧地抱着。过了很久很久，仿佛有一世纪那么久她才决定从他的怀内张开眼睛，她亮着繁星溢满的妙目，抬头向他说："让我为你冲一杯咖啡。"接着，她就温柔地离开他的怀抱，在双腿着地站立的一刹，她尤其显得坚强。她回头看了他一眼，记住他此刻的神情容貌，然后她就向前走，她步出小凉亭，走过小花园，从屋子的后门走进屋内。

她在心中说了一句："够了。"

够了够了。她已得到她的补偿。实在太美好了，美好得，她已不再需要这个男人。

在这念头成型了之后，她身处的空间不再是十七岁时养父母的家。高跟鞋踏过的地板，是一块又一块昂贵的云石。

她已走回现实，这里已变回第三任丈夫的巨宅。她弯起嘴角安乐地笑，非常的满足。

陶瓷走进偏厅，死神LXXXIII正握着酒杯倚着玻璃大窗等候她。陶瓷婀娜地走前，在站到他跟前之后，就伸手把死神手中的酒拿走，她望了望他，优雅地呷了一口。

她喝他的酒，又以极妩媚的目光留恋他，并且磁性地对他说了句："谢谢。"

死神伸手抱她的腰，深深地望进她的眼眸内，他亦不甘示弱，迷人地对她说："你高兴便好。"

陶瓷似笑非笑，又再呷了一口酒。

死神以指头轻扫她的颈旁，徐徐地问："赏面一起晚饭？"

陶瓷以猫一样的神色望向他。正当死神看得意乱情迷之时，陶瓷就一手把他推开，简洁地说："Ｎｏ！"然后放下酒杯，带笑转身离开。

死神交叉着手笑，目送她的身影走远。这是第几次看她的背影？而无论是哪一次，都那么美，是愈看愈震撼心灵的

美。

死神重新握着她放下的酒杯，在她的嘴唇触碰过的位置把酒喝下去。她已经离去了，但仍留着余韵。死神合上眼，好好地享受。这样的情调，绝对是无价。

Day 3

陶瓷的早晨已被死神渗进影响力，由起床的一刻开始，她就对死神的死相有所期待，她盼望着被他逗得高高兴兴。可是，她静候了一个早上，也感受不到死亡的阴影。在心情有点惆怅之际，最终，过了半天，才在片场的拍摄场地中看到死神被乱枪扫射。那是一场黑帮仇杀的戏，当中一名临时演员被安排中了弹倒下，谁料在导演大喊ｃｕｔ后，那名演员并没有从地上爬起来。众人上前查看究竟，才发现他已中弹身亡，道具枪中的子弹，粒粒货真价实。

陶瓷也目睹刚才那一幕。她走到围观的人堆中，赫然发现，那名临时演员居然是死神。于是，她掩住嘴偷笑着离开。死神的尸首七孔流血，她嫌这个造型夸张而廉价。

"啊啊啊！好玩。"她边走边在心中说。

陶瓷很满意她所得到的娱乐，死神的死亡令她极痛快。她不介意有个男人每天为她死一次。

在这种被追求的阶段，男人愈委屈卑贱，女人就愈高兴。

接收了这份死神的死亡礼物之后，陶瓷就安然地等待黄昏的礼待。然后她就这样想，自己也有普通女人的特质，被男人追求时，分分秒秒都过得分外飘飘然。而她实在喜欢这样子的高度享受。

离开办公室的时候，助手对她说："Mrs. Warren 这两天心情很好。"陶瓷仰脸笑了两声，和蔼地与助手道别。

回到家里，起初也看不到异样，直至管家前来请示她："Mr. Stein 问太太喜欢在哪里用膳。"

陶瓷想了想，便说："今晚天气好。就在后花园吧！"

当管家转身之后，陶瓷才隐隐觉得不妥当。怎么……会是Mr. Stein……

脑内忽尔"叮叮"作响。Mr. Stein，是陶瓷的第一任丈夫，富甲一方的药业界巨子。

她垂头微笑，知道死神的礼物来了。暂时猜不到会发生什么事，她与这个男人之间有遗憾吗？死神究竟意图送赠她什么？

想着想着，她无意识地步进沙龙中，她记得这个地方，是她把这房间以名画和艺术品布置，让这里变成与丈夫款待客人之所。

陶瓷步向沙龙的中心点，她看见 Mr. Stein 高大的身影，他背向她，站在十五世纪意大利画家 Botticelli 的《春》之前。这幅画作是陶瓷最喜爱的作品之一，当年 Mr. Stein 以天文数字的金额给她竞投回来。

Mr. Stein 背着陶瓷说："Botticelli 所描画的女性都有着很长的脖子，肩膀非常倾斜，而且脸孔都倾侧一边。"

陶瓷挂上微笑，走近丈夫的身旁，娴雅地站在他旁边，以一个配合他的角度去凝视面前的画作。

Mr. Stein 轻抱妻子的腰肢，望着画作说："你看，那些画中美女的身体曲线那么柔美，看得人心神飘荡。"

陶瓷把眼珠一溜，凝视丈夫的侧脸。这个就是她的第一任丈夫嘛，灰白的银发、强而壮的鼻子，富力量的下颚线条……

她以惯性的欣赏目光停留在丈夫的侧面上，这种仰慕丈夫的神色，是每个好妻子都必须具备的……

时空，就停留在这间沙龙中……

陶瓷的思绪一直往下沉，沉落又沉落。

而蓦地，一股强烈的不妥当感受入侵。陶瓷望着丈夫的侧面，但觉一切都不真实。

她轻蹙双眉，意图领会是什么出错。

不对劲……哪里不对劲……

Mr．Stein说下去："你看，中央上方的邱比特，正把箭射向翩然起舞的三位美女身上。春天来了，是时候谈恋爱……"

"啊——"忽尔，陶瓷的双眼光亮起来。

大概，她已有了头绪。

不妥当，真的非常不妥当……

Mr．Stein还在继续说："左边的少年是Mercury，他是我们这等庸俗商人的守护神。"

说罢，Mr．Stein幽默地一笑。

灵光一闪，陶瓷顿觉心神晶亮。

她也笑起来。那美丽地绽放的笑容，显示了她的通透明了。

死神送赠她一个她会真心喜欢的丈夫。

Mr．Stein对妻子说："可以的话，再送你一幅Botticelli的《维纳斯的诞生》。"

陶瓷说不出的感动。她把手伸进丈夫的臂弯内，与他在沙龙中缓缓踱步。

想不到，世上还有另一个品性的Mr．Stein。

Mr．Stein说："Vermeer最能把平凡的情景和动态，幻变成一个定格的惊叹。"在他们的沙龙中，摆放了十七世纪荷兰画家 Vermeer 的《读信的蓝衣少妇》。

然后，Mr. Stein 停步下来，对着妻子念了一首诗："如何当我们死了影子还漂泊，当暮霭遮蔽了羽族的路，虚幻的足跟在临水明灭的火焰旁漫步……"

陶瓷凝神注视着 Mr. Stein 的脸，在诗的音韵中她惊讶得不能言喻。他居然会念一首诗，居然会看懂一张画，居然会以这一种温柔与耐性，来与她相处。

Mr. Stein 富可敌国，是白手兴家的人物，做事心狠手辣，是典型唯利是图的商家。认识陶瓷那年他已五十四岁，而她只有二十三岁，他把她当成洋娃娃那样子去对待，管束与控制她的一言一行，要她接纳与实行他所有的价值观。

陶瓷早已放弃了爱情，只是，她原本仍对和谐的夫妻生活有所盼待。但 Mr. Stein 是如此粗糙低俗的人，他吃肉不吃菜；以暴虐的方式与下属相处；他对家中的侍女不轨；并且对所有他未接触过、以及不明了的事物嗤之以鼻。

在那二十年的婚姻中，她每天迫使自己以一种仰慕的眼神去凝视丈夫。然而，有太多的时候，那如梦样的目光内，都夹杂了鄙夷、烦嫌、不满与厌恶。

但 Mr. Stein 从不知道，他根本不会细阅妻子的目光。他粗疏而自大，亦无心去了解他的娇妻是个怎样的女人。二十年的婚姻让陶瓷摸清这个男人，但这个枕边人，却一直没真心留意过她。

二十年没有沟通的日子是怎样度过的？她所走过的每一天，都仿佛依循着母亲的旧路，可怜又失意的女人，就会被上天分配一名毫不怜香惜玉的丈夫。

每当对丈夫的言行无法认同之时，陶瓷会想，自己已经比母亲有福气得多。Mr．Stein 供给她源源不绝的财富，又从没对她不礼貌。只是，没有爱情，亦没有太深入的感情。她甚至不懂得如何真心欣赏自己的丈夫。

每一天，她都在皮肉上娇笑，然后则在心中冷笑。

奇就奇在，Mr．Stein 一直以来好像极之满意她。或者，肤浅的男人自有肤浅的好处。

陶瓷回忆着旧事，只觉得不可思议。二十年，她花了二十年在这样的男人身上……

在这间沙龙里头，Mr．Stein 对陶瓷背诵出另一首诗："爱情衰蚀的时刻竟已经袭到了，我们忧伤的灵魂是困顿而且疲惫；无须等激情的季候遗弃，让我们就此吻别，泪滴落你低垂的眉。"

陶瓷的双眼已噙满泪水，她哽咽着低声说："我的母亲

亦曾给我念过这首诗。"

这是爱尔兰最伟大的诗人叶慈的诗篇《叶落》。

Mr. Stein 柔情地望进妻子的眼眸内，如此说："或许是我忽视了你，或许是我不懂得去爱你。但从今之后，我不会再令你寂寞。"

陶瓷的眼泪滚荡到唇边，她开怀地看着丈夫，展露出真心的笑容。她说："与你一起生活，其实也不是差，只是，我从来感受不到生气。"

在那二十年当中，她没给过他一次真心的眼神，亦从没真心与他说过话。此刻，一旦真心真意起来，内心就不期然激动。陶瓷的眼泪流得更急。

眼前这个 Mr. Stein 似乎已明白了一切，他望着他的妻子，风趣地自嘲起来："我知，我这种俗人！"

然后，他就轻轻抱住妻子，悄悄地说："让我走进你的世界。"

陶瓷叹了口气，满心的感叹："谢谢。"

Mr. Stein 说："告诉我，现在还不迟。"

陶瓷笑着落泪。"我们来日方长。"

Mr. Stein 抱歉地说："是我对你不够好。但心底里我是爱你的，也感激你当上我的妻子。"

陶瓷伏在他的怀中拭抹眼泪，但觉已经太足够。

他愿意说出这些话，已经是莫大的惊喜。对男女关系要求不高的陶瓷，并不奢望得到太多。

她摇了摇头，说："有过这一刻，已经很满足了。"

Mr. Stein望着她，这样说："我明白你，你嫁给我只为了逃避爱情。"

陶瓷抬眼看进他的眼眸中，忽尔，就被他一言惊醒。再看清楚Mr. Stein的眼神，陶瓷就更加觉得她正处于幻觉与现实的交界中。

Mr. Stein从来不会以一种看穿她心事的目光望向她。Mr. Stein与她相对二十年，二十年来也对她不求甚解。

陶瓷轻轻推开眼前人，一种饶富深意的微笑就在唇边挂上。她的理性与强硬回来了，她不会让自己沉醉在幻觉中。

领受过片刻已经足够，再多就会变成负累。

她望着面前的人，冷漠地说："我的婚姻选择与你无关。"

陶瓷说罢，站在她面前的Mr. Stein就绽放出一个完全不属于他的笑容。这个笑容轻佻、嬉戏，又具诱惑性。

当笑容由唇边蔓延至眉梢之后，Mr. Stein的样子就变异了。脸孔变了，但那抹笑容仍在。这张笑逐颜开的脸，是属于死神LXXXIII的。

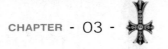

陶瓷没半分讶异，她含笑地目光灼灼。

当Mr．Stein已不是Mr．Stein之时，她就名正言顺武装起来。虽然，她的内心感激这个男人的体贴。

死神没说什么，他定定地看了她一会，接着就走到沙龙的一角，那里摆放了一座钢琴，他坐下来弹奏。

那是贝多芬的钢琴协奏曲《月色》。

陶瓷轻倚在不远处的沙发上，放松了身和心。她张望死神为她而设的回忆沙龙，这里有一些属于她第一段婚姻的艺术品，也另外有一些是死神加添的。她不曾拥有过十八世纪法国画家Boucher的《天帝化身黛安娜引诱凯莉斯多》这幅作品，但她不讳言，当中甜蜜性感的洛可可风格，是她所钟情的。

她瞄了瞄那个正弹奏钢琴的男人，她看得出他是一个会给予女人感性又肉欲的爱情的男人。这个男人的爱情，会是洛可可风格。

这样的男人，应该有很多女人会想要，闻说，女人都是渴求丰足爱情的动物。

世界上有些男人，擅长把浪漫馈赠……

那幅画作内的裸女那样丰满，满载奢华的愉悦，丝毫不见烦忧。陶瓷合上眼睛，叫自己不要再看下去，她怕自己会被这种华贵的丰盈吸引得不能自拔。

死神弹奏得很好，悠扬得令她的肉体有投降的意图。不知不觉间她就昏昏欲睡，已经不是第一次了，这个男人所做的事，总叫她像催眠那样把警号放下。

要反抗吗？站起来骂他一顿可好？

但最终，她还是让自己睡去。她找了个借口，容许自己在这夜过得舒舒服服……

今宵，别难为他。也不想难为自己……

Day 4

第四天的死亡礼物来得很早，死神就在陶瓷用早餐之时由屋顶跳下来，头着地，脑瓜爆裂，死状夸张具戏剧性。

陶瓷握着果汁，倚在玻璃墙边喝边欣赏死神的死状。

有些开心事，永远不嫌多。

"百看不厌。"点了点头，隔着玻璃鼓励这条尸体。

下午在办公室开会中段，刚讨论完一个剧本之后，有人把一盒牛奶放到会议桌上。陶瓷看见那盒牛奶，立刻满心欣慰，她反应自然地说了一句："终于把照片印在牛奶盒上了。"

牛奶盒上印有一张五岁女童的照片，她是一名举国知名的失踪女童。

下属对陶瓷说："她的家人很感激我们的协助。"

陶瓷看着照片中女童那张天真的脸，内心缓缓地释怀。"总算尽过力。"

然后就有人说："要紧的是Mrs. Warren的一片心意。"

陶瓷慨叹。

接下来，又有人说："就算女童救不了，你亦已无须自责。"

陶瓷望着女童的照片，渐渐眼眶通红。

某人说："虽然女童真的救不了。"

陶瓷托着头，落下泪来。

是的，女童被发现弃尸铁路旁的丛林中。而日期是十一年前的今天……

陶瓷放下牛奶盒，对她的员工说："这是我一直遗憾没有完成的事。"

有声音对她说："我们知道你一直不好过。"

陶瓷凄凄地说："我多年来也耿耿于怀。"她摇头又摇头。"我不应在那时候say no。"

她合上眼，感受着多年来积压在心中的悔意。"如果，我那时候肯答应把她的照片印在牛奶盒上，她或许会有救。"

一把安慰的声音说："有些悲剧，是注定的。"

陶瓷苦笑。"我无法原谅自己。"

有人回话:"现在,你不是已经出了一分力吗?"

陶瓷叹了口气。"谢谢你们给我一个say yes 的机会。这一次答应,让我了结一件心事。"

下属说:"我们知道Mrs. Warren心肠好。"

"但曾经有一刻,我显得那么冷酷。"事隔了十一年,她并没原谅自己。

懊悔的感觉叫她把头垂得很低很低。而会议室内的员工,一个接一个站起来,鱼贯地步离房间。他们的背影看上去带着不寻常的木然,她偷瞄了一眼,免不了心中的狐疑。于是,她也站起来,跟随着他们一同离开。但他们已走得很远很远了,陶瓷朝房门外看去,她看到他们已走进一条黑暗的隧道之内。

她停下步伐,内心有着惘然。正当有点手足无措之际,死神就由后面走前来,他体贴地牵起她的手,引领她并肩前行。他望了望她,又这样对她说:"人生,不可能每事都如愿。你亦不可能朝夕每事也倾尽全力。"

陶瓷轻轻说:"我只想问心无愧。"

死神凝视她,笑得很温暖。陶瓷感应到他的关怀,她的心情也就舒坦了许多,这个男人,总有令她安然的本事。

他牵着她的手，又伸手扫了扫她的肩膊，他望着她微笑，并不打算说话。二人继续在隧道中前行，默默无声地，一同走到隧道的尽头。

死神比陶瓷走前一步，他在隧道之外回望她，带着一种叫女人有所猜想的目光。

陶瓷就向隧道外探头一望，那里是她的巨宅中的花园，在黑夜的星光下，幽静而神秘。

原本，心头还是颇平静的。就以这样的心情，她向前踏了一步。

就因为这一小步，奇迹出现了。满天星星瞬间放光，银河流动在夜空上，宛如香槟倾泻；花园中的繁花，同一时间朝花园的女主人吐艳，那些刚长出来的花瓣，每一片都透着荧光的色调，幽幽的、曼妙的、瑰丽得如珠宝散满绿叶上。

陶瓷站到一朵透光的夜水仙跟前，被那不可置信的美打动。她不作声，默默地让这片天地感动她。

好美，好美，好美。

死神没走近，他一直站在远处。他要好好欣赏他所喜欢的人接纳他心意的画面。

夜微凉。一个夜可以有多美？风掠过，他和她，都在心中感到适然。

Day 5

这一天，死神的死亡特别的亲近。他就死在她的睡床上，她一张开眼，就看见他气绝身亡的死相。

眼珠向上翻白，嘴微张，皮肤发青，全身僵硬。

陶瓷侧身托着头观赏了好一会，愈看愈心情好。

他死得那么近，真叫人快慰。

她低声说了一句："我实在对你满意到不得了。"

尸体无法答话。她看着他的死相，又自顾自笑了一阵子，才风流快活地从床上起来。啊，美好的一天又再来临。

如常地，她工作了半天，继而就离开办公室。临行前助手提醒她："Mrs. Walcott，医生说，Mr. Walcott 今天可以进食。"

陶瓷点了点头，问："厨子准备了些什么？"

助手告诉她："意大利生牛肉。"

陶瓷瞪大眼，说："刚能够重新进食就不忘大饱口福？"

助手笑着说："Mr. Walcott 的心情应该不错。"

陶瓷安慰地笑了笑，继而走上座驾，朝医院的方向走去。Mr. Walcott 已病了五年，癌细胞扩散时强时弱，他在这些年间受了很多苦，陶瓷与他一同经历，她亦身心俱疲。

到达医院之后，陶瓷先与 Mr. Walcott 闲话家常，又陪

他一同进食，看着他骨瘦如柴的身形以及干槁的容貌，她无法不心痛。二十年前，她嫁给他的时候，他是一名擅长运动的律师楼合伙人，体格完美到不得了。二十年后，陶瓷优美如昔，但她的第二任丈夫已被病魔折磨得不似人形。

看吧，做人有什么好？根本就是一场恶作剧。

探病后，陶瓷问医生："我的丈夫还有一段日子吧？看着他长期住院，我并不好受。"

医生除下眼镜，按摩疲累的眉心，对陶瓷说："Mr. Walcott 只剩下三日命。"

陶瓷以为自己听错，她反问："三日？"

医生认真地说："他现在是回光反照。"

陶瓷瞪着不可置信的眼睛，把医生的其余说话听进耳中。医生絮絮地向她解释一些她听不明白的医学字汇。

她一边听，一边在心中狐疑。明明，Mr. Walcott 一病就是二十年，而这就是第二段婚姻的最大特点。

陶瓷迷惘起来。"这即是说，Mr. Walcott 只与病魔纠缠五年便完结？"

医生点头。"也可以这样说。"

陶瓷舒了口气。"这是一件好事。"

医生又再说了些什么，然而陶瓷已听不下去。她垂下眼安下心神，感激之情涌满心头。这多好，免得他一直受苦。

那时候，这段婚姻给她最大的感触是恻然与不忍心，每当看着Mr. Walcott 的脸，她都满怀悲怜。Mr. Walcott 病得痛苦，而她作为妻子，每天都难受。

她合上眼睛。现在，她总算叫做放下了重担。她相信Mr. Walcott 都会喜欢这种安排。

但，慢着，是谁给予他们这新的安排？

是谁瓦解她曾有过的郁苦与疲累？

是谁善良地改写她的回忆？

从此，每当想起她的第二段婚姻，她都不会再忧郁和皱眉……

陶瓷溜了溜眼珠，未几她慢慢地清醒起来。这是一份死神的礼物。

她深呼吸，打断医生的说话。"请问，死神在何处？"

医生又再除下眼镜，并以深邃的眼神望进陶瓷的异色眸子内。他说："该是你告诉我死神在何处。"

陶瓷心念一致，然后便这样说："是你。"

医生袍上的敦厚脸容逐渐轮廓分明。死神的俊脸映入陶瓷的眼眸里，他笑得仁爱而体谅。

死神对他所喜欢的女人说："告诉我，我做得很好。"

陶瓷由衷地说："谢谢。"

她多想告诉他，这五天以来，她像活了五世那样。从来没有一个男人，能对她有这种影响力。

她笑着嗟叹，再次对死神说："谢谢。"

死神得到她的两次道谢，于是笑得很甜蜜，堂堂男儿身，忽然有种女儿家的娇美。

陶瓷正想取笑他，死神却又说："我希望，我是了解你的。"

顷刻，陶瓷的心震了一震。她愕然地抬眼望着他。

他眼内的风景，是那么的不言而喻。

而她，感到泪腺已汹涌。她把眼睛调开去，不要再看他。

但觉心坎内涌来一股澎湃的引力，快要撕破整个人和整个心。

他牵起她的手，又轻抱她的腰，在她的耳畔说："今晚，可以赏面跳一支舞吗？"

曼妙地，就传来了舞曲的音律，轻盈的、甜美的，安抚人心的。

她找不到拒绝的理由，虽然，她发现自己正全身僵硬。

他好像能悉破一切那样，微笑着把她的身体轻轻拉近他。

她继续找不到反抗的理由，于是，她让自己与他身贴身。

　　他把她抱入怀中，缓缓旋转。

　　她想，身贴身大概没什么问题吧，又不是心贴心……

　　但不知为什么，她忽然很想哭。

　　是谁给予这个男人权力去说出叫她瓦解粉碎的一句话？他居然说，他了解她。就凭他这一句，她已有理由置他死地。在这世上，谁有权自以为是说出这样的话。

　　却就因为他说了，她就被攻陷。

　　活了这些年，遇见过那么多人，发生了一段又一段的故事，她就是从没想过，有任何一个人会了解她。

　　不承认还须承认，她是多么的寂寞。

　　寂寞得，只因为被了解，内心就缺堤溃散。

　　那种寂寞根本深沉得无法让人想象得到。这样的寂寞，如一双大手，把全世界推开；最终，世上的一事一物，都不再与自己有所关连……

　　忍着忍着，眼泪还是溅了出来，散落在一个有能力了解她的胸怀中。

＊ ＊ ＊

~Love Addiction~

这一男一女，很快就互相上瘾。

那是一种很痴缠很痴缠的爱情，见少一眼也难以忍受，两个人的心是互相钩缠着的，一离开，心就痛。

别离开……别离开我。我们心上的那个钩，把我们心头的肉也撕扯开。

他们是一双借着接吻呼吸的恋人，四条手臂每分每秒也在盘缠。终有一天，上天会把他们点化成一株连理树。

为什么会如此火烫激烈？谁也解释不了。而身在局中的人，更是只懂得随心而行。脑袋是毫无用途的，它只是一堆领受着激情入侵的细胞。

从早上张开眼的第一刻，爱情的盼求随即展开。入目的第一个影像，必然要是死神的脸。当张开眼后看不见死神，就会无助得仿佛整个世界正在遗弃她。

悯悯然，随着心灵的牵引，陶瓷游走大宅内，盼待扑向那个灵魂的归宿。

有一回，她在花园找着死神，于是她就跑前去，从后抱住他。她觉得自己像失去主人的小宠物，只不过分离一会儿，也但觉无法独立求生。

死神转头望向她，又把她拥进怀中。他抚摸她的小脸，轻轻问："怎么了？"她就在他的胸怀中摩擦脸庞，声音小小地说："想你疼我。"

他怎会不疼她？世上万物，他最疼的就是她。

他说出心底话："我什么也不想做，只想日夜疼惜你。"

她没有说话。气氛太浓郁了，沉厚而性感地，把抱着的人融成一团。

太多情话可以说，太多情话想说，像这样的抱着，情话不用说出来，已经溢满耳畔。

她就融化在他的怀中。再没有别的时候，她能有这种自觉软如无物的快慰。

可以尽情融化于一个男人的怀内，是多大的幸福。

他们是一双灵魂交缠，而肉体亦不能离开对方的情侣。爱上一个人，那种渴求是无止境的。

死神抱着陶瓷在床上，他这样告诉她："我要成为你此生最不能忘怀的情人。纵然你的此生绵绵无尽。"

她看着他漆黑的眼睛，然后以自己的棕色眼睛默许他，又以绿色眼睛传达信息。那颗美丽的绿宝石在说："那么，我要你很爱很爱我。"

黑眼睛听得明白。黑眼睛的主人觉得很幸福。

真丝的床单上，肉桂色的肌肤和漂白如搪瓷的肌肤相亲相爱，像黑夜与白昼的结合。死神体会着凡俗最欢乐的事，肉体的情欲、眼目的情欲……原来在尘世间，人可以透过身体让灵魂跳跃。为什么只凭一副躯体，他的整个宇宙得以变改？每一回因着陶瓷而来的澎湃，都如吗啡上脑，而且毒瘾一次比一次深。在中了毒之后，他所爱的人所拥有的眸子，更比星辰明亮；而那把声线，动人悦乐如天使的絮语。因这个他爱着的女人，他的肉体与精神都更脱俗超群。他已全然明白了人类的爱恋，如非亲尝，根本无法想象。

为什么，快乐会比别人多。

为什么，这种快乐时而轻时而沉重。

为什么，上一刻如像有一千个疯子在耳边说话；而下一刻，又宁静恬淡如无波无浪的幽谷小湖。

每次看进她那双异色眸子，他也看见自己的未来。在那未走进的时空里，也不外乎是他和她。

她的身体雪白如被漂染，娇柔脆弱，叫男人只能小心翼翼。这种一握便碎的美丽，却如深渊一样叫他跌堕和沉迷。

纵身于内，他连站立的能力也失去。

他崇拜她、沉落于她、不能没有她。

他对她说尽天下间的蜜语，而他但愿所说出的每一句，

75

都能如宇宙的盟约一样的坚贞。

"我会给你全世界，犹如这个世界是属于我的。"

星尘旋动在她的眼眸中，那颗绿眼珠尤其闪亮。她对他说："但我一早已拥有全世界。"然后她又说："抱着你，我倒想放弃全世界。"

他的心激动雀跃如一个新的宇宙的盛放。他捧起她的小脸，深深地吻下去。他吻了很久很久，长久得无涯无尽，怎样吻也吻不完。

这样的吻，如一种缓慢的燃烧。这样的焚身，一边痛一边喜乐。

陶瓷有一刻但觉呼吸不了。她悄悄离开他的怀抱，脸上泛出紫色的陶醉。她细细地喘着气，片刻后含笑告诉他："像是被命运所吻。"

在这瞬间，命运待她真的很好很好。

日子是这样无尽软绵，轻飘飘，身与心都不着地。

在云雾中，她领受着狂喜。却又总是，偶尔有一刻，心头那个钩，会拉扯得很痛很痛，是一股苦涩与悲哀的痛。

被人爱着，不是挺圆满了吗？

为什么，心仍然会痛？

她抬起那双不可思议的眼睛，望向她所爱的男人，如此

问："为什么你这样爱我，我还如斯难过？"

她解释不了自己的悲哀。

而他的心，刹那间抽动的痛。

他觉得，一定是自己做得不够，所以她的快乐才会不完全。

而这个女人的难过，如最剧烈的毒药那样腐蚀他的心。

他爱她，所以她不能有丁点的难过。

他向她提议："要是你脱离尘世，会不会好过一点？让你死在我手上，你的官感再不会痛亦不会愁。在我的世界里，你只有安逸，永受我的保护。"

她轻轻点下头，脸上一片虚弱的美。

叫他怎能不动容？况且，她的哀愁已传染了给他。他把她抱进怀中，动作细巧得如抱着一尊水晶，他不能容许她有半分损伤。

这样爱着一个人，差不多每移一步，都带着心痛。

既然答应了，死神便让陶瓷死。

那是一个很传统而凄美的死亡。死神注满一缸水，把陶瓷放进水中，替她按摩之后，便给她注射麻醉药。渐渐，她的视线朦胧，眼皮沉沉垂下。当她的头颅倾侧一旁后，死神便把她的身体移向前，让她的脸孔淹没在温水中。

气泡由她的鼻子内向上升，死神坐在浴缸边沿，静静欣赏她步向死亡的容貌，她的脸孔看上去更白更雅致，她的棕发飘在水面上，而她的双臂无力地半浮半沉。

她将会是一具美丽无双的女尸。

死神微笑，他的神态耐心而优雅。没多久后，他便能亲自接她上路。

这样子，他便能完成第三回合的考试，而陶瓷又能与他相伴；她会免除所有生命中的不安，他会尽一切能力保证她得到无忧而绝对喜乐的日子。

他会以最善美的感情安抚她的灵魂，在一切都如愿而尽情之后，她才会又再上路，投要投的胎，暂时离开他一段日子……

死神沉默的脸上亮出一抹愉悦，他对她的死亡充满着憧憬，在那个他更有把握的时空，他是必能送给她更多的快乐。

这个注满水的浴缸是一个子宫，陶瓷浮动于内，等待着真正的新生……

忽尔，陶瓷左手手腕挛动，继而，她的上半身也抖动起来。气泡改由她的唇冒出，那原本已合上的眼帘，在水中微震数秒后，重新张开。

陶瓷放弃了死亡的念头，她要活。

她的灵魂带动了身体。她不要死。

死神明白她的意思。他俯身把她从水中抱起来，当她离开水面之后，她就如初生婴儿般有着强烈反应，她喘气又咳嗽，浑身寒冷无力。

她在死亡边沿走了一转，潜意识告诉她，时候未到。

死神把陶瓷抱到床上。这个如从水中诞生的美人张开眼睛，软弱虚疲地望向赐她死亡的男人，轻轻说："我办不到。"

他以手心轻扫她的额头与脸庞，安抚她："我们来日方长。"

她的眼神迷离，似乎没有力量思考他所说的话，静悄悄地，她又再合上眼皮，沉沉睡去。

死神拿来毛巾印去她身上的水滴，很有耐性地把她的头发轻轻抹干，他不想她醒来之后头痛。

既然不想死了，他就要她活得很好。身体发肤，都不可以有半分劳损。

当陶瓷的头发与肌肤都清爽了之后，死神就笑着凝视他的爱人。他满意自己这种容许她去选择生或死的气量，他喜欢自己当一个懂尊重爱侣的男人。

他沉默地欣赏她的姿容，沉醉地，来来回回看了多遍，心中的惊叹渐次响亮。啊，这个他所爱的女人，美得天地动容。她美得，让他的心好痛好痛。

怎可以这样美？美得让一个男人重新定义出幸福。

他伏到她的身旁，呼吸着她的体香。不知不觉间，他的眼角酝酿出泪水。

他的爱情，让她看来美得如此不可思议。他实在激动到不得了。他的眼泪，是一种对她的歌颂。

* * *

死神LXXXIII 因为亲尝了爱情，所以常处于一个销魂的状态，感觉高升神妙，然而极之不安稳。

实在太想太想吐露心中的感受，在一个喝了酒的晚上，死神就对镜向另一半诉说心事。

死神说："我完全想象不到我会有这一天。"

另一半无话。

死神望着自己的样子，他发现了他的眼神虚弱而无助。"我瘦弱了很多，差不多认不出自己了。"

另一半静静地听着。

死神的表情泛起一抹淡淡的笑意，他说："当爱着一个人的时候，什么都是透明的，一切也变得很轻很轻。最沉重的是我的一颗心。"

另一半尝试理解他的说话。

死神叹息。"爱着她，我的心变得轻易粉碎。她控制了我，如果她希望的话，只要她伸手一握，我的心就因她而碎裂。"

另一半听着听着，不禁就有些惊异。

死神望进自己的眼眸内，说："是不是很可怕？"他微笑："我和你都未经历过爱情。"

另一半无言。

死神说："有时候糊涂，有时候却很明澄；有时候得意，有时候失意；有时候觉得握在掌心之内，又有时候它溜走了；有时候她和我二为一体，有时候她很远很远……我像很明了，却又摸不清。"死神漂亮地笑，说："很复杂，是不是？"

另一半介乎了解与不了解之间。

死神说："你是我的另一半，以让我得到生命的安稳，每一个二合一的神祇，都满足而安于现状，我们圆满而稳定，我们强壮又能力超卓。因着我与你的合二为一，我们的精神状态丰盛，我们自得其乐，不假外求。"

另一半认同死神的话，而这亦是事实。

死神叹了口气，垂眼微笑。"现在我居然在这种稳定之外探索一种不稳定。而我爱煞那种浮动、惘然、惆怅、彷徨和不明朗。"死神掩住半张脸，说："我在自作自受。"

话到此处，另一半忽然有所感想。于是另一半的思想就在死神心中流动："我担心。陶瓷是一个会加害我们的女人。"

死神领会到另一半的说话，他尝试安慰："她本性很纯良，她的所作所为，衍生自她的不幸。"

另一半有自己的看法："她三番四次意图杀害我们，她是一个危险的生命体。"

死神点了点头，告诉另一半："她杀害不了死神，反而，死神会把她接走。"

另一半默然。

死神说下去："我们绝对有能力把她带到我们的世界去。"

另一半没有反驳他。

死神对镜微笑，那笑容显得很有信心。"放心吧，我从来没令你失望过，对吗？我和你结合了数千年，一直都惬意愉快。我们是很好的拍档。"

另一半没法否认。

死神扬了扬眉，这样说："你知道吗？但丁在九岁那年初遇八岁的贝缇丽彩，然后又在十八岁那年再遇上十七岁的她。这两次匆匆相遇，却带给但丁一生也无法忘怀的狂爱感受，终其一生，他也为着爱恋而活，所有的创作力，都来自那爱恋她而衍生出来的澎湃。贝缇丽彩嫁给的是别人，而且早逝，但丁虽不能拥有她，却无法自拔地迷恋她。那种爱情伟大而深邃，强壮又牢不可破。他对她的爱，赋予他力量完成《神曲》这首长诗。我一直为着他对她的爱情而动容，然而我并不知道，原来亲身感受之后，那因爱恋而燃烧的火焰，比任何文字的形容更轰烈。再神圣的水流，都扑不熄。"

另一半听罢，就沉落到死神的形神深处。另一半有些话想说，却又不知道该怎么表达。分享了死神的感受之后，另一半就又无声无息地与死神融为一体。

只是，另一半的心情，亦没以往那样纯粹了。

不妥当，不妥当。说不出的不妥当……

死神把所有心神都放在深爱一个女人之上，他没释放出他的敏感度用以探视另一半的心意。

死神在镜前转身，镜中反映出他的背影。而这死神的背影，隐隐透露出一种悲剧性。

* * *

陶瓷面对着花园的景致，握着一杯咖啡，享受着此时此刻。

园圃上的洒水器转动着喷出水花，绿草的气味，花香的气味弥漫。咖啡放到鼻尖前，还未喝，已经觉得醉人。她怀疑，她会是地球上唯一一个因咖啡而昏醉的女人。

感官的触觉那么强烈，就快敏感得能穿越整个世界。一朵茉莉花的香气可以笼罩天地；一刻的微风能抚慰全身，她甚至能感受被蝴蝶轻触过的花瓣那种细致的跃动；喷泉的流水，起劲得如瀑布下泻。

而手中那杯咖啡，香醇芬芳得喝一口就能流下泪来。

爱情入侵之后，同一个世界，但感觉已经不一样。

陶瓷在这感官极强烈的一刻合上眼睛，让世上万物浮动于身心之外。

爱情带来了怎样的力量？偶尔的一瞬间，她感觉得到，她就是这个世界的主人。

是不是太奇怪了？因为得到爱情，她能如千军万马般威力无限，却又在刹那间，虚弱散乱如风中飞沙。

因为爱情，她什么也能做；却又什么也不能做。

死神与她小别一小时，回来后神色怅然。他坐在她身

旁，喘着气，这样说："在别离你之时，每一下的心跳都是为着思念你。"

陶瓷微笑无话，她偷瞄了他一眼，发现他微红的脸上挂满了惘然。她相信了他。

然后死神说："现在看你，比我思念你的时候，更美。"

陶瓷的双眼亮起来。这样的情话……谁会不被打动。

陶瓷凝神望进死神的眼睛内，她差不多感动得哽咽了。她以不可置信的神色望着他，这样说："你知不知道？一句动听的情话，听完之后，代价有多大？"

死神静静地望着她，从容地说："你所付出的，我以双倍来赔偿你。"

陶瓷回避他的目光，轻轻摇头："你叫我愈踩愈深。"

他抚摸她的脸庞，爱怜地说："不要怕，你有我当你的安全网。"

当他把她拥进怀内之后，她就叹了口气。她已经跌堕得太深太深了，爱情的无底洞，究竟可以有多深？

* * *

这段日子以来，陶瓷但觉自已变成另外一个人。无时无刻，都渴望死神在她身边。

她喜欢当她走在办公大楼中时，死神出其不意地出现，一手把她抱入怀，然后像旧电影的男主角那样，横蛮地强吻她。

她也喜欢当一众员工与她在片场步行时，死神以一个别人看不见的肉身，伸手扫她的背、她的腰，以及拍打她的臀部。

她爱煞了由死神而来的一切嬉戏，因为这个男人，这些她原本鄙弃的举动，忽然变得性感。在开会时她自顾自微笑，思考着可以回报他一些怎样的趣味。她也喜欢这状态的自己，她得到一股生命力，她觉得自己年轻、活泼、有情趣。

一天，在一个相拥的清晨，死神向陶瓷提议第二次的死亡计划。由他驾驶小型飞机，然后选择一个漂亮的空旷之处，高速俯冲着地。死神说："让我们双双殉情。"

陶瓷在被窝中翻了翻身，笑着说："其他情侣大概不会在床上细说这种梦想。"

死神扑到她身上，捉着她伸向上的手臂，说："他们不会知道，那才是我俩最美妙的新开始。"

陶瓷看着面前这双眼睛，禁不住在心中低呼一声，然后又暗暗慨叹了一句："了不起。"

太了不起了，干吗，她觉得自己是那么全心全意信任他。

当他在她面前，她总是那么愿意投降。

她看着他静静地微笑，片刻后才说："你要我生就生，你要我死便死。"

死神很高兴，甚至有种胜利的快慰。他捧起她的小脸来吻，然后嬉戏地压到她身上去。她惨叫一声，他就笑出声音来。

他有数千岁，她亦已百多岁，但因为爱情，床上的情侣永远似孩子。他又捉着她在床上翻滚，她抓住枕头使劲拍打他。两个人又笑又叫，为着一个殉情的承诺而共同欢欣。

在一个浓雾的早上，死神准备驾驶接载陶瓷的小型飞机。日子是陶瓷选择的，她交代了重要的工作后，才安心让死神把她带到别的世界。

死神问她要不要改期，雾太浓，不会看到半空的风景，既然是尘世间的最后一程，死神恐怕风光不好会令陶瓷有遗憾。陶瓷轻笑，她说她才不理会半空的景致，她做了多年人，再好的风光她都经历过。

在走上飞机的一刻，她步履轻盈，并无依恋。死神坐在她的身旁，他交给她一个令她安心的眼神，才启动飞机引擎。飞机飞入漫天的雾海中，陶瓷这样说："死亡的道路就是如此让人摸不清吗？"然而，死神并没有反应，飞机启动之后噪音太多，根本无法交谈。陶瓷看了看死神，然后便打消了继续说话的念头。

她独自细想，死神为她准备的死后世界是怎么一回事，会不会有房子可住？瑰丽吗？温暖吗？会不会以小家庭的形式来与她相处？要不要生些虚拟的孩子？抑或，死神会希望她与他一同打理那间小小的回阳人片场？到时候，她会把一切都集团化，创制出最专业的作品。

飞机穿过一层又一层的浓雾，渐已不似人间。

她望向死神的侧面，心头涌上一刹那的触动。遇上这个男人，是自己的福气。

而死神，也转过脸来望向她，并向她示意稍后的俯冲。

陶瓷明白了，然后，她感觉到心脏的压力。

飞机的飞行角度改变，机身慢慢向下垂直。高压的气流令陶瓷有点承受不了，她的脑内蓦地轰然。她感觉到那股向下冲击的离心力。

她想叫，但又不敢叫。而脑袋已空白一遍，她什么都想不了。

那离心力大得惊人，纵然系着安全带，她都坐不稳。飞机向下急堕，雾海在机身两边四散，尘世的景象又再重现，陶瓷看见，飞机正向一个山林俯冲。

她合上眼，不敢再看。居然，她感到史无前例的惊慌。但，为什么要怕？只不过是死。

"死……"陶瓷的脑海中，忽然清晰地浮现出这个字。

继而，脑袋内再浮现出一句："我是不能死的。"

她急切地望向死神，发现他的表情悠然。

刹那间，她惊愕慌乱到不得了，她急忙把手伸过去抓住死神，尖声大叫："我不能死！"

死神的脸色一变。

就在接下来的一秒，飞机撞在一个山坡上。在飞机着地的同一刻，陶瓷把整个身体移向死神，下意识地，她以自己的身体挡住他、保护他。

她其实没把死神那转变的脸色清楚接收，她怎至忘记了这个男人是不会这样子身亡的。在千钧一发间，她只知道自己不想死，以及，不想这个男人死。

她的潜意识控制了她的举动，在危急关头，她选择去保护他。

飞机碰散。死神被抛向离机身一百英尺之外，颈项折断。而陶瓷，在距离死神的三十英尺外昏迷不醒。

死神侧着头站起身来，他伸手移正头部，朝陶瓷走去。他知道，她的气息正逐渐微弱，没多久后，他便可以把她接走。

他跪到她身旁，看着这具气若游丝的肉身。她就快死了，只要死神伸出他的右手，她就会被他带走。

带走了她，他所盼待的一切便可以成真。

死神望着陶瓷的侧脸，她细致得如价值连城的艺术品，在这临死的一刻，她的肌肤不带一点血色，那呈蓝色的脸，散发出一种一握便碎的美丽。她真的好美好美，美得叫任何人都不忍心。

不忍心，完全不忍心……不忍心要她受苦……不忍心逆她的意……

她的美在发号司令，那不动半分的脸，正向死神传达着说话。

死神听得见。在飞机碰击山头的　那之前，她说她不能死。

而在生死边缘的一秒，她以自己的身体护挡他。她忘记了，这个男人根本不会这样死。

她不能死……亦不想他死……

死神暗自叹息。陶瓷并未接受得到死亡。她还未想去他

的世界。

死神看了她一会，便把她抱起身。他的右手放在她后颈的位置，死神的右手并不准备用来带她上路。

她不想死，他不会要她死。虽然，只要她一死，他的所有愿望都能达成。

* * *

陶瓷在醒来之后，一张开眼便看到她所爱的男人，她没说话，什么也没有问，而她知道，她和他都没有死。她把他的脸看了一会，继而又再安然地合上眼睛。她在心中说："我想好好地活。"

这一句说话，重复了一百年，到今日，仍然萦绕心间。

CHAPTER - 04
THE QUESTION

~The Reminder~

在死神安排的死亡跟前，陶瓷临阵退缩了两次。而他俩都很有默契地，没有讨论此事。死神的意思是，要是陶瓷立下决心要到他的世界去，便会知会他；而陶瓷则对自己说，终有一天她会百分百把握到自己的心意。犹豫了两次，不代表以后也会如此。

有时候，陶瓷会为着手心中的爱情而惘然，没有理由可以这样美，也没有理由如此无忧。但当一看到死神的脸，她就发现，理由与分析都是多余的事，理性都被推到一边，被她肆意搁下封尘。

这阵子，她享受着当上一个没有回忆，没有承担，没有包袱的人，他的爱情洗礼了她，让她活得洁白轻盈。

* * *

爱情就能赋予一个人这般美好的状态。只是，一个原本无自由的人，在得到爱情之后，自由依然不存在。

这是一件痛心而可惜的事。

* * *

陶瓷的电影公司买了一部获得多个奖项的爱尔兰电影，陶瓷与同事一同观看。

闻说，这是出很神秘的电影，电影的制作人与演员从不露面宣传，这出电影有一种忽然诞生世上的奥妙。

陶瓷对这出电影极感兴趣，试片放映日是星期五，她就由星期一开始心急要观看。她抗拒不了这种引力，期待这出电影的兴奋感，连她也自感莫名其妙。陶瓷知道她的员工会如何宣传、发行这出电影，她的考虑是如果电影令她满意的话，她希望可以投资丰厚一些。骨子里，她对爱尔兰的土壤总多三分关注。

而然后，她就与同事一起走进放映室，内心炽热的程度，直逼小时候首次步进戏院的感觉。

银幕上，有爱尔兰的天空。刚下过倾盆大雨的天，乌云弥漫，在云的中央却空出一个洞，光线穿过乌云，直射到大海之上。大雨过后的海面很平静，在光线的抚慰之下，潮浪缓缓拍岸。

陶瓷微笑，她记起母亲说过，每逢在大雨过后，爱尔兰的天空就会为土地带来天堂之光。陶瓷便想，先苦后甜，大概是这出电影所表达的。爱尔兰人，总是那么不屈不挠。

女主角出场了，她是名年轻的爱尔兰少女，满怀希望地飘洋过海，期望与家人一同在美国过新生活。于是，陶瓷看着女主角在美国如何从贫苦中挣扎，当中经历了遇人不淑，幸好碰上好心人打救，但最后幸运之神却没降临，女主角在被陷害中绝望自杀。

影片末段，播出女主角在爱尔兰乡间所唱的歌："暴风是睡梦的配乐；雨水会洗去我的哀愁；云会透出我盼望的日光；风会带我远走……"

大家都为这出电影动容，但却只有陶瓷落泪。她三番四次被女主角的遭遇触动，那种奇异的共鸣，教她在黑暗的放映室中崩溃。

当女主角碰上生命中的曙光时，她对那个救助她的人说："你就是我的爱尔兰。"就由这个段落开始，陶瓷的情绪无法再承受得起。

这样的说话，根本就是出自Eileen的心坎。

陶瓷的眼泪随着女主角的苦难一直流淌。当女主角跳进火车轨道之际，陶瓷简直伤心得死去活来，她望着银幕，差不多哭到窒息。

银幕上，从女主角的绿眼睛望去，那段火车路轨，已变成柔和温暖的爱尔兰海洋。

并不是预料中的先苦后甜。所有的甜，都只是刹那幻觉；

而苦，却真实得无从逃避。爱尔兰女人，受尽生命折磨，走投无路，绝望悲痛。

陶瓷的同事见她反应这么大，便知道要多加重视这出电影。陶瓷没说什么，她以手帕掩住落泪的脸离开放映室。原本，她以为伤感片刻便会完结，可是，她却在办公室内哭泣了数小时，女主角的悲剧，狠狠地打倒了她。

Eileen的苦、她小时候的苦、对生命的不信任、对人性的灰心……一出电影，翻揭了一生中最怆痛的伤口。

这出来历神秘的电影，有揭示一切的力量。

究竟生命可以有多苦？可以有多不公平？可以有多残酷？女主角与Eileen都在悲苦中奢待一丝希望。而陶瓷这个同样流着爱尔兰悲剧的血的女子，亦一样曾为生命绝望。

但因何，在今时今日，她居然轻易就忘掉了那种狠痛的绝望？

是因为，她在今天得到最不切实际的爱情吗？

竟然，差一点就什么都忘记了。

因着爱情，她的日子充塞着太多太多的幻觉。如一朵永不凋谢的鲜花那样虚妄。

陶瓷伏在案上啜泣。她为忘掉了Eileen与自己的过去而自责；亦为沉醉在爱情的浮云感到幼稚与肤浅。

看吧，Eileen 与女主角都因为爱情而沦落得更下贱，因何，自己会是例外的一个？

陶瓷哭得很凄凉。她在享受一些明知不该触碰的东西，觉得很害怕，而且看不起自己。

* * *

~Cut The Addiction~

爱情就如毒瘾，还是愈早戒掉愈好。

* * *

死神凝神注视陶瓷，对她说："原来，神祇也有他们的神明。"

陶瓷的心一怔，急忙溜开了眼珠。

死神伸手抚摸她的脸，温柔地说："而你就是我的神。我崇敬你。"

陶瓷抬眼探视死神的眼睛，他深邃而漆黑的眼睛内，溢满能催眠人心的柔光。

陶瓷立刻把视线避开，她不想看。

这是不妥当的……被一个男人以爱情催眠……

不要，不要再看。

死神再说："你知道吗？你的笑颜燃起晶亮的光华，在那璀璨之中，我没法张开我的眼睛。"

陶瓷在死神的手心中垂下眼，她听着他的话语，不知不觉间，就感到痛楚。

——为什么，爱着一个人的时候，会是如此难过？

不妥当，太不妥当……

不妥当得，内心隐隐作痛……

死神说："每当你朝我而笑，我便知道，又一个愿望被成真了。"

死神捧起陶瓷的脸，于是，她在迫于无奈中抬眼望向他。死神的目光，燃烧着爱恋的烈火。陶瓷的心苦涩地抽痛，痛得没法再看下去。她再次回避他的目光。

她的心，根本承受不起。

死神的美目闪耀，他说："请给我一个慈颜的微笑。"

陶瓷暗自叹了口气，然后就在他的手心中绽放一个微笑。

死神的心神柔然旋动。

陶瓷的心再痛。她柔弱地别过脸，从死神的手心中挣脱离开。

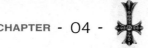

她的动态轻而软，她的表情不露一点痕迹。不知死神那满载恋火的心有否空出一个位置，用以微观恋人的变心？

再爱你，我的心还是一点一滴地改变……

陶瓷的脸已不再在死神的手心之内。这张脸看上去依然淡恬宁静，但在这一刻，这张脸的主人已开始把一些事情推出心房之外，不想亦不敢再要。

爱情，在逃走。

陶瓷转身，步离死神。她伸手按着左边的胸膛，她的心，痛到不得了。

而自此以后，陶瓷告诉自己，每当死神望着她，她就往别处望去好了。只要不看，就不会被打动，慢慢地，就会不想再看。

每当死神说情话，就不要听进心坎里，他一说，便该立刻胡思乱想。不去听，不入心，任他说出最棒的情话，也会渐渐淡而无味。

是了，要戒掉一个人，就该如此。

谁叫自己当初让心神依附上他？

是自己错。所以，戒情的苦，要自己受。

根本，不应爱上死神。如果曾经爱过，以后不再爱便好。

"以后，不再爱……"想到这里，泪腺便汹涌。忍着忍着，她不让自己哭。

陶瓷躲在黑暗的角落掩住脸，她感到全身的血脉都在打颤。她伸手抓住自己的头发，而不听话的牙关，正格格打震。为了停止牙齿的厮磨，她让牙咬向嘴唇。一咬，便破。

血在唇角流淌。无可选择地，她把血吞回去。

如果不是那出爱尔兰电影，她会何时才醒觉？她怎可能奢求爱情？而又怎可能，会爱上死神。这是一件尴尬又羞辱的事。

一定，一定要从爱情中走出来。

她把手往脸上狂擦，擦得痛了，鼻头就酸起来，眼眶温热后，眼泪终于直直的流。她明白，她要做的，是一件悲痛而艰难的事。

她一边流着泪一边深呼吸，她告诉自己，一定要戒掉这个男人。

然后，陶瓷就变回从前那个未爱上死神的女人。她每天都很忙很忙，忙得推掉死神的约会，忙得公干不回来，忙得与死神见面时挤不上半点笑容。

无论死神对她说什么，她都爱理不理，一副强硬冷漠的嘴脸。

死神站在她身旁，问她："是否有处理不到的事？"

陶瓷冷眼一扫，接着不耐烦地别转脸，硬板板地说："人间的事太复杂，你不可能明了。"

死神说："你说出来吧，或许我可以与你分忧。"

陶瓷冷笑连连，这样说："你以为你是谁？你只不过是一个接走死人的接待员！"

死神脸色骤变，对陶瓷的反应非常愕然。

陶瓷以颁布命令的语气吩咐死神。"这个星期我要专心工作，你最好不要打扰。"

她甚至没望向他，她是背着他说的。

死神看着她那头柔顺的发丝，与及白皙的后颈，真想俯前吻下去，以示对她的关爱。然而，她看来那么不近人情，霎时间，死神无法释放得出温柔。这阵子，对着这个女人，他愈来愈手足无措。

自陶瓷的态度转变以来，死神也不快乐。他把她的背影凝视片刻，最后默默离开。

陶瓷在死神走了之后，才放松地呼了一口气。

做上这种事情，谁也不会好受。她溃散地坐在椅子上，但觉全身虚脱。

然后陶瓷就要自己习惯寂寞。早上醒来，看不到死神在她身边；花园中，不见死神踱步的身影；办公室内，没有死神为她设计的惊喜；月色之下，死神不再坐在她身旁与她谈心；当她躺在床上，床铺分外冰冷，死神的怀抱不在，无人热暖她的身和心。

无人关心，无人分享。在第一个夜里，她凄凄地落下了泪。很挂念很挂念他。

那怎么办？生命绵绵无尽，还有很多个孤单无爱的夜要捱过。

她翻了翻身，刹那间真想放弃。

算了吧，屈服在死神的爱情中好了……

按着微烫的额头，陶瓷从思海中按动回忆的按钮，她要让自己忆起从前的三段婚姻。

三段婚姻都长久；三段婚姻都无大风浪；三段婚姻都无爱情。

三段婚姻都比她今日的感觉适意。起码，在那三段婚姻里头，她从不怅惘，从没迷乱，亦不曾失却方向。那三个丈夫，没有让她有任何一秒的心痛，也没叫她流过激动悲怆的眼泪。哪像此刻，她心神不全地迫使自己做着些苦困艰难的事。

她叹了口气，从床上坐起来。还是无爱情好。

在把死神推离的第一个夜，陶瓷无法入睡。她走下床，

披上外套，步行到书房中去。她倒了杯酒，从书架中找来《神曲》，坐在安乐椅上翻阅。

在"地狱篇"中，书上说："食后比食前更饥饿，更不知餍足。"

只看一句，便觉得被说中了。得到爱情之后，居然比得到之前更难过。

"由我这里，直通悲惨之城。由我这里，直通无尽之苦。由我这里，直通堕落众生。"

在说着些什么？诗人在描述爱情的地狱吗？

"那里叹息、恸哭、凄厉，在星光全无的空中回荡旋涌。听起来好像有人在受着凌迟。"

陶瓷屏息静气，读着读着，她感受到切肤之痛。

"为此，我哀伤不已，刹那间像死去的人，昏迷不醒，并像一具死尸倒卧地上。"

她再也抵受不住了，她合上书，掩脸落泪。

诗人写出来的地狱，根本就是为着她而存在。而如果当初没爱上死神，她就无须跌堕进这个地狱。

明白痛楚是什么一回事吗？无论正做着些什么你也只感到身在地狱中。

离开这个男人……离开他的爱情……

安乐椅内的女人一点也不安乐。她自觉别无选择。

她幽幽呢喃："爱情，居然是一个地狱。"

她与Lucifier交易了一个能逃避死亡的身心，那么，完全无理由在这活得好端端的一刻，她自作孽地走进地狱中。

陶瓷决定怀抱这个念头，用以抵御余下来的寂寞时光。

接下来的每一个晚上，她都催眠自己，絮絮不休地数落出爱情的坏处。

"令情绪动荡、不事生产、无贡献、扰乱心神……"

"虚假、不实在、贪心、自私、狭小、神经质、迷乱、劳心、邪妄……"

然后，就是更重要的一句："贪图他的爱情，便会失却从Lucifier得来的永生。"

说罢，陶瓷的眼目便明亮起来。

"死神不外是要置我于死地。"

"我拥有的是人世间的永生，根本犯不着去招惹他……"

"是他在迷惑我，要我失去最珍贵的东西……"

"死神是那样邪恶……"

她如胚胎那样蜷曲在床上，愈想愈胆颤心惊。她的瞳孔扩张了，而绿色的那颗眼珠，比棕色的那一颗变异得更多，在那绿眼珠之内，幻光流动，反复地反映出惶恐。

"死神是最可怕的……"

她喃喃念着像虔诚的妇人念着主祷文一样，愈念愈入心。

"死神只是一心要置我于死地……"

只要这样念着，心便渐渐的安然，想象着死神的坏，她就能沉沉睡去。

把你想得好坏好坏，才能离开你……

一个星期过去后，当死神再走到陶瓷面前时，陶瓷对他已有了不再相同的观感。死神依然英俊挺拔，但他的眼神与笑容，已不能打动她。

他走得那么近，甚至面对面，但她再不用躲避他的目光，她已能放胆地瞪着他来看。

爱情，已经走了吗？

死神伸手抚摸她的脸，这样说："事情仍然不顺利吗？干吗我们小别后再重聚，你也不给我一个微笑？"

陶瓷抬起她的异色眸子望向死神，继而送他一个没有感情的笑容。

死神看得出来，但他不打算问究竟。

她那么冰冷，令他差一点也想以冰冷还击。

对着这个女人，真有点不知如何是好。

但在心念一转之后，死神还是决定温暖热情地把她拥入怀。

他把她拉到自己的怀中，温柔地抱紧她。

他在想，无论她打算采用何种对待方式，他也只想待她很好很好。

他抱着他所爱的女人，合上眼，柔柔地叹息。

爱这个女人，就要用最坚毅的方法。

陶瓷在他的怀内，感受到他的温柔和善良，立刻，她就防卫地推开了他。她怕自己会心软。

陶瓷抬起冷漠的眼睛望了死神一眼，然后别过脸去。

死神把一切看在眼内，然后自顾自笑起来。他说："我一向以为你的微笑最好看，原来臭脸也不赖。"

蓦地，陶瓷怔了怔。而心头，不自禁地被牵动。她仰起小脸，欢乐地笑。

是的，她觉得很好笑。

刹那间，她不介意转过脸来让他看看她的笑容。这样有趣的一刻，她愿意稍微放下斗争。

她这样对死神说："你不是一个好人。"

对于这种没头没脑的话，死神有以下回应："只因你对我又爱又恨。"

陶瓷又再仰脸大笑，她觉得好笑极了。笑过后，她才说："这种对白其实满老土的。"

死神耸耸肩，说："情侣间的对话向来花款不多。"

陶瓷带点苦恼地问："为什么我仍会爱听？"

死神便告诉她："因为你也不过是个女人。"

陶瓷想了想，又缓缓地点下头，似乎颇接受死神的说话。

死神伸手上前拉着她，对她说："你也别故意与我作对，当心荷尔蒙失调。"

死神说这话时带点嬉皮笑脸，陶瓷也就看不过眼，她才不想他有机会洋洋得意。

出其不意地，她伸手掴掌他。

"啪——"死神愕然地后退半步。

陶瓷交叉着双手，挂上她擅长的冷笑，对死神说："我想，我们的关系在变更中。"

死神揉动着脸庞，雪雪呼痛。"女人……"

陶瓷瞪了他一眼，耸笑着转身离开。死神看着她在优雅中带点意气风发的背影，忽然觉得一切又重回最初最初的起步点。

但死神不会惊怕，不会畏缩。怕什么？他与这个女人原本就由厮杀开始。

他继续揉动被掌掴的脸庞。能够重新再追求她，实在求之不得。或许，世上再没有另一个女人，比这一个更富情趣。

* * *

死神这样对陶瓷说："你在爱着我之时却想不爱我，根本就是一件不合逻辑的事。"

陶瓷横眉冷眼，如此说："你肯定我是爱你的吗？我昨天爱你，但今天已经不爱。"

死神定定地望着她，半晌后淡然地说："不会。你不会的。"

陶瓷最讨厌他这种看穿她的表情，于是她就摆出一副"你以为你是谁"的嘴脸，继而不瞅不睬地步离他。

陶瓷的态度完全打击不了死神，他觉得她那拂袖而去的神态帅极了。死神双眼晶亮，遥望她的背影，自顾自吃吃笑。

可以全心全意讨这个女人欢心，真是一件令死神兴奋的事。再没什么比这种不务正业的勾当更令死神生活起劲。

愈做愈落力，愈做便愈爱她。

精心筹划之后，第一项攻势展开。

在一个满月的夜间，死神趁陶瓷在花园中闲坐休憩，就从花丛中的小径步前。陶瓷握着香槟杯，看着死神走路的姿态，她发现，他的双手是反扣在背后的。她预料得到他正干着些古惑事情，却冷不防地发现，天上的月亮也正向着她的位置移动。

她抬头望望月亮，又望望死神。然后，死神伸出手在半空做了个拉扯的姿势，那天上的月亮就如小孩子的汽球那样，逐英寸逐英寸地被拉扯下来。

陶瓷的双眼瞪得大大，她看着死神把月亮捧到手上。这个捧着月亮的男人带笑走前，恭敬地把天上的月亮献给她。

陶瓷把那发光的球体看了一会，接着，伸手狠狠地把它拍到地上。那月亮在地面反弹了两下，才滚到草丛中去。月亮，不外是一个发光的球。

死神故作失望。而陶瓷说："你不觉得这些小戏法太幼稚吗？"

死神委屈起来。"我花了很多唇舌才求得大卫高柏飞收我为徒。"

陶瓷皮笑肉不笑，把香槟杯放到台面上，继而站起来转身离开。

死神扬了扬眉，走到草丛中拾回月亮，他把月亮捧起，朝天用力一掷，才把月亮送回天上去。

死神喃喃自语："多可惜，这个真是天上的月亮啊。"

然后，他就面向陶瓷睡房的方向大喊："你要些什么我都愿意给你！你知不知道？"

陶瓷听见他的说话，她亦看到月亮已跑回天边。只是，她觉得有点啼笑皆非。

一个什么都有的女人，才不会被一个月亮所打动。

为什么会有女人贪求天上的月亮？这等挂于天边的东西，根本人人皆拥有。

陶瓷把灯关掉，她傻笑了一会便睡去。

然后，在另一天，陶瓷骑着她所饲养的马在山头踱步时，忽然有声音说："其实我不喜欢行这条路，沙石太碎，风光又不好。"

陶瓷怔了怔，下意识地四周张望。

那把声音又说："而且，太太你也胖了点。"

陶瓷眨了眨眼，继而，缓缓地把视线放到她所骑着的马身上。

马的头上上下下地晃动，那块厚厚的马唇里里外外地翻着。的而且确，马在说话："但太太你是一个好主人，你待我很好。"

死神的第二项进攻项目，以一匹马来做媒介。

忍不住，陶瓷就笑起来，简直不可置信。

马儿说："死神有话要我告诉你。"

陶瓷边笑边说："你说吧。"

马儿告诉她："死神希望你知道，因为他爱着你，所以他的快乐比别人多。"

"哈哈哈！"陶瓷仰脸大笑，继而问："还有呢？"

马儿说："为什么粮草的质素会有参差？"

陶瓷伸手抚摸马的颈背，对它说："我答应你，以后会对你更好。"

马儿要求："多给我擦身。"

陶瓷答应："一定。"

马儿说："死神说，他不介意化身世上万物来爱你，"陶瓷微笑，感谓地说："死神是个痴情的男人。"

马儿不懂得回答她，马儿想说的话亦只有这么多。

这样走着走着，马儿把陶瓷带到山坡的尽头，那里树木稀落，而天又大又高。时为黄昏，漫天的紫和金，华贵艳丽，就如一个绝色而具气派的女人。

陶瓷就在大自然的磅礴下微笑不语。她不知道一匹会说话的马有什么用处，但这种极之不切实际的事又令这个黄昏更加迷人而难忘。

只有被神祇追求，才有这种惊喜和待遇吧。陶瓷陶醉在天色之中，打算把内心的苛刻压低三十秒。她在三十秒之内，真心真意地感谢死神的礼物。在三十秒之后，她又会重新把苛刻堆砌起来，她知道，她需要一些保护自己的意识。

离开山坡，把马送回马厩后，陶瓷就对迎面前来的死神说："别再打扰我的宠物，你这种做法毫不人道。"

死神说："我见你对动物比对人好，或许动物的说话你才会听入心。"

陶瓷脱下手套，边走边说："别再玩些什么把戏，把我变成卡通片女主角那种程度，我不见得会看得起你。"

死神紧随她身后，嗅着她于运动后散发的气息。她的体香淡淡，诱人到不得了。死神陶醉地眯起眼，在她的耳畔说："就算你再看不起我，我也依然当你是神明那样去崇拜。"

奉承话令陶瓷的双眸燃亮。她停步下来，面向死神。死神的确有一双深爱着她的情深眼睛；他的情话向来不只有声音，更有画面。

但她还是要自己硬起心肠。她说："你做这种白痴的事，你说喜欢我只是侮辱我。"

死神完全没有恼怒的意思，他挤出一张可爱的笑脸。非

常不屈不挠，兼且厚面皮。

陶瓷知道斗不过这种EQ高的人，于是唯有合上嘴不说话，高傲地擦身而过。可以奈这个男人什么何？愈是辛苦，他似乎就愈享受。

这个不打算死心的死神展开第三招。而这一次，他送给陶瓷一份实用的礼物。正与员工开会的她，忽然发现自己拥有一项特别的技能。

她懂得读心。

员工表面安静驯服，但内心说着的是："蠢材建议。""今天晚上吃什么才好？" "丈夫的外遇究竟是谁？" "都说老板一定不认同这项计划。" "今天的会议分外沉闷。" "我们又炮制了一出笨电影。"

"我要说得肤浅一点，这班蠢材才听得明白。"

员工们的表情和态度如常地专业精明，会议桌上的唯一一张另类脸孔，就是陶瓷的脸。她时而暗地瞪眼；久不久又口微张；大部分时候都表情愕然；甚至禁不住当众怔住，眼睁睁地望着某名看上去沉默专注的员工。

她听见有人如此在心中说："娶了Mrs.Warren之后，半年后便该谋杀她，她的财产数以百亿，因此，我该聘用一级的杀手。我会慢性毒杀她，不会留下半分线索……"

陶瓷不自然地清了清咙喉，在会议的中段宣布散会。她忍受不了这种读心玩意。

员工四散之后，死神便露面，陶瓷在会议室的主席位置抽烟，在轻烟中她瞄了他一眼，这样说："你所做的每一件事都多余，全部是废物。"

死神拉开椅子坐下来，对她说："我看你倒是满高兴的。"

陶瓷说："你是个差劲的追求者。"

死神托住额头，凝神地注视她，没有说话。

陶瓷被他肆意地看着，渐渐就有些不自在。

死神伸手抓了抓鼻子，叹了一口气，又扬了扬眉，再看她多一眼之后，便站起身来。

他似要离开了。他走前两步，回头对她说："我还有第四招。"

他的眼神看来有点忧伤。

陶瓷故意冷着一张脸，看着他但不作声。

死神笑了笑，接着就走出了会议室。

陶瓷在主席位置上深深地吸了口烟，然后把烟弄熄。数分钟后，她依然坐着不说话，脑袋内亦没想些什么。她把烟灰盅推开，然后才站起身离开。

不知怎地，她觉得有点不寻常。

怪怪的，闷闷的，说不出来。

"死神的第四招……"单单想起这句话，心便忐忑。

唔，应该有事发生。

而然后，陶瓷如常地生活，下意识地，静待死神的追求招数。

在最初的数天，她等待得很有警觉性，随时准备应有的反应。然后又等了数天，警觉性转变为狐疑，她开始有点不耐烦。继而，再过一星期，陶瓷的态度转变为半放弃，一想起死神，她会在心中说出埋怨的句子。

而最终，她的情绪就跌到沮丧的水平。死神已失踪了两星期，没露面没音讯，无声无息，连再见也不说一声。

陶瓷喃喃自语："被抛弃了吗？"

然后，就满心的不可思议。

原来，真的会舍不得。她主动离弃这个男人时可以表现狠绝，但当这个男人有离心，她就感到虚弱无力。

在死神没现身一个月之后，陶瓷的身心就迷乱起来。

工作提不起劲，与人交谈时心不在焉；当她穿着华贵地出现在社交场合中时，她发现，她对这个世界已经失去期望。

他都不再出现了，她还能有什么期望？

别人围着她说话，她表现呆呆的，完全搭不上嘴。

很失落很失落，是意想不到的失落。

镜子亦反映了她的憔悴。她在那苍白枯干中，却看到死神的轮廓。她从自己的脸中看到他的脸，闻说，爱得深的恋人，两张脸孔是重叠的。

她叹气连连。五官轮廓已如此像样，看来要二合为一了。

为什么在她发现了要融化成一起之时他才失踪？

抑或，就因为他销声匿迹，她才能看见他俩二合为一的容貌？

她掩住脸，感受着悔恨的冰凉，那冷冷的点滴，正渗入血脉之中。

在一个自斟自饮的晚上，她这样说："我是不是失恋了？"

然后，她苦笑。"是我一心想他离开……"

陶瓷知道，以后，她也不会再谈恋爱，而这一场人生中最后的恋爱，就这样完结了。实在有点出其不意。部署抛弃别人的人，最终却被抛弃。

接着的一个星期，陶瓷甚至没有上班。她由朝到晚都没更换衣服，亦没有化妆打扮，失魂落魄的，精神萎靡。她不大肯吃，但喝很多酒。每走两步，心就痛一痛，而随时随地，都可以流出眼泪来。

就因为失去，才知道自己的心有多依附他。

而当心是依附了，一切，就痛。

刀不一定要切在皮肉上才会痛。有时候甚至不见刀，也会痛。

中国人口中的〝折堕〞，现正由她悉心演绎。

她纵容自己的落魄，也肆意随便嚎哭。她知道，这样的狂乱情怀，以后都不会再试。

在失恋的时候，什么也没做过，但力气已经花光。她连呕吐的气力也没有，秽物刚由胃涌到咙喉，因她无力张开口，又回流到肚子里。

她虚浮地笑了笑，深感自己的不可理喻。

躺在床上的她，觉得身体重如铅锤，正逐英寸逐英寸地往下沉。将要沉到哪里？会是一个怎样的深渊？她的心在呼救，但愿在未沉落到最深处之时，能遇上他拯救的双手。

虽然她知道，这是天方夜谭。

〝这个男人已不再理会我了……〞失意地，她对自己说出这一句。

在一个依然喝得昏醉的晚上，陶瓷斜躺在贵妃椅上，右手压在数片碎玻璃中，手腕淌血。她感觉到痛，但这痛的感受却来得正好，尖尖的、薄薄的、冰凉的，与昏醉的飘浮感和谐地融和一起。她眯上眼，享受这一刻的轻软迷离。

疼痛与昏昏欲睡互相交替。然后，她感到有人轻托她那只淌血的手腕。昏醉的她张开眼睛，她发现，她居然看见死神。

她含糊地说：″是你……″

再见他，原来不如想象中激动。酒精麻痹了中枢神经，眼前的人与物，一概如幻似真。

死神微笑，坐在她身畔，替她包扎伤口。

陶瓷看着他那温柔的侧脸，这样说：″你来干什么？″

死神没望向她，他如此说：″刚想起一些我和你的美好片段，于是便回来请你陪我一起重温。″

″啊……″她的心应该很感动很感动，可是心头早被烈酒灌醉了，只懂得发出感叹的单音。

死神默默地把她的伤口包扎好，然后就凝视她那疲累憔悴的脸，这一刻，她是如此的脆弱，只要他稍微有一点点残忍，她便会在他面前粉碎。

所以，他知道他要小心翼翼。

他伸出他的左手，轻按在她的脸庞上，以世上最温柔细致的力度，柔柔地抚摸她。

而她就在他的手心中，被摩擦出眼泪。眼泪热烘烘地，流落在他的手心。

他这一种温柔，能够软化最强硬的心。

心已软了，差一点便能悉随尊便。

差一点……差一点……

她泪眼朦胧地望着这个男人，以竭尽所能的力气，为自己的原则尽最后一分力。她对他说："我已经不爱你了……"

死神听见，但他的神情没有透露任何的激动，又或是哀伤。他把他的左手收回，停止抚摸她的脸。他定定地把她看了一会儿，接着，就俯下头去。

他吻向她的唇。当两唇相碰之际，她全身颤抖。

力量如放射的激光，流动她全身。

她在他的吻中凄然落泪。她发誓，她从未如此伤心过。悲痛得，天地已陷于无形了，世上一切皆已崩溃瓦解，如灰烬四散，能留下来的，就只有心中的痛楚。

他的唇离开了她。然后他就以爱怜的目光凝视悲伤的她。看着这个差一点便为他碎成一小片一小片的女人，死神的心情有那失而复得的落实。

他只想说出这一句："你怎会不爱我？在这个世界上，只有我一个人了解你，以及能够不断地原谅你。"

她听见了。棕色的眼珠与绿色的眼珠同一瞬间闪亮出火光。她完全无法置信，他可以如此看穿她。

如千军万马倒下，她不得不在这个男人跟前投降。她再狠再绝再强势，也只能败于他这么的一句。

作为一个人，最终的盼望，不外是得到一个了解自己、肯原谅自己的另一半。

这刹那的爱情如摩西过红海般浩瀚伟大。她在他的注视下，动弹不得。

她僵住了，惊愕于她所得到的。

他却仍然如斯冷静悠然。他的微笑轻柔而善良，他望着这个败阵的女人，以一双臂弯拥抱她。

到头来，她还不及他聪明。死神的第四招，就是一次突然的离开。

当她伏到他怀中，泪水就全然制止不了，像是决意要把这段日子的孤单失落一次过哭尽。

在最深沉的悲伤中她体会了一回事：世上最难过的事，就是离开一个仍然深爱的人。

* * *

~The Vision~

陶瓷对死神说："我想憎恨你，但却发现我很爱你。"

死神伏在她的身上，以指头轻扫她的脖子，对她说："我知道你不会离得开我。"

陶瓷没说话，她的异色眸子散发着迷光。

死神沉落在她的美丽之中，但觉一切都那么不能自恃。他说："你美丽得令我自觉没资格抚摸你。"

陶瓷合上眼，沉醉在他的蜜语中。她以修长秀巧的双臂拥抱这个男人。在这一刻，她愿意给他安全感。

他俩又跨越了一步，这段恋爱又回复了平静。陶瓷听着他的心跳，感受着自己均衡的吸呼。她的指尖在他的背部中央游移，她知道他正享受着，而她亦一样。

在平静时，恋爱真是要多好便有多好。

太美好了，其他事便不要去想吧！何必要自己心神紊乱？

不要去想不要去想……

死神正吻着她。他的每一个吻都是一阙音调，带着感情的、蕴含意思的。这一吻是感叹，那一吻是激情；吻着眼睛的时候是怜惜，吻向鼻尖代表觉得她可爱；吻着耳朵时就是甜言蜜语；吻在脖子上，代表了天长地久；吻在肩膊上，表示了他愿意给予安慰；吻在面额中，他会永远把她宠爱。而然后，他吻向她的唇，吻得很深很深，他想告诉她他多么需要她，而这种需要，是无止尽的。

你说，得到这样的吻的女人，怎会舍得放手？她眯起眼来斜斜注视他，她已经没法否认，他就是她的所有快乐。

有一个神祇，把他的吻烙到一个女人的心上，从此，这个女人就很快乐很快乐……

* * *

在平稳的爱情里头，陶瓷也就乐于变成一个平稳和平凡的女人。

她上班下班，与死神相爱厮磨。买衣服选购珠宝，购置房屋和名画作投资。

理发、健身，听从营养师的建议均衡饮食。

也如其他富有的女人一样，请美容师上门为她打理仪容。

这一天，陶瓷就在家中让美容师为她做面部护理。这个美容师已打理了陶瓷的脸容三年，她对陶瓷的皮肤性质非常熟悉。

敷上面膜的陶瓷，半躺卧在美容椅上让美容师按摩肩颈位置，她没事可做，于是随便伸手拿起护肤品来研究。

一看之下，她就愕然了。美容师为她添设的护肤品，全部都是抗衰老、修补皱纹的配方，理论上，上了年纪的女人才适用。

陶瓷说："从前都不是用这系列的。"

美容师语调淡定地告诉她"Mrs.Warren，我们已转用了这系列好几次。你的皮肤吸收得很好。"

陶瓷不接受美容师的解释，她要求美容师为她洗去面膜，她打算逐个部位检视。

美容师听命洗去陶瓷脸上的美容用品，然后捧来一面大镜，对镜向陶瓷说："Mrs.Warren，你的额头、眼尾、唇上都出现细纹。"

陶瓷本想立刻反驳，但下意识地，她先对镜一笑。啊，果然，在笑容带动下，她的额纹、眼尾纹，唇部周围的细纹，清清楚楚地显现。

看得她呆在镜前。

干吗，忽然，就衰老了。

不是永生永世不会老去的吗？为什么，镜中人那张脸，看来已有四十多岁？

姿容仍盛，但已见勉强了。

她尴尬又彷徨，只好向美容师求救："那该怎么办？"

美容师望着镜中的她，徐徐地说："恋爱，当然就伤身。"

陶瓷怔住，这个女人的说话，如利箭直插入她的心。陶瓷缓缓抬起眼来，怪异地瞪着她。

这个三年来表现平凡正常的美容师，今天看来那么不一样。

美容师以不寻常的目光与陶瓷对望，并且说："你为什么不守你的承诺？"

陶瓷的心寒起来，她问："什么承诺？"

美容师语带怜惜："一遇爱情便苍老。"

陶瓷张大了嘴，刹那间但觉呼吸不了。异色眸子内的瞳孔，亦在同一时间扩张。

美容师牢牢望着她，神情肃穆严厉。

罪疚感就在陶瓷心内酝酿，她甚至有认错的冲动。

六神无主地，她问："那我该怎么办？"

美容师告诉她："你望进镜中去。"

陶瓷听命地朝镜里一望，然后，她看到——

一名婴儿在哭喊声中诞生，这名漂亮的男婴令整个家庭充满生气。男婴日渐长大，甚得家人疼爱，而这小男婴，愈长愈可人，比女孩子更娇美。小男孩的家境不俗，家人为他报读名校，乖巧的他每天上学放学，趣致活泼。但一天，小男孩被人拐走，歹徒把他带到一偏僻之地，又向他的父母勒索金钱。小男孩长得那么漂亮，惹来其中一名歹徒垂涎，小男孩被侵犯了。更糟的是，父母迟迟不送钱来，恶毒的歹徒就残害他的身体，他们狂殴他又虐待他，最后，小男孩盲了眼又断了腿，兼且被狂殴至智力不全……

陶瓷在镜中影象跟前浑身抖震，无法再看下去。"停止……请你停止……"

美容师把镜子挪走。陶瓷环抱着自己的身体，仍然未能摆脱不安。

刚才她所看到的，在很久很多久以前，她同样看过。

怎可能忘记这小男孩的遭遇？世上残酷的事情多不胜数，但只有这小男孩的悲剧能直勾勾刺入心。

而这个，当然了……

美容师端正地坐在陶瓷跟前，对她说："你自己想清楚。"

陶瓷掩住面，沮丧万分。想什么？还可以想什么？警号已经摆在眼前了，她还有什么选择？

原来，谈一段恋爱，已变成没有可能的事。

而从恋爱得到的快乐，已变成妄念。

容颜变老。小男孩的一生……

或许，恋爱对象不是死神的话，那警号就不会那么严重。

只是，凡事都有代价。眼泪由指缝间流出来，陶瓷忽然发现，她只有活下去的可能，她根本早已失去死亡的权力。

小男孩悲剧的一生……欲言又止……

陶瓷的心寒得发毛。她问自己，够不够胆死……

* * *

如果每个人都有责任要肩负，陶瓷的责任是活下去，以及杀死死神。

曾经放下过这些责任，如今，是时候重新承担。

陶瓷让死神三天找不到她。而当再回来之时，她身后跟着三个非洲巫师。陶瓷一直千方百计要置死神于死地，但就是一直不知道他的要害是什么。

死神在陶瓷的房间等候她，当门被推开，他就随着她的出现而双眼发亮，还未来得及高兴，那三名非洲巫师就由后面走上前，横排对着死神施咒。

三人分别以叶子撒水，跳灵体之舞以及以野兽的血来念咒。死神望了望他们，又望向站在不远处的陶瓷，然后，他的心情就跌至谷底。

陶瓷的表情很冰冷，比最初认识她时更冷。

死神说："告诉他们，我是神，不是鬼魂。"

陶瓷没有说话，倒是三个巫师都听懂了，立刻就自行走火入魔起来，一人的脑部充血晕倒，另一个则狂哭狂叫，最后一人咬断舌头陷入痛苦状态。

陶瓷对发生着的一切都无动于衷，她的表情一直没有变过，她那双直视死神的眼眸，不带半点感情。

死神问："为什么我们又回到最初？"

陶瓷这才说话："归根究底，我们都各自有任务在身。"

死神掩饰不了他的失望，他的眼神满载悲和怨。他说："那些所谓任务都只是旨在伤害对方。"

陶瓷说："我们的目标本就是如此。"

死神暗地叹息。"我一点也不想让你受到伤害。你该明白，我在帮你。"

陶瓷勾起一边嘴角，脸上挂了个静止的冷笑。她说："与你一起，是一个更差的选择。"

死神斩钉截铁地说："不！你知道我能给你的，才是最好！"

陶瓷定定望了他半晌，继而她的嘴角就由冷笑换上嘲笑。"别以为你很了解我。你其实什么也不知道。"

陶瓷这句话打击了死神，他的心狠狠作痛。

陶瓷再说："从此，你也不用再原谅我。事关，你不会原谅得我多少次。"

死神望着陶瓷凄冷的脸，她的神色在表明何谓恩断义绝。

她否定了他对她的了解；亦不稀罕他的原谅。

这个女人，已经完全不再需要这个男人。

蓦地，死神明白，他再说什么也是徒然。

陶瓷垂下眼叹了口气，继而才再抬起头看他。她说："死神，我会要你死得很惨。"

她说这话之时，声音渗着甜腻。

死神不可置信地发出无声的苦笑。陶瓷看了他一眼，便利落地转身离开，她的背影，优雅之中带着强硬，以及陌生。

死神目送她的离去，满心不明不白。为何转瞬间，原本爱着他的女人会无情至此。

~Perfect Enemy~

当生存已重新放到生命的首位，爱情自然就是次要，甚或是不再重要。

怀着这种心情，眼目中的景色亦不再一样。所有树木看来都变得萧杀；而风再轻，都如狂啸。每个人看上去都那么佝偻，他们的眼神全部阴森凄然。壮丽的大宅与爱尔兰山崖上的破屋无异，窗边的残纱飘动，吸引了乌鸦来依靠。世上一切皆已破落阴霾，当有人在耳畔颂诗，她听见的却是疯子的嘶喊疯语。

她脑袋内藏着一把上了弹药的枪，子弹已准备足够的爆炸力。她知道，如若她干得不妥当，如若她再行差踏错，她的脑袋便会被炸成血肉模糊。

她不希望有那么一天。努力地矜贵了那么多年，总不成千年道行一朝丧。

* * *

当精神被集中之后，事情总会无往而不利。陶瓷已构想妥当杀死死神LXXXIII的方法。她决定向死神的身边人埋手。

在死神的陀表上的某一分钟里头，一个魔术师正要被接走。死神以他的右手把魔术师的灵魂带离肉体，并在怜悯现身之后，答应魔术师让他的灵魂得到喜乐。

魔术师俊朗又具气派，与丰盈动人的怜悯正好有种璧人之态。

　　魔术师与怜悯互相凝视，男方对着美色惊叹，女方则为男方顿时羞人答答，情爱的磁场胶住在二人当中，一切都在电光火石中爆发出来，激情又不可思议。

　　死神扬起眉毛，惯性地与临死的人交换条件。他说："如若你愿意崇敬我，我就让怜悯伴你上路。"

　　怜悯全身的粉红彩光妖媚地晃动，看得魔术师意乱情迷。"我……我……你……你要我做什么我都愿意！"

　　死神向他保证："你会有最销魂的经历。"

　　魔术师的神色简直就是垂涎欲滴。而怜悯亦互动性地扭动身躯，眯起淡棕色的眼睛朝面前的俊男娇笑。

　　真是一对情投意合的情欲男女。

　　刚失恋的死神倒是有点落寞，他抓了抓头，只想快点完成是项任务。他说："如果你准备好上路，我们可以开始了。"

　　魔术师忽然脸露狐疑。他说："要是你带我到净化之地后，我岂不是要与眼前美女分别？"

　　怜悯听得懂，她带着凄然的神色望向死神。而死神还未说话，这双俊男美女已急不及待四手相拥。

　　死神扬起眉，但觉这一男一女的表现，有点像过时的荷里活电影。

怜悯望向死神，以眼神向他示意她的渴望。

死神微笑，问道："你特别的喜欢他，对吗？"

怜悯在魔术师的怀内点头。

死神再问："只因他特别的英俊？"

怜悯就急急地点下头。

死神没奈何地摇了摇头，感叹地说："我才是天下间最俊朗无双。"

怜悯立刻挤出一副可惜的表情。

死神笑起来。他想道，这些年来他也没纵容过怜悯任何事，今回，好不好偿她一点甜头？怜悯一直都在不停的欲念之间徘徊，却又从未真正尝过任何男色，如此情况，其实怪可怜的。

死神叹了口气，然后摆了摆手，示意他的答允。怜悯与魔术师大喜，雀跃如一双无辜的小情人。死神对他们说："我给你俩十五秒，十五秒之后，我要接他上路。"

魔术师就识趣地高声颂赞死神："你就是我最崇敬的神！"

死神大方地点了点头，领受对方的赞美，继而就别转脸走开，不想打扰小情人的雅兴。

死神没料到的是，十五秒内，可以发生很多事。

因为这十五秒，错误从此没法被逆转。

魔术师告诉怜悯："请带我去一个只有我与你才知道的角落。"

怜悯含羞地点下头，把小脸埋在他怀中厮磨，然后听话地领他步向一个神秘的空间，那是两段隧道的交界角落。

怜悯抬头仰望她的俊男，示意此乃只属于他俩的秘密之地。

魔术师知道机不可失，于是尽快把握每一秒。

魔术师望着怜悯，魅力无限地释放笑容，然后高举双手，作出一个魔术师施法的经典手势。

怜悯亮着一脸纯美和无知，毫无戒备之下领受了魔术师的魔法。长长的睫毛拍动后，她就进入了魔术师为她而设的境界。

那是一个保证怜悯会欣喜的世界。简而言之，那里，俊男无数。

数不清的镜子在半空悬挂，而每一张镜子之内，都是一张经典俊男的脸。奇勒基宝、华伦天奴、格力哥利柏、马龙白兰度、占士甸、阿伦狄龙、罗拔烈福、保罗纽曼、汤告鲁斯、毕比特、威廉王子……

怜悯就在镜子丛中团团转，在一众俊男的围绕之下张口

结舌，无可置疑的兴奋。

曼妙地，每张镜子内的俊男都晓得与她说话。占士甸会以不羁的脸对怜悯说："今晚，你坐我的跑车。"格力哥利柏说："我会和你畅游罗马城。"威廉王子向她诉苦："我想和你一起远离尘俗。"而汤告鲁斯则说："当我的女朋友必先加入科学教派。"

怜悯在众男的注视下走来走去，镜中每一个俊男都渴望她，而她则燃亮着火焰似的目光，每一个她都想亲近。

魔术师在这空间的一角坐下来，淡然地望着怜悯在他的魔法中东扑西走，一点一滴地，在男色的幻影中消耗灵性。如果，可以吸一支烟便好了，大概，要耗尽这名神祇的灵性还得花上一段光阴。但灵魂不会吸烟的呢，魔术师为了完成此项任务，把肉身留在医院中，让灵魂由死神LXXXIII带走。

他明白，他的灵魂从此会被卡在这个无人能找到的角落，阳间回不了，却又去不到死神为他设置的净土。无办法，虽然沉闷，然而为了那笔巨额偿金，他还是愿意照着指示去办。

那个长得如白瓷的高贵女人有天找上门，她对患上绝症命不久矣的举世知名魔术师说，如果他能伤害死神身边的怜悯，她会让他的妻儿得到十亿元的财富。

魔术师本身也富有，但钱，从来不嫌多。纵使有可能会最终魂飞魄散，亦在所不惜。

可以说他短视，亦可以说他关爱家人。总之，他就依照那个女人的吩咐把事情办得妥当。

看吧，那个粉红色的丰满女人甘心为着男色而逐渐灵光黯淡。她受到伤害，都只因为她那有着缺憾的本性。

魔术师冷眼注视着这小小空间中的一切，他的内心并没任何罪疚，亦没恻隐。

他只为她设置了一个幻境，是她欢天喜地自囚于内。

魔术精心，都要参与者投入才尽兴。

* * *

当十五秒过去后，一切已经太迟。死神根本找不到怜悯匿藏的角落，那里幽秘得像怜悯创造出来一样，除了她，无人知道路途。

彷徨已经不足以形容死神的心情，他愤怒、自责、焦虑，没办法安然。

他在不同的隧道中来来回回，那步行的姿势急躁而愤恨。他恨不得随手撕破他所接触过的一切空间。

在极心焦的一刻，他才蓦地想起那个女人。虽然他不希望是她，但除了她还会有谁？

是陶瓷找上死神，那个夜里，死神在植有大树的墓园内沉思，大树的枝丫横张，如一双保护孩子的母亲的手。

陶瓷穿着米白色的衣裙，姿态一贯地闲雅，像她这种女人，完全肩负得起高贵、清秀、娴静、仪态万千这些形容词。有一种女人，永远美丽，无论再恶毒，都美。

这一回，是陶瓷朝死神的背影迈前，死神站在大树之下，他的背影看来沉重而郁结。

他的所有不快乐都是她一手造成。她看着他的背影，本想衍生些少恻隐，但心念一过，也就算了。多愁善感，根本不是她的本性。倒不如脸上挂起微笑，让心情变得好。不快乐的是他，关她什么事？

死神转过身来，正好看见陶瓷的微笑轻轻绽放，那抹漂亮的笑容非常柔和。他的心温软起来，陶瓷的脸胚散发如明月那样的朦胧光芒，好美好美。

这一个女人……

他俩四目交投，陶瓷的眼眸内溅出轻盈的笑意，在那笑意之内，甚至蕴含着慈怜。

死神于心中发出一阵笑。他实在佩服到不得了。真要命。

"你好吗？"陶瓷温柔地问候他。

死神感叹，然后才缓缓地说："你知道我并不太好。"

陶瓷的声调软绵柔和，她说："你的拍档并不知道她过得不好，她沉醉在她的享乐中。"

死神问："你什么时候放她走？"

陶瓷笑起来。"她根本不想走。"

死神蹙起眉，说："你不应该伤害一个单纯的灵魂。"

微风吹来，轻拂陶瓷的发丝，这样看来，她更是清丽无双。她说："回去告诉你的上头，你已收服了我，并把代替我的魂魄呈上去。你要是做得到，我就放生怜悯，以及……"

死神早料到陶瓷会要挟他，但是他没预计她可以做到什么程度。他问："以及什么？"

陶瓷拍动细密的睫毛，异色眸子如星辰闪亮。她说："不伤害你的朋友，桑桑。"

死神望着陶瓷，但觉一切已经不可能更差。他定定地把她望了半晌，她不回避亦不尴尬，随便由得他看。

她显得多么大方勇敢，似乎错的从来不是她。

死神这样说："我们曾经是完美的情人。"

陶瓷的神色适然，她没被打动，亦不觉得可惜。她只是耸耸肩，以示她也有点点无奈。

死神抬眼望了望天，在心中暗叹一口气，才又把视线望回她。他实在有话想对她说："我一点也不明白你。我会给你最好的死后日子，任你久留，然后才投胎往下一生。我保证你的灵魂不死不灭。因何，你会如此舍弃我。"

陶瓷深深地望进死神的眼眸内，她的棕色眸子带着坚定，而绿色眸子则闪耀着慈光。由始至终，她都以一个没罪人的姿态出现，她的神韵姿容，甚至渗透出一种超越凡俗的圣洁。

真的，她有什么错？

陶瓷轻轻摇头，告诉死神："谢谢你为我安排的一切。然而当你觉得那是一种幸福，于我来说，只是死路一条。"

死神望着她，耐心静候她说下去。

陶瓷亦不打算隐瞒，她坦言告知："我不能有下一生，因为我一早得知了我下一生极悲惨的命运。"

死神定神，他从没思想过这原因。

陶瓷说："早在我很年轻的时候我已有机会目睹我的下一生，只是，随后数十年，我转眼又把情景忘掉了。与你一起，我很快乐，快乐得什么也抛诸脑后。最后，我被提醒了下一生的情节，如此这般，我惟有清醒起来。"

陶瓷轻叹："你能想象，我会是一个既盲又残障，兼且被活生生殴打至智力不全的小男孩吗？当下一生我们再相见的时候，我就会是那模样。"

死神惘然。刹那间，他也不知该说些什么。

陶瓷的语调依然温文，她说："告诉我，为何人生那样悲苦，我们仍要一世接一世地活？"

死神抬眼望向她，这问题，他也思量了许久许久。

原来，不明不白的，除了死神之外，还有别的人。

也许，这就是所有人类的共同疑问。

陶瓷说："你知道，我原本有极悲怜的这一生。我才不想下一生活得更不堪。"

不知不觉间，死神的鼻头发酸。他从不知道，他所爱的女人背负着一个他也束手无策的困难。他为着这种无能为力而难过。

陶瓷说："原谅我，我只想好好活下去。无论以什么手段，我都要保留我以灵魂交换回来的这一生。"

死神的心很痛很痛，他在她跟前落下了泪。

陶瓷上前，伸出指头为他拭去泪水，然后这样说："与你一起之时，我爱你爱得曾经尝试为你死。但如今我清醒了，知道根本不可以死。如果我把灵魂交给了你，没错，我便可以保留它，只是，我的灵魂便要经历下一生，而那是绝对地悲剧的一生。我宁可把灵魂交到另一边，他让我今生无止境地活下去，他能令我逃避可怕的下一生。"

死神捉住她的双手，哽咽地说："对不起，是我保护不到你。"

无法把所爱的人由苦海中救起来，死神深感绝望。

陶瓷反而笑起来，她的笑容犹如最华贵精巧的水晶。"对呢！你不只保护不到我，而且，与你一起我会很老很老。"

死神轻抚她的脸，告诉她："你知道，我不介意你老。"

陶瓷翻白眼，说："我就是知你会说这种话。"

死神吸一口气，放松了表情："我也知你爱听。"

陶瓷扁着嘴望向死神，眼神内有着依依不舍。她怎会不知道，他给过她的，是世上最甜。

再好，也还是只能说再见。

死神领会到陶瓷的心情。那把别离的刺刀就立刻往他心上刺，他害怕她会忽然消失，于是又再捉紧她的双手。

陶瓷明白他，是故取笑他："别傻，你知我们再没可能。"

死神哀伤地说："你知我不能放弃你。"

陶瓷轻轻挣脱死神的双手，告诉他："我们没有选择。"

死神悲痛地摇头："我真的不想放弃。"

陶瓷垂下双手，向后退了一步，说："你刚才说，我们曾经是完美的情人；而我告诉你，从今以后，我们便是完美的仇人。"

死神望着陶瓷。她连说着残酷的话，也带着一股雅致。

陶瓷说出转身离去前的最后一阙话："记住，我是你最完美的仇人，而你于我亦一样。好好记入心，日后再相见，我们便能做出适合角色的事。"

死神听着她的说话，看着她离开，然后他就发现了，他从来不是主宰的那一个。

那怎么办？怎算好？

如何，把一个依然极深爱的人，视作仇人看待。

* * *

~The Clue~

说得出做得到的，从来都是女人。

陶瓷的心如明镜清静，照不出任何凡俗余情的纷扰。一心一意对付死神，成为了一件痛快的事。

做人要负责任对不对？最紧要对自己负责任。

她思索不出置死死神的真正方向，走了太多冤枉路，她但求事情可以直截了当地解决。

有哪种方法比向更高的力量寻求指引更有效？陶瓷决定请示Lucifer，他就是她的明灯。

一别，就百年。他给了她无止尽的寿命，亦从来不打扰干预她。对于这一点，她是由衷的感激。

再见面的那个晚上，月色典雅。陶瓷在无人的办公大楼露台上，与她的老朋友重逢。

依然是一身斗篷装扮，比人类高出约一英尺，发光的眼睛在斗篷的深处闪耀，并以垂顾的角度面向她。

陶瓷忽然有感，斗篷人之所以是斗篷人，纯粹衍生自她内心的心理投射。

神秘的人要有神秘的外形，恰巧，她希望他是这种款式。

她像孩子那样笑，仰视着这个她生命中的关键人物说："我现在全心全意要把死神杀死。"

斗篷人传递给她信息："这是你的选择。"

陶瓷同意。"是的，我选择了这样做。我明白，你没有威迫我。我可以选择变老、死去，继而再投胎；但最终，我还是选择继续领受你给我的礼物。"

斗篷人没答话。事实上，他亦没需要和应她。

陶瓷直接地问："我想知道置死死神的真正方法。"

斗篷人传送给她答案："一个人的秘密，要其另一半才知晓。"

陶瓷的心怔住，怎么，从没有在这方向思考过？

"另一半……死神的另一半……"忍不住，就从嘴角渗出窃笑。

继而，她眼珠一溜，问上非常实际的问题："我怎样才能接触到死神的另一半？"

斗篷人以心念告诉她："跟随死神的方法。"聪慧的陶瓷明白了答案。"镜子！"

斗篷人没有明确表示。陶瓷说："死神面对另一半用的是镜子……"

斗篷人依旧垂头伫立在她跟前。

陶瓷念念有词："死神和他的另一半……"

接着，她想起了背叛、出卖、心伤、悲痛……这些不幸的字眼。想着想着她就把握十足。

既然已有头绪了，她就向斗篷人探索别的问题。陶瓷望向斗篷内那双发出绿光的眼睛，问道："请问，母亲的魂魄可好？"

斗篷人告诉她："她早已于某个期限释放了，现已在来

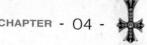

生中存活。"

陶瓷再问："她活得可好？"

斗篷人的绿光眼睛闪出嘲笑，信息亦满是嘲弄："一个在死亡的路上饱受摧残的灵魂如何能有足够的能量走向一个良好的来生？"

立刻，陶瓷面色一沉。她与她的母亲，是否每一生也注定坎坷苦命？

斗篷人这么一句，已令她饱受打击。先前说及死神另一半的踌躇满志，不知不觉就瓦解了。究竟，过错有多深，才会生生世世悲苦至此。

她抬起哀愁的眼睛，问："如果，当初母亲不选择自杀，由得肉身自然死去，她的来生待遇会否不一样？"

斗篷人没打算隐瞒她，"如果，她是自然地死去，她便不会遇上我，亦可以有另一段来生。"

陶瓷呼出凄冷的空气，这样说："极坏的魂魄会遇上你，自杀的魂魄会遇上你……而我，两者皆不是，但也遇上你。"

斗篷人说："皆因你太想遇上我。"

陶瓷深深地望着他的绿光眼睛，没法否认。她亦从没后悔遇上过他。

实在有太多太多疑问。陶瓷的眼睛晶亮如在学的小女生。她说："我最不明白的是，为何我的下一生也是注定的悲惨。那时候，若然我在病疫中死去，既不是自杀，又不是恶灵，因何，我仍只能走向一条悲惨的贱命投生？"

斗篷人望着她，没有传递她任何信息。

陶瓷仰脸注视他，他似乎不打算给她答案。

像长辈与小孩互相对峙，大家僵住了，而小孩又不敢造次。

陶瓷心中罕纳。未几，斗篷人索性淡退隐没，离开了她。

斗篷人知道那答案，但不回答她。

为什么？她知道了又如何啊！因何不肯告诉她？

而除了斗篷人之外，谁又能道出答案？

陶瓷倚在露台上皱眉，她知道，那答案一定是一个极重要的关键，重要得，斗篷人没打算向她透露半分。

她就想起死神。她想要的答案，死神亦同样不知晓。

究竟，谁能回答这一条问题？

为何，人生，会如此凄苦。

难道，凄苦是一种必要？

母亲的灵魂因自杀这行径而遭逢大量耗损，因而没法投生往一户好人家，听来虽然无奈，但也合理。然而，自己的那条命呢？因何就算自然而殁，为何仍没法子投胎到美满的下一生？

为什么，像我这样的人，只能每一生也是苦。

不公平，亦完全摸不着头脑。

陶瓷在月色之下难过又困惑。任她再聪明，仍然一点也不明白，实在参透不到。

* * *

得到启示之后，陶瓷就在住宅、办公大楼、座驾等各处装嵌上镜子。她要她所走的每一步，也被镜子所包围。

亦在同一时候，陶瓷每分每秒也默念出这个心愿："死神的另一半，请现身与我相见。"

而她有预感，死神的另一半会出现。这是一个差不多能握在手里的预感，陶瓷认为，死神不会是一个有运气的男人，他该是那种女人会争相出卖的可怜虫。

为什么？原因说不出来。或许，是因为她背叛得他太轻易。

总有些男人特别好、特别痴情，但也特别无运气。

陶瓷燃起烟，房间中四方八面的镜子内都有她拿着烟的姿势，当烟烧了一半，她才吸上第一口。她想着死神的优秀和他的失意。然后，在烟烧完之后，她就不再去想。

她会舍得去伤害死神。但同时，她不会否定他的好。

能干的女人都公私分明，而且客观。

陶瓷养成一个频密望镜的习惯，她亦会向镜子说话："另一半你出来的话，我们可以讨论同一个男人。"

"有时候，我从死神的温柔中感受到你。"

"你有没有想过？每逢死神爱上一个女人，你就是她们的头号情敌。"

而有一天，陶瓷这样说："你俩合二为一这么久，难道就相爱这么久？"

是在这句话之后，陶瓷于镜中的映像逐渐模糊，她看见自己的轮廓淡退浮动，在短暂的不稳定过后，她就再看不见自己的脸，周遭的每一块镜之内，都反映出另一副脸孔。

那张诞生在镜中的脸，让陶瓷看得双目闪烁，惊讶到不得了。

这就是死神的另一半吗？从想象中衍生出来的，及不上真实的这张脸感觉震撼。

小巧而完美的脸胚，蜜糖色的肌肤，浓密润泽黑色长曲发；眉毛浓浓的，眼睛圆大孩子气，黑漆漆的睫毛如扇；鼻子小巧娇俏，嘴唇丰厚又柔软；脖子修长，肩膊横而薄。

每一张镜子内都溢满了拉丁美女的热情韵味，性感得无以复之。

陶瓷以赞叹的口吻对她说："只有惊艳一词才足以形容你。你的美丽叫观看者震惊。"

惊艳就是这样子，先要惊一惊，继而才知道美。

死神的另一半有着孩子般的神韵，她善良而好奇地看着陶瓷，一头黑长发如火焰舞动。她以心念说话："是你一直在叫唤我。"

陶瓷轻笑："我猜，你也大概知道我是谁。"

死神的另一半回答她："你是那个我的另一半爱上的女人，而你负了他。"

死神的另一半看来不动气，她说话的神色甚至没带任何悲伤，她只是把实情说出来。

陶瓷抱歉地说："我伤透了死神的心。我倒希望，我的做法没影响到你。"

死神的另一半那头长黑发带动着一股轰烈，但她的表情却如宠物般纯真。她定定地望了陶瓷一会，才拍动浓密的长睫毛，这样说："说真的，对于另一半爱上你这回事，我亦曾经揪心。"

陶瓷叹了一口气。相较之下，她就老练得多。

"别说是你，我自己都揪心。爱情，如鬼迷心窍。"

死神的另一半那双黑眼珠灵光闪耀，她静静地看着跟前人，没答话。

陶瓷笑着说："但我和他已不相爱了。"

死神的另一半纠正她："是你不爱他，但他仍然爱你。我依然感受得到。"

陶瓷试探地问："那你……妒忌吗？"

死神的另一半溜动了眼珠，想了想之后回答她："不是这一种感觉……而是……觉得他爱上你很不妥当。"

"不妥当？"陶瓷反问。

死神的另一半尝试解释："不妥当，因为你是坏人。"

"哈！"陶瓷仰脸大笑。"哈！哈！对！我是坏女人，我一心加害死神。"

死神的另一半点下头。"对呢，你这样做会祸及我。"

是这一句，让陶瓷听出了端倪。镜中那个美得目眩的美女，关心的是她自己。

陶瓷收敛起笑容，这样说："你担心自己的安危？"

死神的另一半坦言："我认为，死神并没有保护我。万一，你成功陷害他，我便会有危险。他爱上你，是一件鲁莽的事，是神祇的大忌。"

就算表达方式再甜美娇柔，那言语的内容都明确表明了不满。

陶瓷好奇："死神知道你的不满吗？"

死神的另一半说："我告诉过他我的顾虑，但他一意孤行。爱上你，真是一件蒙蔽心智的事。"

陶瓷垂下眼笑起来。"谢谢。"然而她问："那你讨厌我吗？"

死神的另一半说："我当然不喜欢你。但我要怪责的，是我的另一半。"

镜中美女分析得非常客观。

陶瓷假设："其实，你是有能力离开死神的。"

死神的另一半回答："我是可以那样做，但那会是最后的对策。"

陶瓷点了点头，明了地说："二合为一的个案，不可能每一个都成功。"

死神的另一半说："我与死神二合为一数千年，倘若没遇上你，或许我和他都过得到这一关。"

陶瓷挤出了苦笑，说："抱歉。"

死神的另一半微微倾侧了头，带着可爱的神色发问："你准备严峻地陷害死神吧！"

陶瓷不否认，并且说："以后，我会害得他很惨很惨。"

死神的另一半并没因为陶瓷的答案显得慌乱。

她望着决定要谋害死神的女人，说："你把我叫唤出来，是希望寻求我的协助。"

陶瓷笑："果然，死神的聪明因子都只归于你。"陶瓷这样说："我知道你并不满意他，我猜，你有离心。"

"对。"死神的另一半说："我考虑过独立。"

然后，死神的另一半对陶瓷说出极之不可思议的话："死神从来没有看见过我的样子，他一直只在镜中看到他自己。"

陶瓷愕然地望着死神的另一半，那间她不知道应该安慰这个女人，还是在这个题目中发掘下去。

怎么可能？二合为一数千年，死神也未看过另一半的脸。

忽尔，陶瓷感到胜券在握。

"那你愿不愿意协助我？。"陶瓷问。

死神的另一半说："你希望我怎样做？"

陶瓷是这样说："我想知道置死死神的方法。"

死神的另一半垂下眼来，若有所思。

陶瓷说："若是你愿意告诉我，你也能帮得到你自己。"

死神的另一半抬起眼来，说："请不用说服我，我有我的考虑。"

陶瓷便不作声。她是神祇,虽然依附死神而生,但她也比人类超然。

最后,死神的另一半对陶瓷说:"恕我暂时未能答复你,此事事关重大。"

陶瓷亦不勉强她。"要是你改变了主意,请随时让我知道。"

死神的另一半,没有答应陶瓷,她望了陶瓷一眼便在镜子中转身,黑长发晃动,她消失得充满热情和动感。

镜子内重新照出陶瓷的脸,这张脸既不失望亦不困惑,反而,仍然是满有把握。实在没有什么好担忧的,事情定必会朝她所想的方向进发。

没什么的。对于这件事,她依然满怀良好的预感。

* * *

~The Face~

桑桑返回贵州之时,刚满二十二岁,已经出落得如一个美丽的成年女人。她长高了,晒黑了,更健康亮丽。个性亦更大方,言行也显得淡定果断。

已经不是那个略懂魔法的少数民族少女。她穿恤短裤，一双长腿以大大的步伐向前走。

她把头发剪得很短，日常工作极之勤快，力气也足够，搬搬抬抬都是她。家中没有干粗活的人，老父患了老人痴呆症，打理家中事务的责任，全落在桑桑身上。

她决定不再离开贵州，她要照顾老父，花多少年也不重要。

她愿意为身边的人尽上责任。

其他花样年华的少女都一头栽到爱情中去，桑桑却已是一副过来人的姿态，她亦不期望再有任何凡俗男子能吸引她。

挂在闺房窗前帘蓬上的那串风铃仍随风叮铃，桑桑伏在窗框上凝视风铃摇曳的姿态，风铃上的一串串圆镜子照出了四周的风景，而风景的小角落里头，有桑桑如豆点般小巧的脸。

"你是相公留下给我的。"她伸手触碰风铃，铃声响亮起来。"而我挂念他。"她轻轻呼出一口气。

雪柜之内有一盒巧克力，每逢想起陈济民，她也会滋味地吃一颗。再没有别的事情更能美化她的思念，她所思念的，味道总是那么浓郁。

这样日复日过日子，清静适然，桑桑也满喜欢。

在一个夜里，桑桑在房间内做些刺绣的工作时，忽然风铃作响。

"叮叮叮叮叮叮……"

她随意抬头一望，然后又低下头继续工作。本来，心绪也颇安宁的，但忽然，脑海内掠过一个念头："今夜没有风。"

对，没有风。风铃因何作响？

顷刻，她再次抬头。

窗外的风铃之下，有一张脸。

她手一松，针线都掉到地上去。

那张脸朝她微笑。

她愕然到不得了。他居然前来看她。

桑桑站起身，朝窗外风铃的方向走去，她望着窗外风铃下的人说："相公。"

风铃下的人对着她笑，这抹笑容看来分外的温馨趣致。

桑桑惊喜地说："你来看我？"

风铃下的人孩子气地点头。

桑桑满怀欢畅。那人说话："娘子。"

娘子……

随即，桑桑瞪大眼，满目惊异。

"你……"桑桑并不相信她所听见的。刹那间，惊愕替代了欢欣。干吗……

"娘子，我回来了。"那人说。

桑桑张大了口，并且向后退了一步。毫无理由……怎么可能……死神不会说这种话，死神从来不称呼桑桑为娘子。

但窗外风铃下的那张脸，明明就是死神的脸。

桑桑瞅着他来看，仍未能够调节自己的反应。"不……"她期期艾艾起来。"你……你不是死神……"

窗外风铃下的人了怔一怔，然后大笑。"哈哈哈哈哈！"笑罢又说："我当然不是死神！我是你的相公呀！"

桑桑仍然不懂得反应，呆呆地望着他。

那人收敛起笑脸，深深地凝视桑桑，如此说："我是陈济民。来，我带你去品尝天下间最美味的巧克力！"

他说话的时候，带着一股成年男性少有的温柔和童心。

桑桑眨了眨眼，继而把脸凑前去。那的确是死神LXXXIII的脸，这样的五官轮廓，她熟悉非常。但死神从没以这样的语气、神情来与她相处。

对着她的时候，死神从来不带半分情人的神韵。但面前这个男人，目光之内尽是闪烁的恋慕。这样，在这近距离的注视中，桑桑屏息静气。

他说："那一年我死了之后，你便常常饮泣，我心痛着你，于是留下来，在风铃之下看护你……"

桑桑望着他，讶异地细听他的话。

他说："你每天都哭，当你哭泣之时，我就被撕成一片片。你每哭一次，我的魂魄就碎裂一遍，因为你的哭泣，我粉碎又粉碎……"

桑桑望进他的眼睛内，她没忘记，陈济民说话之时，眼睛内的光芒会如火花跳动。这是陈济民独有的迷人之处。

他说下去："就在你的哭泣声中，我粉碎得不剩半分气力。我多想告诉你，我从没离开你，你每天寻找着的魂魄，一直都在风铃之下守护着你。只是，我说不出来，你亦听不见，你也不会知道，每一次风铃作响，都是我的寄语……"

不知不觉间，桑桑的眼眶热暖，她的鼻头发酸，而一张朱唇，扁扁地弯了下来。

是他吗……是真的回来了吗……

他仍然在说："你每天都在凄凄的呼唤我，而我只能看着你为我哀痛，我完全无能为力。也因为我太爱你，你每痛一遍，我的魂魄也跟着痛，在痛苦之尽头，我就粉碎如同风中飞沙……"

桑桑的眼泪一串一串地爬下，她的嘴唇不住地抖颤。

是你……居然，你真的回来了……

他说："我很想为你做点事，但到头来，我只能袖手旁观。我甚至无法让你明白我从没离开你。为了你，我甘愿守在风铃之下，由得魂魄的力量耗损。你什么也不知情，只是每天都怪责我别离你……"

桑桑伸手掩脸，哭得牙关抖震。

他告诉她："我一直都想你知道，我那时候半分也没离开过你。为了你，我放弃投胎，留下来做一只守护你的游魂。"

桑桑痛苦地在哭泣中抽搐。

他叹了口气，这样说："然后，死神出现了，你以为他是我，你甚至跟随他离开……"

桑桑猛地摇头，想说话却又说不出来。

他轻轻说："而我的魂魄实在太虚弱，灵魂的碎片无法归位合一，你的悲痛叫我魂魄不全，我只好看着你随别人离去……"

桑桑把双手挪开，也终于有力气发出声音来："不……不……"

他对她说："你走了之后，我的魂魄在风铃下日渐康复，慢慢地，我又重新归位。因为你已不在了，我亦不用再在风铃下守护你，于是我选择离开。但请告诉我，我该往哪里去？我想了许久，决定游历各地，为你尝遍天下间最味美的巧克力……"

说到这里，风铃下的他挂起笑容，因着他的微笑，桑桑的激动渐趋缓和，噙在眼眶的泪也没有流下。因着他的微笑，她的心也有了微笑的准备。

很久很久以前，当他和她是小孩子之时，每当他笑，她也一样跟着笑……

他笑着说："我那时候是这么想，我首先游遍世界上每一个有着芳香巧克力角落，为你做点调查，然后一天，我就把你带走，向你介绍我所品尝过的。"

听着听着，桑桑的心情终于回复，她深呼吸，这样问："哪里的巧克力最美味？"

他的笑意更浓郁，显然是喜欢她的问题。他说："然后我发现我找到的不是巧克力，而是，一张脸。"他是这样说："在某年某日，我看到巧克力店外的橱窗上反映出一张男人的脸，我看了许久许久，才知道那是我的脸。"

桑桑瞪大刚停止哭泣的眼睛，静候他说下去。

他说："也让我想了许久许久，我才明白因何我的脸会如此。"他的眼眸内溢满温柔的星光。"因为，这张脸是你所喜欢的，你的心底盼望着我长大之后是如此模样，于是，你所喜欢的五官就长到我的脸上来。你明白吗？但凡令你高兴的事，我的魂魄也会跟着做。这抹游魂，永远都依你。"

再一次，桑桑张大嘴巴，他的说话，又再惹她哭起来。她的心狠狠抽动，眼泪夺眶而出。在感动的尽头，她失去了自控的能力。

这是怎么可能的一回事……

他说："我不介意长有一张别的男人的脸，只要你喜欢看见。我猜想，该不会出错吧，你一看见他便称呼他做相公……"

在触动中，她领略到痛楚。竟然，他是这样爱她。

桑桑咬住唇，悲痛地呼唤他的名字："陈济民……陈济民……"

陈济民精灵地拍动睫毛，问："什么？"

桑桑无法言语。他对她的爱，令她卑微到不得了。

陈济民说："你知道，我会为你做任何事，以及达成你的每一个心愿。"

他居然这样付出过……桑桑心坎内的痛已撕破她的身心，实在无法再抑压。她叫嚷出来："陈济民！我不值得你这么做……"

她伸出双臂意图拥抱他，却发现扑了个空。

陈济民说："我是一个魂魄。"

桑桑抓住窗框，呜咽着说："我配不起你……"

陈济民却骄傲起来："我配得起你才重要！" 他的目光情深但坚定。"能够为你付出，是我的最大幸福。"

桑桑仍然哭个不停，她按着心房，但觉快要哭得窒息。

陈济民说："我的傻女孩，你该为看见我笑，而不是哭。"

桑桑不住地摇头。在连番深呼吸后她才够力气说话："你那么爱我，我无法承受得起。"

"那么，你最好锻炼一下。" 陈济民说："在日后我定必会更爱你，你更加受不了。"

桑桑怔怔地望着这个长有死神LXXXIII脸孔的陈济民，她依然无法置信："这怎么可能……怎可能有人爱我若此……"

实在实在，受不了……

陈济民笑着说："你得承认有些女孩子的确很好命。"

桑桑抹去眼泪，她无法否认。

一下子得到世上最美好的东西，于是难免手足无措了。"那么……告诉我……我们以后怎么了……"

陈济民明了地望着这个他生前死后也珍爱的女人，这样说："让我告诉你一件事。在你跟随死神离去，我不再留守风铃下之后，我就游荡于五湖四海中，就在弹指间，我走遍了地球，然后，还以为那就是自由，无时无地无人的阻挡，想到哪里都成。却又在绝对无拘无束的一刻，我又体会得到，真正的自由其实是心里的安然。只有伫立在风铃下守护你，我的心才最感自由。"

桑桑听见了，她在心里感喟出幸福的叹息。

"所以，"陈济民告诉她："我们以后只需要永远在一起。这个风铃下的位置，是我的天堂。"

桑桑内心一阵抽动，哭泣的冲动澎湃地涌上。

她内疚到不得了。"陈济民……你可知道我曾经喜欢上别人？"

陈济民耸耸肩，神情调皮。"那有什么关系？他和我同一个模样呀！也活该被你唤作相公。"

桑桑抽了口凉气，他的大方简直把她吓倒。

陈济民垂下眼来笑，这样说："爱情是自由意志，你昨天喜欢上他，今天又喜欢了我。我能拥有你的今天，已经很知足。"

桑桑的心全然软化，实在无话可说。

陈济民抬起眼来，又说："但我有信心，能从此霸占你的明天、后天、大后天。"

　　桑桑笑脸如花，听罢这一切甜言蜜语后便撒娇，"这是你说的呀！说过了便要当真！"

　　陈济民一诺千金："你知我从来不逆我娘子的意思。"

　　一听"娘子"二字，桑桑的心就如小虫在上面爬行般又酥又痒。她溜动着眼珠甜笑，并且粉脸绯红。

　　陈济民说："告诉我，你不嫌弃我是游魂。"

　　桑桑的笑容如繁花盛放。"相公，那就让我两人鬼痴缠吧！"

　　陈济民由窗外风铃下穿墙而过，站到他深爱的女人跟前。他作出捧起她的脸蛋的姿态，并且朝她的朱唇吻去。桑桑感受不到他的手心，亦感受不到他的吻。这个她所爱着的男人，如一缕烟般捉不住。但只要她一合上眼睛，她就能从久远的回忆中重温，她从没忘记陈济民带给过她的每一点滴的触动。

　　当陈济民吻过她后，她就张开眼睛来。在这四目交投尽在不言中的一刻，她便明白，她和他绝对可以缠绵地恋慕下去，而且比一般有形有相有质感的恋人爱得更痴缠。

　　为什么不？她和他的一生，本是为着奔放地爱恋对方而生。

* * *

~The Cross~

陶瓷对斗篷人说："死神另一半还未说出置死死神的方法。而我需要你的扶助，以便加快让死神屈服。"

斗篷人站在比陶瓷高四英尺的台阶上，他看来更显巨大。他听罢她的说话，便把斗篷张开，一道亮光由斗篷之内四散。

亮光强烈又力量顶盛，陶瓷的眼眸受不住，连忙以手臂遮挡那光芒，并且向后退了一步。

当光芒渐退，陶瓷才重新睁开双眸。映入眼帘的是一副悬浮于半空的十字架，高约一英尺，以黄金为骨干，并镶有不同种类和颜色的宝石，顶端那一颗钻石极其巨大，看来有五十卡拉以上，也是这颗巨型钻石，令十字架带有令牌的威仪。

陶瓷觉得十字架贵丽无双，但亦同时候心生疑惑，因何斗篷人会内藏十字架？这似乎是不合宗教逻辑的事。

正要向斗篷人询问之际，那悬浮半空的十字架180度倒转，那颗巨形钻石因而朝下。

陶瓷这才疑虑尽消。终于合理了。

一个倒转的十字架，有着反基督的意味。这才是斗篷人的随身物。

陶瓷伸手握着这个倒转的十字架，顷刻，一股能量捣乱她的心坎，冲击之大，叫她全身血脉急剧翻腾，而又出乎意料地，这庞大的能量是负面的，不消数秒，陶瓷就难过到不得了。

——这十字架，直通往悲惨的深渊。

那是一种世上所有凄苦都集于一身的难过。凄凉、堪怜、无助、被剥削、绝望、痛苦、疯狂、困惑、失自由、被背叛、受虐、哀痛……生不如死。

握着十架字的陶瓷悲苦地弯下嘴角，在哀痛中落下了泪，她伤心得心也碎掉了。

世上所有的不快乐、困苦、怆痛，封密地笼罩了她。她无能力做任何事，只懂得在这深沉的悲痛中落泪。她张大了口，作出无声的哀鸣。

明明，她是来寻求斗篷人的协助，居然伤心得死去活来的也是她。

究意，是什么事情，让人哀痛若此。

陶瓷张着空洞凄伤的嘴巴，意欲尖嚎却又不能。就在泪眼昏花中，她看见十字架上的宝石之内，有影子在晃动。

定神再看，宝石之内的影子就张牙舞爪起来。每一颗宝石之内，都内藏数十万个愤怒又悲哀的灵魂，他们被囚困在十字架中，突破无从，永不超生。

　　这十字架，妖气冲天。

　　陶瓷泪流披面地望向斗篷人，他没安慰她亦没解释，反而转身离她而去。

　　陶瓷握着这十字架，缓缓地被悲怜和凄厉所侵蚀，她看着阴魂在十字架内尖叫、哀嚎、发狂地辱骂，绝望地拍打；她听着万千把声音夹杂的可怖声调、陌生又骇人的语言。然后，她发现她快要崩溃了，这里实在太悲惨，她不得不离开。

　　既然释放不了他们，她只得释放自己。她松开双手，意图抛弃手中这个苦难的源头。

　　她低呜："呀……"当双手朝天一掷，手心因摩擦力全然赤红。

　　十字架离开了她，继续悬浮半空。

　　那里，可怜的灵魂经历无数次密集的死亡，残酷无尽，惨不忍睹。

　　陶瓷虚脱一样地喘着大气。忽然，双腿一软，就跪坐到地上。她抬头望向这个倒转地悬浮半空的十字架，那些沉淀多年的恐惧一下子全归来了。父亲对母亲的施虐迫害、母亲的疯狂和绝望、挣扎求生的卑微惶恐、朝不保夕的脆弱不安、寻爱不果的失落惘然、被所爱背叛的刺痛凄凉……

不同层次的辛辣苦痛，细细密密地渗入她的官感，受不了……实在受不了……

她坐在地上出尽力量摆动身体，意图作出摆脱。

她重复地拨动双臂，又神经质地扭动上半身。双腿也甚为不妥当，于是她粗暴地反复踢动。

倒转的十字架悬浮半空，像监视那样俯瞰她的行径。

陶瓷继续失常地做出各种疯狂的动作，形如精神病人病发那种状态。

要连根拔起……要摆脱……务必摆脱……

那些高贵、精巧、机灵、通透全往哪里去了？可怜地，她已被十字架内的千千万万个灵魂所同化，她失去了所有美好的特质和理智，诡异地，十字架内的灵魂都从高处目睹了，只有她不自知……

也不知过了多久，她才筋疲力尽地停止疯狂的动作，累极沉睡于地板上。而那倒转的十字架以灵巧的姿态降落到她身旁，它收敛起光芒也收敛起悲痛，默默地倚靠着她。

当陶瓷醒来后，她重拾百年来所凝聚的优雅，忘记刚才那一刻，她与十字架内的失常阴魂曾经归同一类。

十字架之内，无止尽地回荡出受虐的恸哭。

* * *

桑桑正侍候老父进食。老教授坐卧床上，呆滞地饭来张口。他已不能认出女儿的脸，也对周遭事物无大反应，他每天都静静的，呆呆的，对世事不闻不问。

桑桑细心又周到，是个体贴孝顺的女儿，老父每日的三餐甚至大小二便也是她处理，没有余钱替老父请看护，而桑桑亦不认为有此必要。

就在这侍候父亲进食的一刻，死神出现在桑桑眼前。非常了不起地，桑桑只看死神一眼，就能把他和陈济民分辨出来。同样的五官轮廓，但不同的神韵和气质。就像爱上孪生兄弟的其中一人那样，兄弟再貌似，还是能让爱人辨别出来。

因着这种清晰，桑桑内心安然。

死神的神情倒是带着忧伤，他轻轻说："别来无恙吗？"

桑桑放下手中饭菜，淡然地问："你是来带我父亲上路还是专程探望我？"

死神上前去，坐在桑桑父亲的床边。他端详她，然后说：

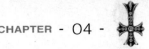

"你长大了，也更漂亮了。"

"谢谢。"桑桑礼貌地点头，回敬他："你还是俊美如昔。"

死神笑，但他的笑容渗着苦。桑桑心细如尘，她看得见。

"怎么了？"她问。"我的父亲要走了吗？"

死神摇了摇头。"令尊翁还有十五年阳寿。"

"啊。"桑桑舒了口气。"还好。"

死神说："我来接上路的是你。"

"我？"桑桑讶异起来。"我阳寿尽了吗？"

死神又是摇头。"你还有好几十年命。但我想提早接你上路。"

桑桑面露狐疑。"难道……你……"

她想说的是："难道你挂念得我如此深？"

死神的语气很认真。"桑桑，你非走不可。"

桑桑定神，意会得到正有严重事情发生。"快告诉我！"

死神叹了一口气，又压低了声音。"陶瓷会伤害你，所以，我想把你接走，你在我的世界内，我就能保护你。"

"又是那个女人……"桑桑皱眉。"她干了什么恶行？"

死神把头垂得很低。"她已经伤害了怜悯。"

桑桑紧张起来。"怜悯怎么了？"

死神苦恼地拨弄头发，"我尚未找到她。"

"呀……"桑桑咬牙切齿，明白了事情的严重性。

死神抬起眼来，他的目光疲累无神。"来，我们快走。"

桑桑把死神凝视半晌，然后拒绝了他。"不。"

死神愕然。桑桑向他解释："我不可以离开，我要照顾父亲。"

她这样说："除非你也把我的父亲一并带走。"

死神苦恼地拨弄额前头发。"我办不到。我可以运用权力先带你走，被敌人伤害的始终是你。但你的父亲，还有十五年要留在阳间。"

桑桑眉头深皱，坚定地说："我不可以就此抛下父亲不理。我一走，村民便会待薄他，没有钱，就没法保证他得到适当的护理。如果就如你所说，父亲还有十五年的寿命，我就更不能容忍他被人漫长地待薄。"

死神说她不过，便沉住气来直视她。而桑桑，此刻望着这个男人，又是别有一番感受。怎么了，现在与他说话，竟然可以不带半分心动？当初，还觉得自己情根深种。纵然喜欢过，今日相对着，却已事不关己了。

更能说不便不，不为所动。

桑桑轻轻呼出一口气，她更加明白自己。始终，还是相爱的关系更吸引。

死神见她若有所思，于是问："你在想什么？"

桑桑笑起来，坦白地告诉他："原来，我不喜欢单恋。现在，我庆幸我的单恋时代完结。"

死神懂得她的意思。他笑了笑，问："你找到你的意中人了？"

桑桑不瞒他："我已找回我的相公了！"

"怪不得。"死神伸手抓了抓面庞。"你不再称呼我做相公。"

桑桑笑："现在你以枪指着我，我也不会再那样称呼你。"她装出嚣张的表情："失落吧！"

死神扬了扬眉。"太……太悲惨了！"

他做了一个心脏中弹的姿势。"我被抛弃了！"

桑桑笑得很灿烂。纵然已不再存在爱慕，但她还是很欣赏这个男人。他是一个幽默、有趣、有风度的人。

死神摇了摇头，又伸开手臂，让身体放松。

他长长叹了口气，才说："我不懂得该怎么说，要是你不愿意让我接走，陶瓷下一个会伤害的是你。"

桑桑一副没所谓样子。"我不怕她。"

"为了打击我，她什么都做得出。"到了今时今日，死神不得不相信，事实就是如此。

桑桑还是不以为然。"有事发生的话，我就向你求救吧！"

死神奈她不何。他说："你的相公应该是个死人吧！"

"对，他是个死人。"桑桑说："要是我的父亲已不在这里，我不介意也变做死人，然后与我的相公双宿双栖。可是，我真的无法放下父亲不顾。"

死神只好说："那么，遇上突发事情就呼叫我，我会前来保护你。"

桑桑点下头，笑了笑。

临离开前，死神对她说："片场的剧本质素下降，我们都怀念你的创作。"

桑桑笑得很高兴。"有空再为阁下效劳。"

死神竖起大拇指。"一言为定。"

桑桑再次点下头。继而，死神转身消失。

在他离去之后，桑桑有一刻的惘然。刚才，她考虑过把陈济民的形貌向死神描述，可是，念头一涌上，又制止了。

是为了什么？因为尴尬？还是有些事情，最好不必提及？

留一点心事，留一点空白，留一点欲语还休。

有些事情，真的不必细说。

那就合上嘴，不说好了。

桑桑重新捧起碗筷，一口一口把饭菜喂进父亲的嘴巴内。她真的觉得，自己成熟了许多。

< BOOK ONE 完 >

后记

《死神首曲》的第一集留下了以下伏线：怜悯被囚困在她的毕生钟爱当中；桑桑与陈济民重聚；陶瓷立心置死死神；另一半终于出现；还有最重要的是，死神 LXXXIII 的核心疑问：为何人要出生，然后，人要死亡？

The Question，是所有的重点。

如果你是陶瓷，你也会愤愤不平，因何，无错无误，却要一生再一生受苦，死亡，不是解脱，而是另一段苦难的开始。

但我相信，事情是有原因的。 The Answer，就在下部书揭盅。

写这本小说时，我参考了但丁的《神曲》。有缘阅读这部杰作，并且在此向读者推介，实在是一种荣幸。

参考但丁的《神曲》，是为着当中丰富的描述，由地狱到炼狱再到天堂，那种痛和美，是不可置信的引人入胜。我推介黄国彬教授的译本，诗篇优美，注释精彩，是了解《神曲》的最佳中译本。

死神 LXXXIII 这个人物，是由《月日，别消失》中引伸出来的。那时候的死神，有着死亡该有的苍凉感。而《死神首曲》中的死神 LXXXIII ，则是个"入世未深"的新进死神，他对于死亡这个制度，有着极多不满和疑问。他的观看角度与人类相距不大，从而，我们就能从他的眼光出发，与他一同探索和成长。

西藏谚语："每个人都会死，但没有人真的死。"生和死都有着重大意义，都是灵魂的锻炼。现在，我正着手处理 The Answer，那是值得期待的另一段启发之路。

图书在版编目（CIP）数据

死神首曲.上部/深雪著，—北京：当代世界出版社，
2005.7
ISBN 7-80115-992-6/I.190
I. 死...II. 深...III. 长篇小说-中国-当代
IV. I247.5

中国版本图书馆CIP数据核字（2005）第077252号
著作权合同登记号：图字01-2004-6295号
青马文化事业出版有限公司2004年7月出版
青马文化事业出版有限公司独家授权
死神首曲.上部　　当代世界出版社　2005年10月出版

本书中文简体字专有使用权归当代世界出版社所有

书名：《死神首曲上部》
出版发行：当代世界出版社
地址：北京市复兴路4号（100860）
网址：http://www.worldpress.com.cn
编务电话：(010)83908404
发行电话：(010)83908410　（传真）
　　　　　(010)83908408　(010)83908409
经销：全国新华书店
印刷：上海锦佳装潢印刷发展公司
开本：889毫米×1194毫米　32开
印张：11.5
字数：134千字
版次：2005年10月第一版
印次：2005年10月第一次
书号：ISBN 7-80115-992-6/I.190
定价：24.00元